莊子教我的慢活哲學

吳建雄 著

好讀出版

目錄

中篇　天地有大美而不言

下篇　唯至人乃能遊於世而不僻

序言

背負青天朝下看

莊子是中國古代一位極特別的思想家，其著述洋洋灑灑，很吸引人，卻很難完全被吸收。我依據個人一些粗淺理解，重新闡述《莊子》，希望能有助於讀者認識莊子、理解莊子。

在此，我說明自己的解讀思路。《內篇》是莊子思想最實在、最核心的地方，是莊子親手寫的文字，我主要從其思想境界的深處進行闡發。《外篇》內容則變得活潑，我試著從小說敘述角度去分析文本的價值，並對各篇文字進行重新解構與組織創作，所以讀者看到的是一篇篇重寫的卻又不脫離《莊子》的故事。故事本身分娩出故事，我將其稱之爲「文本的繁衍」。到了《雜篇》，我的解讀之路又變得坎坷，這裡的許多文字是莊子學派的後輩們所寫的，往往在邏輯及敘論間存在著閱讀障礙。因此我在解讀的時候特意保留翻譯，並加以修改和調整。

過去很多人對《莊子》的解讀是一種利用，他們借用《莊子》裡的一句話作爲切入點，接著加入複雜的現實生活。當然，這樣的解讀可發揮的空間必定很大，卻脫離原著本意。而我在解讀中則力求盡可能更正一些缺乏想像力的學者們所堅持的觀點，去除一些停留在文字表面的生搬硬套。

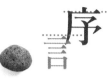

眞正讀懂《莊子》，首先要讀懂莊子這個人。愈是天才愈不被人理解，莊子就是這樣的天才。他很感性，也很理性。他的感性體現在他的想像力，體現在他所敘述的那些無人可及的故事；而他的理性體現在他的思辨能力與邏輯力量。我讀《莊子》的時候是憂傷的，因爲大家對這位天才的誤解太多，莊子是孤獨的。也許，正是因爲這樣的孤獨才造就了非凡的莊子。

「背負青天朝下看，都是人間城郭。」這是毛澤東《念奴嬌．鳥兒問答》中的名句，也是我解讀莊子的出發點。在一般人眼裡，莊子是出世、高高在上，且不食人間煙火；但就我看來，他是平凡而質樸的，因爲他有心、有情、有趣且博愛，與我們身邊眾多善良的人們一樣，只是比常人多了幾分天眞和天良，多了幾分睿智和達觀。

我寧願相信，莊子是凡人，有顆不變的凡心。他始終立足於現實世界、著眼於人間萬象，以一顆悲憫的心，深深眷愛著我們腳下的土地、山川、草木、蟲蟻和風物。所以，在解讀的過程中，我不忍心看著莊子無端地寂寞下去，便將他從天上請了下來，像變法術一般，給了他全新的人格。這才是眞正的莊子，親切而鮮活。每一場針鋒相對的辯駁，無論化作蝴蝶還是成爲鯉魚，都有愛意彌漫其中。

沒錯，莊子是人，是有血有肉的人、正常的人。

莊子是世人的眼，也是世俗的心。

吴建雄

上篇

大塊載我以形

第一講　無掛無礙，自在而精彩

——解讀《莊子・內篇・逍遙遊》

我始終覺得莊子是孤獨的，是一個寂寞的吟遊詩人，他筆下的生物也是孤獨的。無敵最是寂寞，亦最痛苦。試想一下，在遙遠的北海之灣，有條叫鯤的大魚，鯤體形之大，足足有幾千里，恐怕寰宇之內都難以找到匹配的對手。然而，在那個漆黑而深邃的洞裡，鯤卻是不快樂的，面對黑暗，牠的心早就被挖空了。於是，為尋找更好的風景，牠化身為鵬。鯤的驟變，無論是被迫還是自省，都是件偉大的事，而這只不過是牠的第一次解脫。接著，鵬飛往南海，激起千層浪，這是牠的第二次解脫。

北冥有魚，其名爲鯤。鯤之大，不知其幾千里也。化而爲鳥，其名爲鵬。鵬之背，不知其幾千里也。怒而飛，其翼若垂天之雲。是鳥也，海運則將徙於南冥。南冥者，天池也。

鵬在高空飛行，乘風借雲，俯視蒼天之下的芸芸眾生，沒人聽到牠笑，沒人看到牠哭，牠在沉默中愈飛愈高，離我們愈來愈遠。你有沒有試過一個人的旅行？整個過程中表演是你、觀眾是你、唯一的敵人也是你自己。

鵬的寂寞旅程是複雜的，在莊子筆下更是充滿了隱喻，鵬所要面對的水氣、阻力、雲層無疑暗示著世間的複雜紛擾：人際關係、等級觀念、繁文縟節等等。很顯然地，鵬是莊子的人格意象，莊子期待「出世」，也始終以「出世」的態度生活，於是，從鵬奮起的一刻開始，牠就承載著莊子的理想。瀟灑的莊子，只用寥寥幾筆，鵬便已躍然紙上，拍翅飛行；有心人只要稍微斟酌一下鯤的變化以及前進步驟，就不難發現其中包含了幾個過程，而每個過程都蘊涵豐富且深厚的道理。

在鯤變為鵬之前，牠需要耐心等待。萬事俱備只欠東風，孤獨的鯤在忍耐中煎熬著，一直到六月，時值盛夏，此刻天地晴朗、熱氣迴旋，大魚把頭探出水面，等待啓動。接著，鯤感覺到撲面而來的風，只需等風稍微大一點，牠就能乘風而起。

順著風勢，鯤一次又一次躍出水面。鯤很明白自己要做什麼，牠不是鯉魚躍龍門，乍起便落，一條魚要想飛，並且要飛得更遠、更持久，就必須先要飛得高一點、再高一點，而要想上升，就必須最大限度地利用風。鯤是冷靜的，經歷了漫長的等待，牠沒有自亂陣腳。風來了，絕不能見風就上，要進行精確的判斷分析。鯤測試了很多次，終於找到最理想的大風，於是牠拚命一搏、雙鰭一展，寬大的翅膀就出現了，鯤終於成為了鵬。

《齊諧》者，志怪者也。諧之言曰：「鵬之徙於南冥也，水擊三千里，摶扶搖而上者九萬里，去以六月息者也。」野馬也，塵埃也，生物之以息相吹也。天之蒼蒼，其正色邪？其遠而無所至極邪？其視下也，亦若是則已矣。

雖然鯤變身成功，但此時牠的羽翼還不夠強壯，還需要一步一步熟悉飛行。慢慢地，牠發現自己在飛的過程中長大了，羽毛豐滿了，身體也有力量了，於是牠一個側身，飛到風之上，駕馭著天地之氣，試圖控制風。從這一點看，鵬是聰明的。雖然一開始是風解放了鯤，讓這死守於北海裡的巨獸飛起，但鵬不可能永遠被風牽著鼻子走，所以牠躍到風之上。我們可以這麼說，寄託著莊子理想的鵬，牠極端、決絕地以個人對抗全世界的孤獨方式完成了自身的超越，並獨自肩負全世界的壓抑方式完成了心靈的解放。當牠發現自己離南海愈來愈近、身後風景人事全非、再也無法回頭時，牠也自由了。

於是，進行到最後一個過程，鵬丟棄了風，不再依戀外物，而只憑自己，甚至聽不到風聲了。這也正是最成功的飛行、獨自的飛行。

乍一看，莊子收斂地描寫「鯤化鵬」的過程，惜墨如金，卻爲我們展現了極爲遼遠博大的眼界。放眼望去，一切生命的過程都孕育在鯤變鵬的進化中，一切生命的精彩都蘊涵在從鯤到鵬視角的轉變裡——鯤在水裡游，是人看天的視角；鵬在天上飛，則是天看人的視角了。何謂逍遙？對於這個詩意化的命題，答案不言而喻。世間收攬於心，孤獨又何妨！

寫完鵬的單程旅途後，莊子又寫到那些與鵬相類似的孤獨者，例如：堯帝。這個曾經功績顯赫的君王，在暮年之際看著片片江山，他疑惑了。根據當時的制度，王位應該是世襲的。史書記載，堯帝有一子，名丹朱，可惜這個孩子不爭氣、沒出息，堯帝看著百年基業，惟恐找錯接班人。不得已，他向許由吐露心聲，要把帝位讓給許由。爲了說服許由，堯帝還特意誇許由爲日月，貶自己爲殘燭。

堯讓天下於許由，曰：「日月出矣，而爝火不息，其於光也，不亦難乎！時雨降矣，而猶浸灌，其於澤也，不亦勞乎！夫子立而天下治，而我猶尸之，吾自視缺然，請致天下。」

然而，面對功名，聽著堯帝的甜言蜜語，許由卻拒絕了。在他看來，堯帝此舉實在多餘。天下已獲大治，此時自己若貿然取代堯帝之位，從情理上頗有私竊勝利果實之嫌，於是，他雙手一擺，說了一個不字。

許由曰：「子治天下，天下既已治也，而我猶代子，吾將爲名乎？名者，實之賓也，吾將爲賓乎？鷦鷯巢於深林，不過一枝；偃鼠飲河，不過滿腹。歸休乎君！予無所用天下爲。庖人雖不治庖，尸祝不越樽俎而代之矣。」

許由也是孤獨的，宮廷小人的猜疑不用多說，就連他最好的朋友巢父都取笑他。

許由第一次拒絕堯帝後，跑到箕山腳下去種田。堯帝不願失去一個好大臣，於是又邀請許由出任九州長。許由聽完堯帝的話，馬上跑到穎水河邊洗耳朵。正洗著，只見巢父拉著牛走過河邊，他問許由：「你爲什麼要洗耳朵？」在許由自以爲很有道理地說明原委之後，巢父鄙視他了，冷笑道：「如果你住在高山老林中，世人連路都沒有，怎麼會找到你呢？現在你自以爲很清高，其實還是爲了沽名釣譽。趕緊起來吧，洗什麼耳朵呀，我還怕你洗耳朵的水弄髒我家牛的嘴呢！」巢父說完，拉著牛到上游去了。

許由當場哭了。我不知你能否想像被好友取笑的滋味：有些人，他們對我們惡言相向，即使其中有一千、一萬個誤會，都是可以原諒的，因爲他們不是我們的朋友，不理解我們；而對於有些人來說，一旦連他們都取笑我們，就眞的會讓我們痛心絕望，因爲他們是我們的朋友。巢父的話太毒、太絕，許由被傷得差點回不過神來，因此而落淚。

不知是世界先拋棄了莊子，還是莊子先放棄了世界。莊子又提出了「至人無己、神人無功、聖人無名」的標準。在這「三無」的名義下，出現了孤獨旅途中的志同道合者。

從不以物喜、不以己悲的宋榮子，到飄然乘風、以五十天環遊世界的列子（列禦寇），都是孤獨路上的同行者，他們的目的與大鵬飛往南海一樣，希望透過順合自然達到心中的完美狀態，得以把握六氣之變，遨遊宇宙之無極。只有我們和周圍環境渾然一體，才會不那麼孤獨。

莊子筆下有一個住在遙遠姑射山中的神人，她的皮膚潔白如雪、姿態婀娜柔美，如同處女；她不吃五穀糧食，只靠呼吸幾下清風、喝幾口露水過日子；她乘坐五彩祥雲，駕馭飛龍，在四海之外遨遊。她的精神凝聚集中，隨著她所到之處散布世間，她的德行保護著萬物，讓牠們不受到傷害，年年都五穀豐收、六畜興旺。

依我看來，莊子不惜花大量筆墨來修飾這位神人，無非是想給自己找點慰藉。神人其實沒有什麼特別之處，她的外表與我們一樣很平凡，唯一不同的是她對待事物的態度，仙人擅長包容世界。

很多人對莊子所說的神人表示懷疑的態度，他們同樣懷疑鵬、懷疑鯤：那都是莊子虛構的吧？以當時的交通狀況，眞正到過北海的人恐怕屈指可數，莊子的話又怎麼可信呢？這就如同《山海經》裡所記錄的那些長了兩個頭的野人一般，純粹是危言聳聽。有鑑於此，莊子提出了「心智的聾瞎」這一概念，給那些懷疑者當頭一棒！

知道你爲什麼孤獨嗎？因爲你永遠只知道自己的觀點，而不接納別人的觀點。這就是典型的「心智的聾瞎」啊！只要有心去學習，獲取知識，就算眞的聾了瞎了，又有什麼關係呢？外在的缺陷是可以克服的，怕的就是心理上的聾子和瞎子，內心的閉塞是無藥可治的。不要戴著有色眼鏡去看別人，試著和別人一起討論問題、感悟世界，一旦大家有了共同語言，你還會孤獨嗎？

對於那些實在恐懼孤獨卻依然找不到出口的自閉者，莊子也開出了靈丹妙藥。害怕孤獨，就忘記自己吧！孤獨是自己的主觀感覺，忘掉自己，如同打了麻藥一樣，不再爲孤獨而痛苦。可是怎麼才能忘掉自己呢？

莊子呼籲大家不要過分守舊，不要執著堅持於自己的判斷，不要過分在意自身的感覺。人生在世，不要被客觀的事物禁錮，眼睛要放亮點、視野要開闊點，要靈活看待世界，包括環境提供的工具，因爲有用的東西在特殊環境下可能毫無用處。宋國的商人拿著鞋子去越國賣，結果對赤腳的越國人來說，鞋子對他們一點用處也沒有。同樣地，無用的東西有時可能也有用處。宋國有一以洗衣爲業的人家，有個祖傳預防皴手的藥方，他們覺得沒什麼用處，於是低價賣給了商人，結果，經過精明商人的轉手，這個不起眼的藥方竟幫助吳王戰勝越國。所以說，只要能眞正發揮好思考力，可以事半功倍。

看過《逍遙遊》後我們發現，任何一個有上進心的人都會孤獨。因爲自身孤獨，所以奮發突破現狀；因爲突破過程荊棘滿地，傷痕累累，所以更加孤獨悲涼。這看起來似乎是個惡性循環，而在莊子遼闊的思維裡，孤獨的過程卻成了脫胎換骨的必經之路。沒有任何人能拒絕孤獨。

我們在人生旅途當中難免會迷失方向，我們的事業會有遇到瓶頸的時候，此刻成與敗就只看你自己的抉擇了。當身邊沒有一個能眞正幫得上忙的朋友時，你會孤獨嗎？此時的你一定要明白，孤獨並不可恥，只有耐得住寂寞，苦心修煉，不時突破自己，才有可能成功；當你重新找到方向，突破事業的瓶頸，那麼你就擁有幸福，不再孤獨。如果不能改變環境，就試著改變一下自己。事情無論好壞，換個角度，如同乾坤轉換，就會大不相同。或喜或悲、是福是禍，全看自己。

想想看，一旦你成功突圍，宇宙中的大氣、風、火、泥土、水、生靈都將成爲你身體的一部分，呼之即來，揮之即去，人際關係、等級制度、繁文縟節都已經不是阻礙。鵬拍打翅膀，一般人看來牠只是在利用風，其實換個角度來看牠也是在「養風」，培育更強的風。這是很多人讀《逍遙遊》時所忽略的地方。逍遙，除了自己的進步，還包括盡可能的利用環境，就像鵬棄風之前首先要利用風一樣。只有不斷在前進中磨練自己，又在前進中用大自然的資源補充自己的體力，我們才能永遠地逍遙。

我們可以把鯤化鵬、鵬飛南海的故事當成是孤獨者對周邊環境的一次自覺挑戰。然而，又有多少人能像鵬一樣身體力行、「自找苦吃」地去挑戰世界呢？所以，如果實在沒有那麼多力氣去突破，不妨讓我們認知中的客觀世界發生改變吧，退一步海闊天空。

與鵬相比，我們對未來的定位可以稍微低一點、更實際一點；每天進步一點，只要堅持下去，絕對會有意想不到的收穫。沒有人能懷疑你的實力。別忘了，在我們堅強的小宇宙裡，住著令人驚豔的鳳凰，她在孤獨的烈火中驟然泯滅，卻又迅速逍遙重生。

第二講　蝶舞翩躚幻亦眞

——解讀《莊子・內篇・齊物論》

站在男人的立場，我試圖探討莊子的愛情。

我朝天上的鵬，揮了揮手，牠飛行的速度放慢了。我爬上一棵萌動的植物，這是一棵豆苗，豆苗幸福地生長著，愈長愈高，我愈爬愈快，到達最靠近天邊的地方。這時，鵬將與我擦身而過，我抓住牠的一片羽毛，順勢一躍，坐到牠的背上。像一座飄動的空中城堡，讓我得以置身其中，安然俯瞰著大地。

我看著地面的生靈，在地面時我覺得牠們各有所異，現在看來卻大同小異：綠的山如同深邃而寧靜的眼眸；藍的水則像一塊無瑕美玉泛著幽幽藍光。我看到地面上的人，在城鎮、村莊、叢林、田野、山洞裡交往交易、生產消費，如同勤勞的螞蟻。在我眼中，人與人之間已毫無差別。

我在茫茫人海中尋找莊子的愛情，如同等待世上的另一個我。

莊子應該是個細心的男人吧，雖然他總是擺出一副無所謂的樣子。在風和日麗的日子裡，他應該像南郭子綦一樣靠著几案而坐，仰首向天緩緩地吐著氣；他那離神去智的樣子眞好像靈魂脫離了軀體，突然他的外表變成一棵乾枯的樹或者一堆死灰。他就鑽進樹幹或死灰裡，與我躲在鵬之上偷看世界一般，等待著他的情人。

聽到了嗎？世間的一切聲音：樹木跳舞的聲音、湖水歌唱的聲音、人說話的聲音。只要內心安寧，你就能進入這聲音的殿堂。大地吐出的氣就是風，風平日安靜而靦腆，吹過遼闊的草地，吹入郊野百合的心底；但它一發作起來，大地上成千上百個竅孔都怒吼起來。你聽，這不如同夜半的風聲嗎？

在風聲中，隱約能看到一個個靈動的畫面。山陵陡峭崢嶸，而那百圍大樹上無數的竅孔，有的像鼻子、有的像嘴巴、有的像耳朵、有的像圓柱上插入橫木的方孔、有的像圈圍的柵欄、有的像舂米的臼窩、有的像深池、有的像淺池。它們發出的聲音，像湍急的流水、像迅疾的箭鏃、像大聲的呵叱、像細細的呼吸、像放聲叫喊、像嚎啕大哭、又像鳥兒的鳴叫，在山谷裡深沉回蕩，前面在嗚嗚唱導，後面在呼呼隨和。不同的風傳遞著不同的人物、情節與對白。

子綦曰：「夫大塊噫氣，其名爲風。是唯無作，作則萬竅怒呺，而獨不聞之翏翏乎！山林之畏佳，大木百圍之竅穴，似鼻，似口，似耳，似枅，似圈，似臼，似洼者，似污者；激者，謞者，叱者，吸者，叫者，譹者，宎者，咬者，前者唱于而隨著唱喁。泠風則小和，飄風則大和，厲風濟則眾竅爲虛。而獨不見之調調，之刁刁乎？」

聽到了嗎？正是那些無處不在的風帶來心上人的消息。她過得好嗎？最近如何？一切都在風的聲音裡。是的，莊子的心思比我們都細，他聽到的不僅是風聲，不僅是人們演奏絲竹管弦的愉悅，更多的是天籟。只有極少數人能聽到這樣的天籟，那不是風吹的聲音，而是任何一個生命體休養生息的呼吸；僅僅聽到風聲，只能被動地接受戀人的資訊。只有聽到天籟，才能在第一時間體會到遠方愛人的氣息。

在平常的日子裡，莊子出神地聆聽著。他一定很愛她，所以無時無刻不惦記牽掛著她。

我在天上飛行，不時留意著世間女子，是怎樣的女人才會讓莊子如此動心呢？是小巧玲瓏的丫頭嗎？對於出身卑微的女子，莊子是有同情心的，他很有可能會愛上她。是風騷妖冶、驚豔奪目的歌妓嗎？對於那些另類的女子，莊子是勇敢而大度的，按照他的想法，世間沒有不值得追求的愛情。是那些名門貴族的千金嗎？對階級的差異，莊子一向極為淡漠；在他眼裡，人人都是王，所以莊子愛上一名世家女子的機率也很大。

到底是誰呢？莊子沒有給我們答案，他笑而不言。對於諸如此類的疑問，莊子是不屑辯解的。他是個深沉的男人，一個眼神、一個表情或者一個手勢足以傳達他的心意。在他的愛情觀裡，只要兩人有情，話語就是多餘的；只要兩人誠實，就一定能聽見彼此的聲音。

莊子是不會表白的。他遇見了她，又從她跟前走過。不知那個瞬間是白天、傍晚抑或是深夜，莊子收藏片刻的悸動。因為美好的愛情，他眼中的世界也舒展開來。烙上愛情的痕跡，世上一切的醜惡都化爲良善，一切的詭異都付諸正常。因爲心有所愛，所以醜陋的癩頭看起來也並非面目可憎，美麗的西施看起來也不再動人。懷著這樣的情愫，莊子微笑著面對細小的草莖或者高大的庭柱。

莊子覺得，若能發現世間的美，愛情就存在了。他不會強求心上人和他在一起，也不願她知道。愛情是一個人的事，她知道與否又有什麼關係呢？於是，一切都靜悄悄地進行著。

莊子從沒向弟子透露自己的愛。對於世俗的評價，他是灑脫的，同時也很癡狂。他的心裡總是縈繞著這樣的聲音：不要說出來，一說出來，那些世俗的人們就會以世俗的眼光看她。莊子愛她、保護著她、守候著她，生怕她受到驚嚇。

就讓我愛的人存在於宇宙之中，世人無法看清她的全部，而萬物的形態卻能間接反映著她。她不曾來過，也不曾離開。莊子看著身邊的一草一樹，感受到的全是她的溫馨陪伴。沒有人知道他愛她，大家只看到他的瘋癲。

於是出現了各式各樣不堪入耳的謠言。莊子閉上眼睛，他依然那麼瀟灑地穿梭在市井裡。我凌空俯瞰，看到一個靈光閃爍的影子，那就是莊子。

人都有是非的判斷，對同一件事，有人說對有人說錯。認爲對的人，拉攏一堆贊成他的人去證明這是對的；認爲錯的人，也拉攏一堆贊成他的人去證明這是錯的——用對去證明對、用錯去證明錯，到底誰對誰錯呢？大家都錯了吧！莊子一笑了之。那些庸俗的人跟無知的猴子一樣，如果早上餵牠三顆橡子，下午再餵牠四顆，牠會嫌少，不開心；可如果順序顛倒，早上餵牠四顆，下午餵牠三顆，牠便搖頭擺尾表示樂意。他人笑我太瘋癲，我笑他們看不穿。可笑啊可笑。

可乎可，不可乎不可。道行之而成，物謂之而然。惡乎然？然於然。惡乎不然，不然於不然。物固有所然，物固有所可。無物不然，無物不可。故爲是舉莛與楹，厲與西施，恢詭譎怪，道通爲一。其分也，成也；其成也，毀也。凡物無成與毀，復通爲一。唯達者知通爲一，爲是不用而寓諸庸。庸也者，用也；用也者，通也；通也者，得也；適得而幾矣。因是已。已而不知其然，謂之道。勞神明爲一而不知其同也，謂之朝三。何謂朝三？狙公賦芧，曰：「朝三而暮四，」眾狙皆怒。曰：「然則朝四而暮三，」眾狙皆悦。名實未虧而喜怒爲用，亦因是也。是以聖人和之以是非而休乎天鈞，是之謂兩行。

莊子將自己與世人分離，只是暗戀著那個女子。熱中於蜚短流長的世人從未停止過對這個神秘女子的猜疑，當偶有多事之人懷疑莊子的審美觀時，他卻勃然大斥：「你們這些好事之人啊，人吃肉，麋鹿吃草，蜈蚣吃小蛇，貓頭鷹和烏鴉吃老鼠。人、麋鹿、貓頭鷹和烏鴉，究竟誰才懂得眞正的美味呢？」

愛情是一個人的事，你自己喜歡就夠了；愛是不能代替的，越俎代庖的愛情是可恥的。莊子是專一的、堅定的，他朝他的愛情邁步前進。即使這條愛情之路上佈滿坎坷、荊棘叢生，莊子亦如撲火的飛蛾毫無畏懼。

他拿自己與聖人相比。山林焚燒、火焰沖天，不能使他感到灼熱；江河封凍、冰疊三尺，也不能讓他感到寒冷和畏懼。他前進著，一廂情願地幻想自己生活在她的身邊，看著她成長、歡樂、微笑、經歷幸福與痛苦。他將思念託付給風、星辰、日月，只有那些無所不在的萬物才能突破他與她的距離。雖然無法與她長相廝守，只要想到她感受過的風曾經從他身邊吹過；想到他和她在同一天空下看星辰；想到他和她同時感到太陽的溫暖、月亮的光華，莊子就滿足了。

莊子的愛情是理想化的，他沒有表白，所以故事還沒開始就已經結束了。他有過掙扎，他是考慮過的。她能接受我嗎？雖然莊子理解的世間是統一的，任何事物之間只要有愛就能結合，猿猴可以視狙為配偶、麋可以隨意與鹿交配、泥鰍同樣會與魚交尾，但在世人的觀念裡這是畸形的愛。

莊子親手澆滅了剛燃起的愛火。愈是眞心愛她，愈不能表白，和我這麼個怪人在一起她沒有幸福。並且，愛一表白，就免不了會遭受質疑。我們不是同一世界的人，我們倆眞的能在一起嗎？兩個人的結合，不僅僅取決於雙方的感情，還有家庭、收入等等繁瑣的事，這樣的愛莊子是不願接受的，說出來就顯俗氣了。

帶著這樣的憤世嫉俗，莊子飄走了。他選擇了長久的關注，這是對美的一種虔誠，一朵不會結果的花在他心中永恆而寂寞地盛開著。心急如焚的愛情是膚淺的，如同見到雞蛋便想立即得到報曉的公雞，見到子彈便想獲取烤熟的斑鳩，這等有目的的愛簡直是對愛情的褻瀆！

對於那些世俗的女子，莊子只會感到厭惡；對那些容貌美豔卻徒有其表的女人，他是連看都不會看一眼的，麗姬就是其中的一個。

麗姬是艾地封疆大吏的女兒，晉國人在征伐麗戎時俘獲了她，當時她哭得淚水溼透衣襟。當她來到晉國進入王宮，跟晉侯同睡一床並受寵，吃著美味珍饈，卻又後悔當初不該那麼傷心地哭泣。想到麗姬，莊子哈哈大笑，他的腦中不由閃過這樣的念頭：也許人死了之後，也會後悔自己當初那麼留戀生命吧？

就這樣，莊子過著一個人的日子，他是他自己的玩伴。莊子在平時一如既往地聽著風的聲音，只是他愈來愈容易疲憊，一閉上眼就能入眠。很快，奇妙的夢境便隨之襲來。

愛做夢的人都是被現實冷落的人：貧窮的人在夢中飲酒吃肉，醒來就大聲哭泣；堅強的獵人在夢裡放聲痛哭，醒來後若無其事地奔走狩獵。人生如夢，夢如人生。一人在夢裡哭了，醒來後有人揣測：「那一定是個可怕的夢，世上鬼神太多了！」做夢人連連搖頭。那人又說：「那一定是個兇猛的夢，社會上作奸犯科的人太多了！」做夢人再次搖頭。最後，那人說：「那一定是個關於前生的夢──你夢見自己變為畜生，牛馬不如？」做夢人還是搖頭。終於，那人不再過問，做夢人這才委婉道出：「那是個美得失真的夢，因為夢境太美，所以終究無法實現。」聽完這番話，探夢與做夢的人抱頭痛哭。

把愛情託付於理想的人，對自己寬容一點，好一點吧！就算做夢也不要哭泣。喜歡一個人沒錯，只是愛不應痛苦，而是給人以甜蜜。

我在天空飛行，突然看見一片奢華的地方，那是片百花爭豔的花園，薔薇、百合、玫瑰、杜鵑、芍藥、牡丹競相開放。萬花叢中有個精靈在跳動，那是只比任何花朵都要驚豔的蝴蝶，牠飛舞著，身上鱗光閃閃，足與浴火的鳳凰相媲美；牠在如此雍容華貴的天地間飛行，得到了全部。蝴蝶飛著飛著，突然停在了一個優雅少年的鼻樑上，牠的翅膀輕輕閉合，像狐狸的兩隻眼睛……莊周夢蝶，蝶夢莊周。

此時此刻，我和我身下的大鵬心心相印，我們竟見證了這如此美妙一刻！不忍叫醒莊子，我們從花園上空悄然飛過。

堅信愛情的莊子，我記下了你年輕時因爲愛情而光彩照人的樣子了……

第三講　安時處順，不爲哀樂所困

——解讀《莊子・內篇・養生主》

若有輪迴，我想，今世的莊子一定是棵瘦小的樹，就活在我們周圍，葉片是他的眼睛，花瓣是他的嘴唇。冬天，他閉上眼睛，沉沉睡去，做了一個又一個讓人心疼的夢；到了春天，他從白馬飛行的夢裡醒來，看著世人，看著世界。他想說話，但沒有風，發不出聲音。

世人對《養生主》存在太多的誤解，莊子被當成一個非常消極的唯心主義者，其實他對塵世存有決絕的心態。

莊子的決絕早已體現在《逍遙遊》中：生命長短，兩事物之間沒有可比較性。使命不同，生命價值不同，它們之間的稱謂也不盡相同。朝生暮死的菌類與不知春秋的寒蟬的一生被稱爲「小年」，五百歲的靈龜與八千歲的椿樹的一生被稱爲「大年」。「小年」不會明白「大年」所面對的苦惱，所以它們之間的比較毫無意義，莊子思想中所體現的正是對這種比較的拒絕，而非對它們存在價值的忽視。

無論「大年」還是「小年」，它們都息息相關，構成世界。於是莊子提出了「養生」一說。所謂的養生，就是讓生命良好地延續下去，精神飽滿地行使世間職責。爲了「保身、全生、養親、盡年」，莊子提出了「決絕」之道。

首先是對無盡欲望的決絕。莊子曰：「吾生也有涯，而知也無涯。以有涯隨無涯，殆已。已而爲知者，殆而已矣！」此句指出：人的生命有限，而知識卻是無限，以有限的生命追求無限的知識，怎能不窘困呢？如果已經窘困，還要不停地追求知識，那可是十分危險的！

吾生也有涯，而知也無涯。以有涯隨無涯，殆已。已而爲知者，殆而已矣！爲善無近名，爲惡無近刑；緣督以爲經，可以保身，可以全生，可以養親，可以盡年。

初讀此文，對莊子的話很疑惑，在看了許多版本的注釋之後，更加疑惑。我一直堅信莊子不會消極地勸說別人不去求知，歷來對他如此理解是有誤的。於是，我試著對這段原文重新理解。「知」在古文裡是知識、才智的意思，如此來看，原版本的翻譯其實無可厚非，但這眞的是莊子本意嗎？如果「知」指的是才智，有才智的人理應受人尊敬，那麼，「知」是否可以理解爲功名或者知名度？如此一來，這句話就應理解成：人的生命是有限的，而知名度（功名）是無限的，用有限的生命追求無限的功名，怎麼能不窘困呢？乍一看，如此解釋還算可行，至少不那麼消極，但仔細推敲，還是有欠妥當。

我一直斟酌開篇首句的意思，想過無數個解釋方法，一個個都被自己推翻。我應該更謹慎，因爲一個好的解釋不僅是爲了給莊子一個平反的機會，更重要的是，要讓現代人獲得眞正有價值的教誨。《養生主》的主要核心是「順應自然」，那麼這個「知」是否指的是人的盲點呢？也就是先天缺乏卻又爲人所苦苦追求的那部分才能？這麼一來，這句話就可理解爲：人用有限的生命，追求無限的、個人本身欠缺的才華。細細分析後發現還是不對。

時隔兩年，在我不知第幾次重讀《養生主》開篇後，我終於得到了更爲恰當的解釋。「知」在此處依然指的是知識、才智，但在解釋這個「知」被引申爲人們對知識的渴望。

所以，《養生主》首句最精確的理解應該是：人的生命是有限、欲望是無限，以有限的生命去追逐無限的欲望，怎能不窘困呢？如果已經感覺窘困，還要繼續沉迷，那是相當危險的。也正因爲「欲望」的驅使，人的行爲愈來愈不受控制，欲念是怨恨的根源。莊子趕緊敲了警鐘：「爲善無近名，爲惡無近刑。緣督以爲經，可以保身，可以全生，可以養親，可以盡年。」如果不注意控制欲望，做了善事就貪圖讚賞，那麼，做了惡事就必定要面對刑戮。人應該跟欲望保持距離，要謹慎小心，從個人原則上不犯錯誤，保衛自身，保全天性，贍養父母（原譯：不給父母留下憂患），終享天年。

拒絕自身的欲望後，有長遠目光的莊子又提出了對人間險惡的決絕。有時候你本人不犯錯，但難免碰到天災人禍，防犯之心不可無。寓言家莊子講了一個「庖丁解牛」的故事。

「庖丁解牛」這個典故已被後人廣爲流傳，但由於人們對莊子思想的誤解與對其哲學價値的忽視，其意義至今還停留在很大眾的解釋中，更多人看到的是其中「熟能生巧」的含義，但如果你只知此含義，那就大錯特錯了！

眞正的「庖丁解牛」是這樣的：優秀的廚師爲了把肉從牛身上割下來，一年換一把刀；普通的廚師爲了把牛的骨肉分離，死命地砍骨頭，他們一月換一把刀；而一個姓丁的廚師，他的刀用了十九年，所宰殺的牛牲上千頭，但他的刀依然鋒利得就像剛在磨刀石上磨過一樣。刀保護得好，只因他會鑽空隙，他的刀在骨節間的空隙處落手，盡可能少地與牛骨硬碰硬。

庖丁釋刀對曰：「臣之所好者道也，進乎技矣。始臣之解牛之時，所見無非〔全〕牛者。三年之後，未嘗見全牛也。方今之時，臣以神遇而不以目視，官知止而神欲行。依乎天理，批大郤、導大窾，因其固然，技經肯綮之未嘗，而況大軱乎！良庖歲更刀，割也；族庖月更刀，折也；今臣之刀十九年矣，所解數千牛矣，而刀刃若新發於硎。彼節者有間，而刀刃者無厚；以無厚入有間，恢恢乎其於遊刃必有餘地矣。是以十九年而刀刃若新發於硎。雖然，每至於族，吾見其難爲，怵然爲戒，視爲止，行爲遲。動刀甚微，謋然以解，如土委地。提刀而立，爲之四顧，爲之躊躇滿志，善刀而藏之。」

由此可見，同樣的刀在不同廚師手中的壽命是不同。庖丁解牛不是爲了告訴我們如何熟練去操作某件事，而是爲了點明一個道理：人在社會中如同一把刀，而那些社會上的是非、故意傷害你的陰謀詭計就是牛骨，你冷靜沉著的心智就是掌刀的廚師。

莊子對人間險惡的估算是精確的，所謂決絕不是叫你做鴕鳥自欺欺人，而是告訴你要靈活地跟身邊的人玩遊戲。敵暗我明，不要正面衝突，要學會適當的躲避，並能恰如其分地攻擊敵人。

莊子最後的決絕是對生命所獲、所失的決絕，是對生與死的決絕。

相信生活會有最好的給與，命裡有時終須有、命裡無時莫強求。從小就只有一隻腳的右師大，並不自卑難過，他很坦然地對公文軒說：「這就是老天爺給我的，我不怨別人。」接受上天的給與，無論好壞美醜，都應該感謝。莊子在這裡寫到了接受的快感。

接受上天的贈予是快樂的。面對上天給與你的本能、秉性，你要好好享受。珍惜現在，努力生活，遠比什麼都不做、怨天尤人、做一個個白日夢要好。對於已經失去的也不要太憐惜，這對繼續生活的人沒有任何價值。右師大不會盼望上天重新送他一隻新腳，也不會牽掛還沒出現就已失去的空腳。這個例子莊子用得很精準，若是換成曾經雙腳健全的人現在只剩一隻腳，那麼關於得失的決絕莊子怎麼說都是理虧的。莊子要把「失」寫成徹頭徹尾的「失」，從一開始就沒有過的「失」。

失去身上某樣東西不算什麼，爲了把決絕推向另一個極致，莊子提到對死者的決絕。死去的人與逝去的愛情一般，曾經甜蜜的戀人如今已沒感覺，不會爲對方開心而喜，也不會爲對方難過而悲。所以也別對死去的人哭泣。

從這一點看，我們不難發現莊子的養生思想與老子不同。老子求長生、莊子求忘死。老子以穀神（元氣）遲遲揮之不去而生，而莊子則以自然而生。在莊子的眼中，死應包含在生的過程裡，是生命的最後一段旅途；生、老、病、死，這是上天的公平給與，正是這四個環節構成了偉大的生命。

因此，在我們暮年之際看看周圍的世界，總有依戀不捨，總有很多想做的事無法完成，很多心願無法實現。我們是如此悲涼，如此可憐。然而，想想我們身邊的那些樹，因爲不曾擁有，所以欲望空空、毫無不捨。那一棵棵綠得發亮的樹從沒有過愛情，從沒感受過人間歡喜，所以面對死亡時它們如此安分，無聲無息。

在心靈進化的來世，我願做一棵冷暖自知的樹。

第四講　行器物之用必遭損殺

——解讀《莊子・內篇・人間世》

挑燈夜讀《人間世》，宛如喝了杯烈酒，心是空的，不論什麼音樂聽來都很絕望。在我看來，這是莊子寫得最爲游離的文字，他抽身離開，與文章裡提到的三類人物隔得遠遠的。

簡單地看，社會就是一種秩序，它映射在你內心的形象主要取決於兩點：一是你的心靈直覺、你自身的領悟能力；二是世界到底在你內心占有多少部分。莊子看到的世界被抹了層灰，這樣的灰不是某個國家特有的，而是很多個國家共有的，莊子看到的社會寬闊而深刻。

在人間世的每一個國度，都上演著這樣的悲劇。當「君臣之義，父子之親」之類的詞語被用來修飾人與社會的默契，莊子卻退縮了，他並沒有馬上表明立場，旗幟並不鮮明。他只利用白描的筆法，冷靜地記錄入世、處世、出世的三個狀態，並賦予我們判斷的權力。

最先出場的是顏回，一個千方百計要入世的人。他要前往衛國的時候被人攔住，孔子問道：「顏回啊，你去衛國做什麼呢？」顏回說：「我聽說衛國的國君還很年輕，辦事專斷，政事輕率隨意而無所顧忌，役使百姓使死人遍及全國不可勝數，就像大澤中的草芥一樣，百姓都失去了可以歸往的地方。」

看到孔子在靜靜聆聽，熱血青年顏回說得更帶勁了：「我曾經聽老師說，已經被人治理好的國家，你可以離開它，目前依然沒有得到很好治理的國家，你可要去幫助它，醫生門前病人多。我想，如果我去幫幫衛國的話，它也許還有救吧。」

「嘻！」聽完顏回的話，孔子縱情一笑。「嘻」字用得甚好，只憑一字，平日以儒雅形象示人的孔子頓時活泛起來了。

顏回見仲尼，請行。曰：「奚之？」曰：「將之衛。」曰：「奚爲焉？」曰：「回聞衛君，其年壯，其行獨，輕用其國，而不見其過，輕用民死，死者以國量乎澤若蕉，民其無如矣。回嘗聞之夫子曰：『治國去之，亂國就之，醫門多疾』。願以所聞思其則，庶幾其國有瘳乎！」

仲尼曰：「譆，若殆往而刑耳！」

笑罷，孔子說：「顏回啊，你去衛國恐怕凶多吉少。古代的聖人先正己後正人。如今你尚未立正，又怎麼糾正暴君的行爲呢？因爲追求名利，所以道德喪失。爲爭奪好處，人人勾心鬥角，名利和智巧都是兇器。人世間，大部分人都在爭名奪利。你德性淳良，但別人不一定了解你；你不追求功名，別人也不一定會同情你。你貿然去衛國進言，槍打出頭鳥，衛君必然以爲你拿他的短處來炫耀自己，這麼一來，你可就遭殃了！況且，假若衛君喜好賢能，哪還用得著等你進言才有所改變呢？即使你要眞去了衛國也不可能進言，因爲衛君一有機會就會抓住你的漏洞與你爭辯，當你眼花繚亂、六神無主、談吐毫無邏輯時，你也許不知不覺就贊同衛君了。這就好比拿火救火、借水滅水，這豈不是幫兇的行爲！一旦依順他的旨意，之後你就只能沒完沒了地順從；要是你在沒取得他的信任之前進言，那你必然死在他跟前。」

這就是莊子所展現的世間蒼涼：暴君無仁，天下無道，從夏桀殺害關龍逢、到商紂王殺害比干，再到今天的衛君。從這點看來，「無道」一直流傳至今。

顏回說：「那我端莊而謙和、勤勉而專一就好了。」孔子又笑了：「這怎麼可以呢？衛君驕氣十足，喜怒無常，人人都不敢違背他，他借此壓抑人們的眞實感受和不同觀點，放縱自己的欲望。用最簡單的道理都說服不了他，更何況你試圖用德行去感化他呢？這樣做是沒有結果的！衛君就算表面贊同，內心也不會有改變，這是行不通的。」

可見，社會的無道，不僅是遺傳的，更是循環的，因無法進言，且進言無用，故而形成惡性循環。

初生之犢不畏虎，急於入世的顏回又辯駁說：「那我內心秉正誠直，外表俯首曲就，進言時拿古人去感化衛君，他應該就不會刁難我了吧？」顏回是有社會責任感的，出發點也是好的，然而他所謂的進言方法跟孔子說的一樣，是治標不治本的。於是，面對不知所措的顏回，孔子說要治本就只有「心齋」：「關鍵你要摒除雜念，專一心思，即使身處追名逐利的環境中卻能不為名利地位所動，或許，衛君就會採納你的提議，並讓你闡明觀點。要是他不能採納你的提議，就無需再多說，不需尋找仕途的門徑。不向世人提示共同索求的目標物件，只是集中思想全無雜念，把自己寄託於無可奈何的境域，這樣就差不多符合『心齋』的要求了。」

對於一個非要入世的人，孔子是阻擋不了的，只能提點建議。對顏回之舉，莊子也很猶豫，沒有直接抹殺顏回的積極性。顏回入世了嗎？入了。那顏回進見衛君成功了嗎？不得而知。莊子為我們提供了一個開放性的結局，這是莊子在本文提出的第一個問題。

與顏回入世不同的另一群人早就跨入圈子裡，例如，葉公子高和顏闔，使者、太傅的身分說明他們已置身政治權力和秩序當中了，我姑且稱這種角色為「處世中的人」。

如果說入世是對世界存在幻想的話，那麼處世者的難以抉擇說的則是這世界不存在幻想。看上去很美，一進去才知道處處雷池、陣陣危機。

伴君如伴虎，飼養老虎的人不敢拿活物餵虎，就是為了避免激起牠的本性，更不敢拿整個動物去餵牠，怕誘發牠的兇殘怒氣。愛馬人用精美的竹筐去裝馬糞，用珍貴的蛤殼去接馬尿。剛巧這時一隻牛虻落在馬身上，愛馬人出於愛惜隨手拍擊，沒想到馬兒卻因此受驚而咬斷勒口，掙斷轡頭、弄壞胸絡。我們聽到莊子大聲疾呼：「處世的人要謹慎！一不留神，輕則失馬，重則羊入虎口。」

處於政治權力和秩序中的人是卑微而軟弱的。螳臂擋車的故事正是出自於此。處世的人力氣是微薄的，心有餘而力不足。處世的人地位也是尷尬，就跟在兩國的國君之間傳話的使者一樣。兩國國君若是開心，那麼一方必定給另一方過多的讚美；兩國國君若是憤怒，那麼一方給另一方的憎恨也多帶了幾分。就算傳話者如實轉述，不添加自身的感情色彩，但對於使者那些本來就包含過分讚美或過分憎恨的話，對方的國君都會懷疑使者是否在其中添油加醋。因爲大凡過度的話語聽起來都像虛構的，虛構的言辭最容易讓人產生懷疑。一旦國君產生懷疑，無論他是開心還是憤怒，使者都要遭殃。

處世的人就跟使者一樣，稍不留神，頭就掉了。然而，他們能逃離嗎？不能。「君臣之義，父子之親」其實說的就是這麼個無奈而又無法逃脫的關係。一旦入世，後悔就來不及了，一層層關係就跟血緣一樣永遠擺脫不了，安能抽身？除非自身毀滅。

莊子再一次把情感寄託於樹。在莊子眼中，樹與人相比是大智若愚、安靜的。人是矮小的，樹是高大的。人與樹相比，其智可及，其愚不可及。這是至關重要的差別。

有位名爲石的木匠到了齊國，當他來到曲轅這個地方，看到了一棵被世人作爲神社的櫟樹。這棵櫟樹樹冠大到可以遮蔽數千頭牛，用繩子繞著量一量樹幹足有十丈粗，樹梢高臨山巓，樹幹在離地面八十尺處方才分枝，用它可造十餘艘船。觀賞櫟樹的人群像趕集似地湧來，而石連瞧也不瞧一眼，腳步不停地往前走。他的徒弟站在樹旁看得清清楚楚，跑著趕上了石，說：「自我拿起刀斧跟隨師傅，從不曾見過這樣壯美的樹木，可是師傅卻不肯看一眼，一步也不停地往前走，這是爲什麼呢？」匠人石回答說：「算了，不要再說它了！這是一棵什麼用處也沒有的樹，用它做成船一定會沉沒，用它做成棺槨很快就會朽爛，用它做成器皿很快就會毀壞，用它做成屋門一定會流脂而不合縫，用它做成屋柱一定會被蟲蛀蝕。這是一棵不能取材的樹，實在沒有什麼用處，所以它才能如此長壽。」

匠石之齊，至於曲轅，見櫟社樹。其大蔽數千牛，絜之百圍，其高臨山十仞而後有枝，其可以爲舟者旁十數。觀者如市，匠伯不顧，遂行不輟。

弟子厭觀之，走及匠石，曰：「自吾執斧斤以隨夫子，未嘗見材如此其美也。先生不肯視，行不輟，何邪？」

曰：「已矣，勿言之矣！散木也。以爲舟則沉，以爲棺槨則速腐，以爲器則速毀，以爲門戶則液樠，以爲柱則蠹，是不材之木也，無所可用，故能若是之壽。」

匠人石回到家裡，夢見櫟樹對他說：「你打算用什麼東西與我相提並論？你打算拿可用之木來跟我相比嗎？楂、梨、橘、柚都屬於果樹，果實成熟就會被打落在地，枝幹也會遭受摧殘，大的枝幹被折斷，小的枝芽被拽下來。因爲它們能結出鮮美的果實，所以才苦了自己的一生，常常不能終享天年而半途夭折。各種事物莫不如此。而我尋求沒有什麼用處的辦法已經很久了，幾乎被砍死，這才保住性命，無用也就成了我最大的用處。假如我有用，還能夠獲得延年益壽這一最大的用處嗎？況且你和我都是『物』，你這樣看待事物怎麼可以呢？你只不過是將死亡又沒有用處的人，又怎麼會眞正懂得沒有用處的樹木呢！」

匠石歸，櫟社見夢曰：「女將惡乎比予哉？若將比予於文木邪。夫柤梨橘柚，果蓏之屬，實熟則剝，剝則辱；大枝折，小枝泄。此以其能苦其生者也，故不終其天年而中道夭，自掊擊於世俗者也。物莫不若是。且予求無所可用久矣，幾死，乃今得之，爲予大用。使予也而有用，且得有此大也邪！且也若與予也皆物也，奈何哉，其相物也？而幾死之散人，又惡知散木？」

在混世中，有欲望、有才幹的人被捲入黑洞，隨時會有生命危險，只有原封不動的樹能夠安全地生長。這是否又是個諷刺？莊子筆下的樹我怎麼看都覺得心寒。這是莊子提出的另一個問題。

在莊子的不斷思考、徘徊迂迴後，一種全新的人群出現了——出世者，比如楚狂接輿。初讀《人間世》，我所理解的「出世」原指那些從混世這個大漩渦裡所解脫出來的人。然而，行筆於此，我疑惑了，出世也許並非是指從世間脫離出來，這樣的脫離只存在於理想當中。也許出世者更應該指那些從未入過世，從未和「世」接觸過的人。

出世者是冷漠的，冷眼旁觀。楚狂接輿是一個決心與世界保持距離的人，他的情感接近一種死——心死。

孔子前往楚國，接輿特意到孔子門前，說：「鳳鳥啊鳳鳥！你怎麼懷有大恩大德卻偏偏來到這麼個衰敗的國家？未來的世界不可期待，過去的時光無法追回。如果天下得到了治理，聖人就能成就事業。現在天下混亂，聖人還是先想想生存問題吧。這個世界上的幸福飄渺得像羽毛一樣輕，而禍害卻比大地還重，先生還是想想怎麼迴避吧。算了吧、算了吧，不要在世人間前宣揚你的德行，危險啊、危險啊，人為地劃出一條道路讓人們去遵循！遍地的荊棘啊，不要妨礙我的行走；彎彎曲曲的道路啊，不要傷害我的雙腳！」

出世者對世界的看法是這段文字的主要意思。突然間，我原諒了莊子的猶疑。對於社會而言，入世者、處世者、出世者這三類人是同時存在於社會中的；而對於個人而言，這三種狀態根據事情發展順序排列起來，恰恰又是人生的整個過程：從一枚嬌嫩的芽孢、到一片鮮綠的新葉、再到一張枯黃的落葉，脈絡清晰。

莊子沒在文字裡露面，孔子似乎成了主角。

《莊子》裡的「孔子」跟《論語》裡的「孔子」有所不同，稍微留意就能發現兩者的區別。儒家學說推崇的是捨生取義，《論語・雍也》中有句話叫「己欲立而立人，己欲達而達人」，在這種推己達人的邏輯思路中包含著儒家積極救世的願望與理想。而莊子推崇的則是要取義先要保護好自己，人要先重視自己的生命，然後才是救世，於是《人間世》有言：「古之至人，先存諸己而後存諸人。所存於己者未定，何暇至於暴人之所行！」

「天下有道，聖人成焉；天下無道，聖人生焉。」莊子這種先保護好自己再救世的想法不是無中生有的。他提出一種關懷，一種對暴君執政下廣大知識分子的關懷，那些有抱負、有理想、有正義感的知識分子在這樣的人世間該如何選擇？

莊子的「道」不是在他之前的「道」，早期隱士那種脫離政局歸隱山林的做法已被他拋棄了。我也終於明白他的《逍遙遊》裡爲什麼只提到許由，沒提到巢父。這是因爲莊子有了反省——他跟時間之間的反省、他與儒家之間的反省，他與過去道家學說的反省，他終於認識到人是「世界」中的人。

《人間世》通篇描寫的無爲狀態，寫知識分子的無爲，看起來很消極、很絕望，但實際上是積極的。如果用社會中大部分知識分子的眼光揣摩此文，你會覺得天都要塌下來了，到處是災難、天昏地暗，生存都是問題。但是，我明確地告訴你，《人間世》絕對不是寫給知識分子看的。

這其實是莊子與執政者的對話。有才華的人無法施展才華怪誰？人民流離失所怪誰？好惡厭賢怪誰？視生命如草芥怪誰？天下無道怪誰？鳳鳥不來怪誰？這一切一切不都是國君應承擔的責任。

莊子的話裡總是絕望與希望並存。開頭那句「回聞衛君，其年壯，其行獨」中的「其年壯」，表示衛君還很年輕，換句話說，這樣殘暴的統治還要持續很長一段時間；而從另一個角度來看，「其年壯」同樣可以表示這個衛君還很年輕，如果想改過自省，一切還來得及。

很多人認爲《莊子》只爲部分精英分子帶來好處，事實不然。閱讀者不同，所受益者也不同。其實讀《莊子》最大的受益群體恰恰是那些最平凡的普通大眾。以《人間世》而言，一個小知識分子讀完，也許懂得的只是要善待自己，如此而已；若是一個明智有心的執政者看完，就並非那麼簡單，他看到的是造福，是福澤民眾。

第五講　平常心是大智慧

——解讀《莊子．內篇．德充符》

兀者王駘、申徒嘉、叔山無趾、哀駘它，這些人或身體殘疾或長相醜陋，世人連看都不看他們一眼，竟一一成爲莊子譬喻說理的「獵物」。

魯國有個曾經遭受刑罰被砍掉一隻腳的人，名叫王駘。與《養生主》裡右師大不同的是，王駘的雙腳本是健全，缺腳是後天所造成。這個人站著不能給人教誨，坐而不能論道，但卻有許多人向他請教，那些人原本空虛無爲地前往，卻滿載而歸。就追隨者而言，他竟然能與孔子平分秋色，其人數各占魯國一半。

孔子說：「王駘是聖人，我自己都感覺落後於他，我要向他學習，不僅讓魯國的人都向他請教，我還要讓全天下的人都求教於他。」

魯有兀者王駘，從之遊者與仲尼相若。常季問於仲尼曰：「王駘，兀者也，從之遊者與夫子中分魯。立不教，坐不議，虛而往，實而歸。固有不言之教，無形而心成者邪？是何人也？」仲尼曰：「夫子，聖人也。丘也，直後而未往耳。丘將以爲師，而況不若丘者乎！奚假魯國！丘將引天下而與從之。」

對於一個受過刑罰的瘸子，也許有人會問，需要這般勞師動眾嗎？莊子卻給了肯定的回答，而且回答得理直氣壯、擲地有聲！按照莊子的本意，世人都應學習王駘的平常心，這是一個大智慧。

世界萬物，你我之間，本身界限是很清晰的，你的就是你的、我的就是我的。好比在一個軀體裡，肝與膽本是概念不同的兩個器官。而當它們和其他器官一起構成整個系統、為維持人的生命兢兢業業地運作時，它們又是一致的，有著共同的目標。

王駘的平常心教會人們如何面對失去，當身體與自然萬物合成一體時，你丟了隻腳跟丟了一小片土地沒有區別。這是莊子呼籲世人學取王駘內心的第一個理由。另一個理由是，只有和王駘這樣的人在一起，你的人格才能提高。

人格魅力是能被互相感染的。持續流動的河水多情而憂傷，這樣的水面是無法映出你的樣貌。只有在深情而平靜的湖面上，才能看清自己。同樣，只有接近內心平和的人，才能孕育出自身平和的人格。

談及世人，大部分人還是可教的，但一種米養百種人，也有些人對此不屑一顧，例如子產。而遇到子產的申徒嘉，則被莊子作為第二個例子。

申徒嘉遭到子產的惡意挑釁。想到自己和一個瘸子同拜伯昏無人爲師，子產心裡不平衡，於是挑起了戰火。他對申徒嘉說：「我先出去還是你先出去？如果我先出去，那你就留下；如果你先出去，那我就留下。」明明活在同一世界，子產人爲地把兩人的空間壓縮成一座獨木橋。

到了第二天，子產和申徒嘉又同在一個屋子裡、同在一條席子上坐著。子產又對申徒嘉說：「若我先出去你就留下，若你先出去我就留下。現在我將出去，你是留下還是不留下呢？你見了我這執掌政務的大官卻不知道回避，你把自己視爲相同嗎？」

面對子產的咄咄逼人，申徒嘉先是忍耐，他忍耐的不是對子產的憤怒，而是對無知者的取笑；直到他忍無可忍，用溫和的語氣說出了他的「幸運」。

申徒嘉說：「我曾經如此不幸，無辜被人砍了腳。也許，我受過的刑罰應該讓我反省。對於判了刑的人，如果你自己陳述或辯解自己的過錯，那你會認爲自己是不該受罰的。對於沒判刑的人，如果你不意識到自己的過錯，也會覺得自己不該受刑。判與不判只是外界的安排，反思不反思則是內心的懲戒。對於命運，我們往往無能爲力；就好比把你放在靶心上，面對神射手后羿的利箭，你居然未被射中，這就是命。以前那些身體完整的人笑話我，我會很憤怒，但自從跟隨伯昏無人先生一起生活後，我便不再憤怒。我跟隨先生十九年，但先生從不曾視我爲一個斷腳的人。我和你眞心相對，以道相交，而你卻因爲我的缺陷而歧視排斥我，這樣做對嗎？」

申徒嘉曰：「自狀其過以不當亡者眾，不狀其過以不當存者寡。知不可奈何而安之若命，唯有德者能之；遊於羿之彀中，中央者，中地也；然而不中者，命也。人以其全足笑吾不全足者多矣，我怫然而怒；而適先生之所，則廢然而反。不知先生之洗我以善邪！吾與夫子遊十九年矣，而未嘗知吾兀者也。今子與我遊於形骸之內，而子索我於形骸之外，不亦過乎？」

如此一來，我們應該很清楚申徒嘉的不幸與萬幸。不幸的是因爲他被判罰，身體殘缺，並受到子產排斥；萬幸則是因爲受到伯昏無人先生的包容與關愛，他獲得了尊嚴。

難道你體會不到那種溫暖嗎？一個博學的長者面對一個殘疾人竟如此耐心和藹、無微不至。這樣的心胸只有眞正善心的學者才有吧？如果說莊子第二個取譬的對象是申徒嘉，還不如說是伯昏無人，伯昏無人對學生的公平對待和親人般的疼惜，這是一切爲人師者所必須學習的！

伯昏無人的態度是一種包容。這種包容在我看來是對無數學者扭曲莊子意圖的最有力的反擊。這種反擊在《德充符》中則反映到孔子身上。

對於孔子，莊子的情感是複雜的，雖說不上莫可名狀，但也是欲語還休。

魯國有個被砍去腳趾的人叫叔山無趾，在他心目中，孔子是眞正的聖賢。某天，叔山無趾靠腳後跟走路去拜見孔子。孔子見了他，感嘆道：「天啊，你怎麼不早點來找我呢？你早先犯了錯誤，所以才遭到砍腳趾的懲罰，如果你能早點來找我，也許我還能爲你指點迷津；你現在才找我，晚了晚了，這無法彌補了。」

叔山無趾走後，孔子就對弟子說：「我們要學叔山無趾的悔改精神，他腳趾被割了，現在還想著要彌補過錯，你們這些身體健康的人更要自覺地更正彌補過錯。」

難道在莊子挑剔的眼光裡，叔山無趾值得一學的只是悔改精神嗎？不盡然！

叔山無趾跟孔子告辭後又找到老子，說：「孔子他恐怕還沒未達聖人的地位，他的言語讓我大失所望。他的目光還立足於贖罪，難道我找他是爲了讓自己名聲好一點嗎？孔子他怎麼不懂名聲其實是束縛自身枷鎖的道理呢？」

老子說：「是啊，他一生追求學問和名聲，也未從枷鎖中解脫出來。」

叔山無趾表示認同：「這也許就是上天對他的處罰吧，可憐的孔子，你怎麼可能獲得解脫呢？這就是天刑。」

老子和叔山無趾之間的對話、孔子的行爲、伯昏無人的包容，都是對世俗的反擊，也是對歷年學者對莊子思想誤解的一次反擊。

很多研究哲學的學者都從這幾段文字中看出莊子的命運論。內心覺得不該受罰而遭受刑罰的人、被放在靶心卻沒被射中的倖免者、孔子覺得叔山無趾事後彌補的無用，在一些道貌岸然的研究者看來，這些例子都作爲一種證據來證明莊子的消極，用他們的話來說就是：「莊子覺得生死有命，富貴在天，一切機遇都是命運給與的，是上天給與的。所以，面對如此兇猛的命運安排，我們只能接受，不能反抗，因此也不要多想了。」

這種分析分明是種宿命論。這是對莊子的侮辱，今天，我要為莊子雪恥。

過去、現在、未來，雖然是人無法擺脫而必須經歷的過程，但與之相對的思想活動則是我們自己的——回憶、感受、期盼。莊子的確說過人對命運的無能為力，但這裡的命運要加個定語修飾。莊子說的命運指的是過去的命運，已經發生的事件。

對於過去的事件，那些上天安排在你身上已發生的厄運，是無法逆轉的；人不該鑽牛角尖，應該朝前看，為過去悲哀於事無補，只有積極面對未來生活才是正道。

接下來，莊子再次以孔子作為他的思想代言人。此時的孔子又換了副面貌。

魯哀公問孔子：「衛國有個樣子奇醜無比的人叫哀駘它。男人和他相處後常常想念他，不捨得離去。女人見過他後便向父母提出請求，說『與其做別人的妻子，不如做哀駘它先生的妾』，這樣的人很多啊。他不是國王，又不能救死扶傷，他很貧窮，無法救濟別人，樣子又是那麼醜陋，看起來也很愚蠢，沒有什麼思想，但無論男女，只要和他接觸過的人都喜歡和他親近。我感到奇怪，於是請他過來一看，果眞奇醜無比。但是，和他相處不到一個月後，我了解他的為人；不到一年時間，我便十分信任他。正趕上國家沒有主持政務的大臣，我想把國事委託給他處理，他卻愛理不理，態度很冷漠，我不知道他是不是在推辭。後來我強行把國事交給他，可沒過多久他就走了。我若有所失，彷彿這個國家沒有能和我一起分享歡樂的人。原因為何呢？」

孔子回答道：「我出使楚國的時候，看到一群小豬崽子正在吮吸剛死去的母豬乳汁，但不一會兒牠們就驚慌而逃。這是因為母豬已經死了，牠不能再哺育豬崽子，雖然牠還是母豬的身體，牠的奶也還能餵養孩子，但那些豬崽子感受不到牠的母愛了，所以不認識牠，於是跑了。」

孔子以此例說明，原本有血緣關係的生靈也會因為失去根本的東西而拋棄母親。根本是內在的、實質的東西。戰死沙場的人不會講究埋藏方法，失去腳的人不會再青睞鞋子，這些都因為他們已經失去了根本。而哀駘它的出走，表明他是一個「才全」而「德不形」的人。

對於最後這句話中的「才全」和「德不形」的意思，許多版本的解釋都很拗口，導致讀者難以理解。其實簡單點說，「才」指的是性、天性，人的品質；「才全」是指對天性的保留，處世不驚，無論世界如何變化，內心始終如一。而「德不形」則是說，眞正的大仁大德放在心中就可以了，不應利用道德來修飾自己的外表身分。哀駘它的離開顯示，他對魯哀公給與的重用沒動心，他也不想用大德來修飾自己的聲名。

綜覽前後兩段莊子對孔子的描述，莊子其實也很包容孔子，沒有全盤否定、也沒完全同意。叔山無趾的事例意在批評，莊子跟叔山無趾一樣，對孔子是失望透頂的；而與魯哀公的對話所體現出孔子的慧心，這是否意味著莊子對孔子也只是失望，還沒有絕望？

至於衛靈公的覺醒，則是莊子對所有執政者的期盼。一個跛腳、傴背、缺嘴的人遊說衛靈公，衛靈公十分喜歡他；看慣了他殘缺的肢體，再看看那些體形完整的人，就會覺得他們的脖頸實在是太細了。

這個例子說明人格的魅力其實可以掩蓋形體的缺陷。本文題目叫「德充符」，乍一看時會覺得很玄，現在一想，眞是精妙。德，與良心、良知相關，指的是一個思想高度、一種精神境界；充，等同於內，說的是內在，由外及內的內；而符，則是符合、相符、一致的意思。把德、充、符三個字連起來解釋就是：當一個人內心充滿了道德感時他的外表應該是什麼樣子才能符合內心呢？

惠子與莊子的對話再次引起相關的反思。

惠子問：「人原本就沒有情嗎？」莊子說：「是的。」惠子又問：「一個人沒有了情，那他還是人嗎？」莊子說：「上天給了我們人的樣子，人的體形，怎麼不是人呢？」惠子再問：「既然是人，怎麼會沒有感情呢？」莊子笑了，說：「你說的感情並非我說的那個情，我說的是那種不因爲自己喜歡或厭惡而無休止地放肆的情緒，不隨便想要得到什麼或增加什麼。」惠子再問：「不因爲想要而去得到什麼，人怎麼能保持自身的身體呢？」莊子說：「人要保全身體，關鍵是保全根本，保全個性與精神，而你現在卻是勞心傷神地用『堅白論』和自己過意不去！」

惠子謂莊子曰：「人故無情乎？」莊子曰：「然。」

惠子曰：「人而無情，何以謂之人？」莊子曰：「道與之貌，天與之形，惡得不謂之人？」

惠子曰：「既謂之人，惡得無情？」莊子曰：「是非吾所謂情也。吾所謂無情者，言人之不以好惡內傷其身，常因自然而不益生也。」

惠子曰：「不益生，何以有其身？」莊子曰：「道與之貌，天與之形，無以好惡內傷其身。今子外乎子之神，勞乎子之精，倚樹而吟，據槁梧而瞑，天選子之形，子以堅白鳴！」

「堅白論」是當時公孫龍的一種詭辯理論，他的論點是堅、白不能同時存在於石頭中。堅，是一種感覺，要通過觸覺才能感知，不可見；白，是一種顏色，只有通過視覺才能感知。他據此認爲，堅、白的同時存在割裂了事物屬性間的交互作用以及知覺的交互性，所以不可能共存。

莊子指出「堅白論」其實是指惠子達能了解事物屬性間的交集，忽視它們的相互作用，並把不同的屬性混爲一談。

閱讀至此，我不禁再次佩服莊子的匠心別具。那些身體不健全的人們是不幸的，莊子所舉的例子，從社會關懷面上看，其實對他們的生存狀態是一種抬舉。

有些研究者把自虐、自殘的思想強加於莊子，某些人更大言不慚地將其理解爲對無望社會的讓步，他們覺得莊子眼中的世界太過黑暗：國君無道，刑罰無處不在，社會處處暗藏殺機，人們爲了不成爲被攻擊物件，只有自殘，以博取同情心，「爲了不被別人傷害，你必先自我傷害」。

其實，這與莊子的本意南轅北轍。莊子立足於對體殘者的精神獲取，他們外表的匱乏與內心的飽滿形成強烈對比。莊子覺得體殘者魅力非凡，這樣的崇拜絕非崇拜「自殘」行爲，這只是一種手段，與修辭方式一樣，僅僅是爲了突顯眞正的人格魅力來自內在之德，是心靈中孕育的德性光輝。

人的形體何嘗不是社會的形體，莊子選擇了那些受害者，無非是想讓社會上那些脆弱生靈的心理承受能力增強點，提前做了最壞的打算：還有什麼可怕的呢？那些缺腿少趾的人都能做到品行兼優，何況是身體健康的人呢？

第六講　精神充盈，即可坐忘名利生死
——解讀《莊子・內篇・大宗師》

闔上書時，已是午後兩點，在這本該驕陽高照的時刻，窗外的世界卻朦朧一片，像不醒的四月，我忘了季節。霧很大，看不清方向，只聞到潮濕的氣味，我無法確定前面有什麼，所以只能等待、繼續等待。

這便是我看《大宗師》的感覺：天下之大，宛若濃霧，它是混沌的，卻又無所不在，讓你無處可逃。我在窗邊努力發掘熟悉的風景，試圖在莊子的文字裡發現他的秘密。看著霧把城市裝點成仙境，忽然覺得仙境其實早就在身邊，只是我們忽略了。霧的出現，讓我們有機會重新看到這消逝的美景。

在霧氣稍薄的地方，我看到城市郊外的平房，屋邊的電線桿稀疏地直立著，是一些不入流的、細微的、固定的風景。很難知曉平房裡的故事，每個門後的身影都存在於我們的世界之外，他們自娛自樂，看似平靜，卻又不時騷動著。

夜裡，我被一陣鑼鼓聲吵醒，看到窗外遊走著眾多白色的紙人紙馬，紙馬被人高舉著，紙錢如櫻花般飛舞。那是一場喪禮，一個年過八旬的老者離去了。我不曾見過這位老者，他像深宮裡的幽蘭，路人很難窺見。但我見到了他的子孫們，他們抬著棺材和陪葬品，吹著喇叭打著鼓，穿越城郊的馬路。他們是愉快的，若能有機會徵詢老者的心意，我想，老者也是愉快的。

盤古開天、女媧造人，誰劃出世界，誰又分出你我？莊子用一個「大」字，把這一切都包括了，季節、天氣、人、植物、畜生，一切都在「大」中。在建立「大」的前提下，《大宗師》成了莊子文字裡最玄妙、最抽象的一篇文字。

「大宗師」，顧名思義，探討的是宗師，這裡的宗師不是特指某一位先生、某一個聖人，在我看來，這裡的宗師有兩種意思：其一，大宗師可以理解成天下萬物在本源上都必須向它學習的老師，這裡的老師不是其他，正是「道」。在莊子的理念中，道是在傳統道家學說基礎上發展衍變起來的。在意而子拜訪許由時，許由說：「道是我偉大的宗師啊！把萬物碎成粉末不是為了某種道義，把恩澤施於萬世不是出於仁義，長於上古不算老，回天載地、雕創眾物之形也不算技巧，這就是進入『道』的境界。」

「大宗師」的另一種意義則更加強烈。如果說之前的解釋只是為了證明道在天地人之間的重要位置，那麼這裡的大宗師則告訴了人應該怎樣解決問題。莊子說，世界的一切都被包在「大」中，「大」本身可以形容世界，也可以形容世界外的世界；而「宗」，是指祖宗、血脈、父子關係，除了暗示莊子的觀點「天地萬物都是上天的兒子」以外，還說明了德性在人與人之間關係中也處於老祖宗的地位，是一切關係的根本；而「師」在這裡，不是指老師，而是指學習，是將名詞視爲動詞。

整理一下莊子的想法，便有了如下解釋：世界的一切都在「道」中，「道」是上天所賦予的，一切生靈都是上天的子孫，而要想得道，就只能通過學習。《大宗師》是最能體現莊子思想的一篇文字，也是寫「道」寫得最爲深刻的一篇。在這裡，莊子另闢蹊徑，嘗試突破傳統舊道，爲人們找一個出路。

莊子是不會讓人失望的。在《大宗師》中，他側重的是人與道之間的溝通和聯繫，並把原本的道和學習聯繫起來。學習是一門關於智慧的行爲藝術，學習與道一樣，並非隔離的、閉塞的，而是透過交流進行的，要在交流中學習。從社會學的角度來看，道的獲取，其實是在同一社會契約下，不同個體之間進行的觀點的修改、補充、傳染與提升。爲了讓大家更好理解，我決定從學習的角度闡述《大宗師》的思想。

莊子是可愛的，他有顆童心，這一點從他在《人間世》中所描述的單純少年就可以看出。在顏回與孔子談論如何向衛君進言時，他說：「若然者，人謂之童子」，因爲童子無知，所以國君不會怪罪。而我們現在說到的童心不指單純，而指莊子永遠年輕而充滿活力的心態，他總是對一切充滿了好奇心，用他的話來說就是：「大道存於萬物之中，萬物皆體現著道，所以季節、天氣、人、植物、畜生，均可學習。」可見，莊子是好學的。

莊子也是聰慧的，他是個善於思考的人。比如他對於「眞人」的態度。在其他學生眼中，眞人是神仙，如何向神仙學習？我們又不是神仙。但莊子卻不這樣認爲，誰說神仙不能學習？

古時候的「眞人」，不倚眾凌寡，不自恃成功凌駕他人，也不圖謀瑣事。像這樣的人，錯過了時機不後悔，趕上了機遇也不洋洋得意，登上高處不顫慄，下到水裡不會沾濕，進入火中也不覺得熱。古時候的「眞人」，睡覺時不做夢，醒來時不憂愁，吃東西時不求甘美，呼吸時氣息深沉。「眞人」呼吸憑藉的是著地的腳跟，而一般人呼吸則靠的只是喉嚨。古時候的「眞人」，不懂得熱愛生存，也不懂得厭惡死亡；出生不欣喜，入死不推辭；無拘無束地就走了，自由自在地又來了。上述是別人看到的「眞人」的生活習性。莊子認爲「眞人」的那些行爲只是表面現象，他要學習「眞人」的其實是善良、謙和、耐心、深沉、心思愼密、處世不驚。

古之眞人，其寢不夢，其覺無憂，其食不甘，其息深深。眞人之息以踵，眾人之息以喉。屈服者，其嗌言若哇；其耆欲深者，其天機淺。

古之眞人，不知說生，不知惡死；其出不訢，其入不距；翛然而往，翛然而來而已矣。不忘其所始，不求其所終；受而喜之，忘而復之。是之謂不以心捐道，不以人助天，是之謂眞人。

這樣看來，一般人認爲很玄的「道」其實是很基本的東西，莊子之「道」只是表達了其所處時代的所有美德而已，「道」離人間並不遙遠。

莊子對學習有種信念，他明確地說，世上沒有什麼是學不會的。

許由問意而子：「堯帝教了你什麼東西啊？」意而子說：「堯帝對我說，一定要親身實踐仁義，並明白無誤地闡明是非。」許由說：「那你怎麼還來找我呢？堯帝都對你洗腦了，他用『仁義』在你額上刻下了印記，又用『是非』割下了你的鼻子，你又將憑藉什麼游走於逍遙放浪、縱任不拘、輾轉變化的道途呢？」意而子說：「雖然如此，我還是希望能透過學習達到遊處於世間的境界。」許由提出了質疑：「不對，有眼無珠的盲人沒法觀賞姣好的眉目和容顏，瞎子沒法鑑賞禮服上各種不同顏色的花紋。」意而子說：「無莊聞『道』後不再打扮，忘掉自己的美麗；據梁聞『道』後不再逞強，忘掉自己的勇力；黃帝聞『道』之後則忘掉自己的智慧。他們都因爲經過了『道』的錘煉和鍛打。你怎麼知道造物者就不會養息我受黥刑的傷痕和補全我受劓刑所殘缺的鼻子，使我得以保全托載精神的身軀來跟隨先生呢？」

從對話中可以看出，一開始許由是拒絕教意而子的，他認爲心智上的誤區已形成，沒有學習效果。然而，意而子拿出無莊、據梁、黃帝等人的例子，說明透過學習「道」在他們身上發生了作用。莊子之所以構設許由與意而子兩人的話，無非是想告訴我們：「道」是可以學的，只要用心學必定有效。

看到這裡，你可以放心地收莊子爲學徒。這個孩子不浮躁、不偏激、不自滿。他會安心地聽你教誨，他甚至不會跟你有衝突，畢竟，一日爲師，終身爲父。師與父的關係，從未如此貼近。

莊子明白，學習是個相互傳播的過程，是一種人與人在潛移默化中的相互影響，你影響別人的同時也被別人影響。

有一天，南伯子葵問女：「女呀，你歲數已經很大了，可是我看你的容顏又青春又活潑，簡直像個孩童，這到底是爲什麼呢？」女想了想，說：「這是因爲我得道了。」南伯子葵一聽，問：「道？我可以學習嗎？」女又想了想，說：「不行，你怎麼可能學習呢！依我看來，你可不是能學習道的人。你知道卜梁倚嗎？他有聖人般明敏的才氣，卻沒有聖人般虛淡的心境。而我呢，我有聖人般虛淡的心境，卻沒有聖人那種明敏的才氣。我本想如果用虛淡的心境去教導他，沒準他果眞能成爲聖人。然而，結果卻不是這樣。雖然把聖人虛淡的心境傳告給具有聖人才氣的人看起來更容易些，但我還是選擇持守著告訴他，結果，他三天之後便能遺忘天下；看到他已經可以遺忘天下，我又凝寂持守，結果，他七天之後就能遺忘萬物；看到他已經遺忘外物，我又凝寂持守，結果他九天之後便能遺忘自己的存在。等到他遺忘自己的存在，他的心境便能如朝陽一般清新明澈；當心境如朝陽般清新明澈，他就能夠感受那絕無所恃的道了；當他感受了道，就能超越古今的時限；當他超越古今的時限可以在歷史中穿梭，那麼便進入無所謂生、無所謂死的境界。一個人生活在世界上，當你摒除了生也就沒有了死，因爲沒有了死的對比，那時候的生也就不存在了。作爲事物，道無不有所送辭，也無不有所歡迎，無不有所毀滅，也無不有所成就。我把『無不有所毀滅，也無不有所成就』叫做『攖寧』。攖寧，就是指人不受外界影響而保持心境寧靜。」

南伯子葵問乎女偊曰：「子之年長矣，而色若〔孺〕子，何也？」曰：「吾聞道矣。」

南伯子葵曰：「道可得學邪？」曰：「惡！惡可！子非其人也。夫卜梁倚有聖人之才而無聖人之道，我有聖人之道而無聖人之才。吾欲以教之，庶幾其果爲聖人乎！不然，以聖人之道告聖人之才，亦易矣。吾猶守而告之，參日而後能外天下；已外天下矣，吾又守之，七日而後能外物；已外物矣，吾又守之，九日，而後能外生；已外生矣，而後能朝徹；朝徹，而後能見獨；見獨，而後能無古今；無古今，而後能入於不死不生。殺生者不死，生生者不生。其爲物，無不將也，無不迎也；無不毀也，無不成也。其名爲攖寧。攖寧也者，攖而後成者也。」

有些知識並非直接向老師學習就能學到的，學游泳的人，即使再熟讀教材，下水亦有可能溺斃，就是這麼個道理。學習是循序漸進的，是需要通過實踐才能眞正掌握並融會貫通的。三天、七天、九天，這些數字就詮釋了一個漸進的過程、實踐的過程、認識加深的過程，同時也是一個傳播的過程。傳播的方法、物件、效果在此都很明顯。

顏回對孔子說：「先生，我進步了。」孔子問：「你進步了什麼呢？」顏回說：「我已忘卻仁義了。」孔子說：「好，但你還不夠。」過了幾天，顏回又去拜見孔子，說：「我又進步了。」孔子問：「你這次又進步了什麼呢？」顏回說：「我忘記禮樂了。」孔子說：「好，但這還不夠。」又過了幾天，顏回又來了，說：「我又進步了。」孔子說：「這次又進步什麼了？」顏回說：「我坐忘了。」孔子疑惑地問：「坐忘爲何物？」顏回說：「毀廢了強健的肢體，退除了靈敏的聽覺和清晰的視力，脫離了身軀並拋棄了智慧，從而與大道渾同相通爲一體，這就是靜坐心空物我兩忘的『坐忘』。」孔子感嘆道：「與萬物同一就沒有偏好，順應變化就不執滯常理。你果眞成了賢人啊！我作爲老師也希望能跟隨你學習而步你的後塵。」

從這個故事來看，師生之間的關係並非是亙古不變的，教與被教，所謂「教學相長」不需要太多客觀條件就能實現。

莊子是個神奇的魔術師。他掌握著季節的模樣，秋天是嚴肅的觀眾，而春天是溫暖的情人。他對日夜的變化信手拈來。你可別指望能在他眼皮底下做小動作，你要打起十二分精神。要知道，將船兒藏在大山溝裡，將漁具藏在深水裡，可以說是十分牢靠；誰也沒想到半夜裡會有個大力士把它們連同山谷和河澤一塊兒背著跑，睡夢中的人們一點也不知道。

莊子的魔術是危險而高超的，對於他的惡作劇我們無須害怕，只要想辦法利用就行了，讓這個詭秘的魔術師爲我們服務。這點要學子輿。

子輿生病了，子祀買了補品到他家去探望。子輿躺在床上興奮地說：「偉大的造物者啊，你竟然把我變成如此曲屈不伸的樣子！我的腰彎了，背駝了，五臟六腑的穴位都向上打開，下巴低垂著，簡直都要隱藏在肚臍的下面了；我的肩部也聳起，兩個肩膀像駝峰一樣，都快要高過頭頂了；

我扭曲的頸椎也如被黃蜂螫過的皮膚瘤一樣凹凸不平，朝天隆了起來。」子輿嘴裡這麼說，語氣中分明帶著調侃與自嘲，他的心裡卻是閒逸而快樂的，彷彿壓根兒沒生病似的。不僅如此，他還步履蹣跚地跑到井邊對著井水看呀看，再次驚嘆：「呀，造物者竟然能把我變成如此曲屈不伸！」

子祀看到他蹲在井邊照影，問：「子輿，你討厭自己現在的樣子嗎？」子輿說：「不啊！當然不，我怎麼可能會討厭自己呢！我是無所謂，要是造物者想把我的左臂變成一隻威武的大公雞，我就用牠來報曉；要是造物者想把我的右臂變成剛強的彈弓，我就用它打下斑鳩烤了吃；要是造物者非要把我的臀部變成車輪，把我的精氣變成駿馬，我就直接用來乘坐，難道還想換別的車馬嗎？我們之所以獲得生命，是因爲到了適當的時候，這叫適時；如果有一天我們要失去生命了，不要難過，那是因爲天地趨勢的發展，這個叫順應。安於適時而處之順應，無論悲哀和歡樂都不會侵入心房擾亂情緒的。這個道理就是古時聖人所說的解脫倒懸之苦，至於不能自我解脫的原因，是由於外物的束縛。最重要的一點是，天下萬物自身的變化都不可能超越自然的力量，我又怎麼可能厭惡現在的自己呢？只不過是發生一點小變化而已。」

俄而子輿有病，子祀往問之。曰：「偉哉夫造物者，將以予爲此拘拘也！曲僂發背，上有五管，頤隱於齊，肩高於頂，句贅指天。」陰陽之氣有沴，其心閒而無事，跰𨇤而鑒於井，曰：「嗟乎！夫造物者又將以予爲此拘拘也。」

子祀曰：「女惡之乎？」曰：「亡，予何惡！浸假而化予之左臂以為雞，予因以求時夜；浸假而化予之右臂以為彈，予因以求鴞炙；浸假而化予之尻以為輪，以神為馬，予因以乘之，豈更駕哉！且夫得者，時也；失者，順也。安時而處順，哀樂不能入也。此古之所謂縣解也。而不能自解者，物有結之。且夫物不勝天久矣，吾又何惡焉！」

一切意外的變化成為不在計畫的計畫，你需要的是一顆泰然的心；同樣，想成為莊子的觀眾還要發揮想像力。

莊子的魔術帶著神秘色彩，他讓天下人變形。這些好玩的把戲必定是魔幻的，否則怎麼能夠隨心所欲？這個魔術師的表演隨的是心，這顆心要比世界之大還要大。

如何才能超越世界，成為比世界之大還大？路只有一條，那就是和你無法征服的世界一體化。有人說，要想和世界一體化，要麼征服，要麼屈服；而在莊子眼中，不能征服，也不要屈服，而是滲透。

於是在《大宗師》裡有這麼個經典鏡頭：子祀、子輿、子犁、子來四個人在一塊議論：「誰能夠把無當作頭，把生當作脊柱，把死當作尻尾，能夠通曉生死存亡渾為一體的道理，我們就可以跟他交朋友。」話一出口，四個人都會心地相視一笑，心心相契卻不說話，於是相互成為朋友。

這裡的「一體」應該是歷史上最早出現的「一體」了，讓我們無法不佩服莊子這位魔術師對世間的悟性，他的腦裡像養了隻小獸，讓人無法捉摸。但莊子的表演和萬物一樣，並非總能成功的。失敗的表演，就只有死。在很多人眼裡，死與生是相對的。但在莊子這位魔術師眼中，生與死是平等的，處於天平兩端。

莊子認爲，最旺盛的生命其實是一種對死的最急切的期待，更好的生其實是爲了更好的死。生與死都是高潮，生的高潮是長期的、斷斷續續的，偶爾會發掘一些生命的精彩；而死的高潮則是短暫的、急速的，是一瞬間的放縱。

在莊子的邏輯學裡，生是死的醞釀，而死則意味著表演閉幕。莊子把生死理解成一種迴圈。我們的生，只是靈魂帶著某一個面具在世間這個舞臺上活動著；我們的死，則是這個靈魂摘下面具等待舞臺下觀眾的命令，等待他要上演的下一個角色安排。等觀眾商量好要看你什麼樣的表演時，生命便因此復甦，一個新的生命又開始。在這個舞臺上，每一個人既是觀眾也是演員。我們各自上演著各自的劇情，彼此看著彼此。

如此一來，對生死的固執也看淡了。對於死去的人，我們也就沒必要太難過，我們對死者的懷念充其量也只能說是對他上演角色的懷念，如此而已。於是，我們理解了孟孫才、孟子反和子琴張。

同樣，我也理解了那天夜裡喧囂的鑼鼓聲，那托送老人離去浩浩蕩蕩的隊伍，那些紙人、紙車和那些如雪花般盛開的紙錢。那是觀眾對謝幕者的最高敬意，感謝在倉促的人生中能夠與他有緣相遇，同時帶著獵奇的心打量著他的下一個表情。那些對屍體唱歌的人，是在歡送，帶著喜悅；那些活著的人表演累了，反而會羨慕他可以休息，所以他們眼睜睜地嫉妒他；那些不爲親人離開而哭泣的人並不難過，他們只是期待，期待這個熟悉的靈魂下一場的精彩節目。

第七講　不強加於人，便是善待自己

——解讀《莊子・內篇・應帝王》

《逍遙遊》裡孤獨的鯤化身為鵬。鵬目睹天下，看到了《齊物論》所寫的景象，不禁感嘆，在這般世界人怎樣才能活得好好的？於是決絕的莊子就用一篇《養生主》告訴大家，外界兇猛，遠不如人心險惡。

與《齊物論》裡的客觀描述相比，《人間世》裡的是是非非就是一種人文意象間的鬥爭了。於是面對混世，便有了《德充符》的自我檢討，有了《大宗師》的主動學習。而鵬這趟旅途的最後歸宿便在《應帝王》的昇華。

看《應帝王》時，我的腦海裡總是把大鵬與鳳鳥聯繫在一起。《人間世》裡說，國家無道，天下大亂，鳳鳥是不會飛來的。如果大鵬的逍遙代表了普通人心中的自娛自樂，那麼鳳鳥的出現則有著本質上的不同，它代表了一個境界、一個權威的判斷。

在我看來，鵬再大，也比不上鳳鳥；鳳鳥即鳳凰，是鳥中之王。鵬再怎麼逍遙、再怎麼御風飛行，只要鳳凰一出現必然矮一截，抬不起頭來。

莊子旅途的起點是北海，終點是南海。儘管鵬很偉大，但充其量也只是莊子旅行的工具，終究是要被拋棄的，莊子的最終目的是鳳凰，因爲鳳鳥才是天下有道的唯一象徵。

莊子大多闡述悲涼的故事，細細閱讀，不知不覺地就會被其文字表面的絕望所感染。而在《應帝王》中，莊子把過去的一切絕望都抹去了，他以一種無比積極上進的心態指引讀者前進。

「應帝王」裡的「應」是順應的意思，很多版本的譯文直接將其解釋爲「順應民眾的君主」。乍一看似乎合理：在專制的社會中，每個人的生命不可能和君主斷絕關係，莊子目睹人間冷暖，看過一個個如衛君般殘暴的君主，必然對現實不滿，於是他呼喚一個理想的君主順應天道、理解民眾，能爲大家創造一個寬鬆舒暢的生存空間。

但是，如果眞這麼理解，那就錯了，莊子對國君之術並不感興趣。在政治意義上，一個國度只有一個君主，王是唯一；但在生命意義上，每個人都是自己的王。莊子是想告訴世人，每個人都是自己的王，要成爲生命和世界的主宰，而不是受奴役，這才是「應帝王」的根本含義。

《應帝王》開篇中的問就很讓人意外。一天，缺向王倪求教，四次提問，王倪四次都不能作答；缺於是跳了起來，高興極了。

莊子這裡說的四問，往往解釋爲問了四次。爲什麼問四次，還會四問而四不知？要想眞正理解這「四問」須從《易經》裡說起。用《易經》的道理講就是「太極生兩儀，兩儀生四象」。簡單地說，就是一個事物有正反兩個方面，這就是二，二之中再有是非對錯兩個方面。二的平方便是四。

從學生問老師的角度分析，王倪必然會讓人失望，對一個一問三不知的老師，我們都會有些瞧不起。但缺的反應卻和正常人截然相反，老師無知，學生竟高興起來。與其說王倪是無知的，不如說他是拒絕回答。

王倪不願意做老師，因爲他覺得自己沒資格。他不回答，並非知識欠缺，而是出於對知識本身的懷疑，有種根深蒂固的質疑。我們眞的了解事物，了解他人嗎？太極生兩儀，兩儀生四象。用邏輯學分析，一個事物的是或非之中會再生出是或非，是非則非、是是則是、非非則是、非是則非。那麼，我們對知識應該怎樣理解呢？王倪正是出自對知識的懷疑而拒絕作出回答。

這樣的拒絕是直接的，這樣的拒絕其實是拒絕對事物的主觀判斷，是不把自己的觀點強加於他人身上。

立場確立後，接下來的故事就很易懂。在《逍遙遊》、《齊物論》裡出現過的肩吾去拜見《人間世》裡的出世者楚國隱士接輿。

接輿問：「平時你老師日中始以什麼來教導你？」

肩吾說：「老師告訴我，做國君的一定要憑藉自己的意志來推行法度，這樣，百姓有誰敢不聽指揮呢？」

接輿說：「這是自欺欺人的做法。那樣治理天下，就像讓你徒步至海裡開鑿河道、讓蚊蟲背起一座大山一樣，是根本不可行的。聖人治理天下，難道會治理社會外在的表象嗎？他們才懶得管什麼百姓生活秩序，民眾是否聽命吩咐！他們只需要簡單地順應本性、感化他人，聽任人們所擅長的。天上的鳥怕獵人以羅網去抓它，所以飛得又高又遠；田裡的老鼠怕人去抓它，就在神仙的廟宇下打洞，人不敢冒犯神仙，所以不會用煙熏。這兩種小動物都有求生本能，何況是人呢？」

肩吾見狂接輿。狂接輿曰：「日中始何以語女？」肩吾曰：「告我君人者以己出經式義度，人孰敢不聽而化諸！」

狂接輿曰：「是欺德也。其於治天下也，猶涉海鑿河而使蚊負山也。夫聖人之治也，治外乎？正而後行，確乎能其事者而已矣，且鳥高飛以避矰弋之害，鼷鼠深穴乎神丘之下以避熏鑿之患，而曾二蟲之無知！」

國家是階級統治的工具，在莊子的時代更是如此，而他能提出君主不能把自己意識強加於民眾的想法，實在大膽。

與日中始對應的人是無名人。有一天，天根到殷陽這個地方去玩，在蓼水邊碰到一個無名人，天根請教無名人該如何治理天下。

無名人看了一眼天根，直接說道：「走開，你這個人髒得很，你怎麼可以問讓人這麼不痛快的問題？我正打算跟造物者結伴而行，一旦我進入他們的隊伍裡，我厭煩時就可以乘坐形狀跟飛鳥一樣的清虛之氣，超脫於六極之外，從而生活在什麼都不存在的地方，住在曠達無垠的環境中，而你竟然用夢囈般的所謂治理天下的話語擾亂我的心思！」

天根不死心地追問，無名人說：「你現在的心態不對，你應該保持本性、無所修飾，將你的身體放到清靜無爲的境地裡，順應事物的自然，不要有半點個人的偏私；如此一來，也就能好好的治理天下了。」

天根遊於殷陽，至蓼水之上，適遭無名人而問焉，曰：「請問爲天下。」無名人曰：「去！汝鄙人也！何問之不豫也？予方將與造物者爲人，厭，則又乘夫莽眇之鳥，以出六極之外，而遊無何有之鄉，以處壙埌之野。汝又何帠以治天下感予之心爲？」又復問。無名人曰：「汝遊心於淡，合氣於漠，順物自然而無容私焉，而天下治矣。」

這是無名人的淡泊，「與造物者結伴而行」是形而上的，他其實也有厭煩的時候，所以說要到一個空空洞洞四下無人的地方去玩——因爲無人，便無需計較自我存在，因而找到慰藉。這也是修道的方法，即永遠調整自己的心境到空的境界。

無名人的這種想法是君主們應該學習的，但君主的悟性往往要比他低得多，莊子在接下的文字裡也列舉了幾個優秀的君主事例。

陽子居去拜見老子，對他說：「我認識一個人，他精明強悍、通達聰慧、學道不倦。這樣的人應該可以跟明王相提並論了吧？」老子說：「這樣的人怎能跟聖人相提並論呢？他只不過是一個俗吏，這樣的人有才智、有技能，但勞心苦志，擔驚受怕，就好像老虎、豹子因爲身上有漂亮的花紋而被獵人捕捉，又好比獮猴身體敏捷所以被人捉來使用，像他這種爲才智所累的人怎麼能和英明的明王相比呢？」

陽子居聽了這番話後臉色大變，不安地說：「冒昧請教明王如何治理天下？」老子說：「我所知道的英明君主治理天下，雖然功績普照天下，卻又像與他沒有一點關係；他以自己的智慧影響天下，安排大家工作，恩惠施及百姓，但百姓不認爲自己依靠了他；他有無法稱述的大德大恩，他能讓天下萬物各自處於應該處於的位置；他是個幕後英雄，總站在高深莫測的地方。這才是大道合一。」

陽子居見老聃，曰：「有人於此，嚮疾強梁，物徹疏明，學道不卷。如是者，可比明王乎？」老聃曰：「是於聖人也，胥易技係，勞形怵心者也。且也，虎豹之文來田，蝯狙之便執斄之狗來藉。如是者，可比明王乎？」

陽子居蹴然曰：「敢問明王之治。」老聃曰：「明王之治：功蓋天下而似不自己，化貸萬物而民弗恃；有莫舉名，使物自喜；立乎不測，而遊於無有者也。」

從這番話中我們不難看出，明王是莊子眼中的楷模，他有霸氣，但不顯露。這樣的君主看起來什麼也沒做，其實他什麼都做了，是萬物幫他做的，萬物各司其職完成自己的任務，也幫助明王完成任務。這就是莊子心中的和諧，統治者與被統治者之間的和諧。當然，這樣的和諧是需要條件的：一是統治者與被統治者身分的平等，二是他們間的相互尊重。當每個人都能成爲生命和世界的主宰者，那麼大家就都是王了，平等與尊重也就都符合了。

莊子的推論並非止於明王，畢竟明王與聖人還有很大距離。明王的明是世俗的明，他能做到的平等與尊重也只是理解好事物的關係而已，或者說他只不過是有眼光。但這樣的明還不夠，只有和萬物合爲一體才是眞的明。有眼光與合爲一體有什麼區別呢？於是莊子又講了個算命的故事。

鄭國有個占卜識相十分靈驗的巫師名叫季咸，他對人的生死存亡和禍福壽夭皆瞭若指掌，他所預卜的年、月、旬、日都準確應驗。鄭國的百姓都擔心他能看到自己的死亡日期和凶禍，所以一見到他就急忙跑開。列子見此情景，如醉如癡，打心底裡佩服他。回到學堂後，列子便把剛才見到的情況告訴他的老師壺子：「以前我總以爲先生您的道行是世間最爲高深，如今我才知道，世上還有更爲高深的巫術。」

壺子說：「此言差矣，我教給你的全是道以外的東西，我還沒教給你道的實質，難道你就已經得道了嗎？不知道道的實質，就等於一個沒有雄性的世界，就算有再多的雌性，又怎麼能有受精的卵呢！現在你只學到皮毛就跟世人相比，還想得到別人的肯定，也難怪你會讓人替你看相。這樣吧，明天你帶著你所說的那個神人來見我，讓他也幫我看看相。」

第二天，列子果眞拉著季咸來見壺子。季咸看了看壺子，衝出門口對列子說：「不好啦，你的先生快要死了，活不了十來天了！我剛才看到他臨死前的怪異形色，就像遇水的灰燼般奄奄一息。」

列子一聽潸然淚下，淚水打濕了衣襟。他進到屋裡，傷心地把季咸的話告訴老師。壺子不急不徐地說：「剛才我只是把如同地表那樣寂然不動的心境顯露給他看而已，既無震動也無止息；用他看相的方法看我，恐怕只能看到我閉塞的生機。你可以讓他再來給我看看相。」

第三天，列子又拉著季咸去看壺子。季咸看完相後，走出門來欣喜地對列子說：「哈哈！幸運啊，你的先生幸好遇上了我！他的症狀減輕了，他有救了！我已經可以看到他閉塞生機中的一絲神氣在慢慢飄動。」

列子又把季咸的話告訴老師。壺子說：「我剛才將類似於天與地那樣相對又相應的心態顯露給他看，把名聲和實利等一切雜念都排除在外，我又運氣讓我的生機從腳跟油然升起，一直擴散到全身。這也就不難理解他爲什麼能看到一線生機。明天你讓他再來給我看看。」

第四天，列子又帶季咸來見壺子。季咸一出門就慌張地對列子說：「奇怪啊！老師的心神不定、神情恍惚，簡直是一片混亂，我無法給他看相，我只有等到他心神穩定才可能給他看相。」

列子回到屋裡，把季咸的話告訴壺子。壺子說：「哈哈，膚淺啊，最正常不過的跡象竟然被當成混亂的。剛才我只是把陰陽二氣均衡而又和諧的心態展示給他看，恐怕他已經看到了我內氣持平、相應相稱的生機。這個時候的風景是一般人所不曾看過的，他看到的世界就跟你站在懸崖邊上看下面的深淵一樣。大魚盤桓逗留的地方叫深淵，靜止的河水聚積的地方也叫深淵，流動的河水滯留的地方還是叫做深淵。淵有九種稱呼，這裡只提到了三種。你明天讓他再來給我看看。」

第五天，列子帶季咸又來了。季咸還未站定就情不自禁地落荒而逃了。壺子大叫：「快！快追上他！」列子衝了出去，沒能追上，回來告訴壺子說：「那個人已經逃得無影無蹤了。」

壺子說：「哈哈，沒想到他會如此驚慌。我顯露給他看的始終未脫離我的本意。我隨意應付，他弄不清我的究竟。於是我惡作劇一下，使自己的氣象變得頹廢順從，如同隨波逐流一樣；看到洪水將至，便逃跑了。」

從此以後，列子不再隨意評論人家道行高低，他像從來沒有拜過師學過道似的回到了自己的家裡，三年沒有出門。他幫助妻子燒火、做飯、餵豬，有條不紊地做著家務。對於各種世事他不分親疏沒有偏私，過去他所追捧的雕琢和華飾都已恢復到最原始的質樸和純眞，他像大地一樣，木然而忘情地將形骸留在世上。列子雖然曾涉入世間紛擾，但到了最後卻能固守本眞，並如此終生不渝，値得我們效法學習。

這個故事其實是說，只要我們能主宰自己，做自己的王，別人看到的一切表像都是虛訂的、假設的，關鍵是要看我們內心對命運的把握。這一點在莊子學說裡是明確的，每個人都應該積極打造自己的命運。

當每個人都成爲自身的王時，夫妻之間的區別、男女之間區別、父母與兒女之間的區別、人與動物的區別也就消失了。當我們明白這一點時，鵬已經飛到南海了。

可南海並非平靜得連一絲漣漪都沒有。南海的大帝名字叫儵，北海的大帝名字叫忽，中央的大帝名字叫渾沌。儵與忽兩人常常相會於渾沌家裡，渾沌總是熱情地款待他們，儵於是和忽在一起商量該如何報答渾沌的深厚情誼，說：「聽說人人都有眼耳口鼻七個竅孔，並用這七竅來視、聽、吃和呼吸，唯獨渾沌沒有，不如我們試著爲他鑿開七竅。」於是，他們每天爲渾沌鑿出一個孔竅，鑿了七天七個竅，渾沌隨後便死去了。

南海之帝爲儵，北海之帝爲忽，中央之帝爲渾沌。儵與忽時相與遇於渾沌之地，渾沌待之甚善。儵與忽謀報渾沌之德，曰：「人皆有七竅，以視聽食息，此獨無有，嘗試鑿之。」日鑿一竅，七日而渾沌死。

儵與忽的行爲完全是出於善意，結果卻造成渾沌的死。這實在是好心做壞事了。

我不知道若鵬目睹這一切會怎樣想，它應該不忍吧？爲什麼我們總是會以己度人，努力把別人改成跟自己一樣？要知道，當世間每個人都一樣時，這樣的天地將會單調而蒼白。

莊子在這裡提出我們只要經營好自己，做自己的王即可，不要越權，不要干涉他人，讓大家自然生長，各自主宰自己的命運。

我等待渾沌的重生，在等待中，鵬已高飛，在陽光下，他的鱗羽耀眼奪目。

中篇

天地有大美而不言

第八講　修剪矯作易傷身害命

——解讀《莊子・外篇・駢拇》

那時候，莊子已經是個有名的花匠了。出自對花的喜好，我成爲他的一個學徒。

自從先生夢蝶後便愛上了花。一天，莊子找到正在除草的我，對我說：「這個花園以後就給你了，我要去一個很遠的地方。」

我不知道先生欲往何處，也沒問，如果先生想要告訴我，即使我不問他也會說。我不知他是什麼時候走的，如同斷水的刀，水還在流，刀已不見。

莊子走後，我開始修葺花園。花園本身已很好，但我還努力打理，是想萬一哪天先生歸來，看到花園比原來更美他會開心點。

沒有人能想到，花園裡大部分的花都因爲莊子離開而死了，幾乎是一夜之間的事，那些思念先生容貌的百合最先枯萎，接著是迷戀先生聲音的芍藥，然後是牽掛先生舉止的杜鵑，最後是沉溺於先生思想的薔薇。我看著繁花落盡的場景，黯然神傷。

最後，花園中只剩下奄奄一息的牡丹和玫瑰。它們每天都問我先生何時回來，我雙手一攤，不知如何回答。

有一天，我們都進入夢鄉。不知過了多久，我和玫瑰最先醒來。玫瑰姑娘輕拍我的肩膀，讓我看看睡夢中的牡丹姑娘。

牡丹姑娘雖在熟睡，仍不失優雅，她身上的確有種高貴氣質，宛若天仙。我看了看，未覺有何不妥，還是細心的玫瑰姑娘點醒了我。玫瑰姑娘指著牡丹的腳說：「你看，她的兩個腳趾都並在一起了，多醜啊！」我細看了一下，的確如此。

玫瑰姑娘又說：「你再看她的手，她的手竟然多了根手指。」我仔細看了看，的確如此。

「你幫牡丹把腳趾剪開吧，最好把手上多出的指頭也切掉。」玫瑰姑娘對我說。我看著她善良而誠懇的樣子，有點動搖。

玫瑰姑娘看了看我，繼續說：「你看，牡丹現在睡著了，她還不知道自己少了個腳趾而多了個手指，趕快動手吧，不然她醒來時候會很難過。最好先藏起鏡子，她那麼愛美，一看到自己現在的怪模樣，一定會傷心至死。」

我很猶豫，下手分開和切除很殘忍。而等她醒來發現自己的模樣，那也很殘忍。我不知所措，簡直要急瘋了，終於叫了出來。

睜開雙眼，我才發現這是夢。我從床上爬起，跑到花房裡看牡丹，殘花一片的園子冰冷淒涼。我路過玫瑰，走向牡丹。

駢拇枝指，出乎性哉！而侈於德；附贅縣疣，出乎形哉！而侈於性。多方乎仁義而用之者，列於五藏哉！而非道德之正也。是故駢於足者，連無用之肉也；枝於手者，樹無用之指也；多方駢枝於五藏之情者，淫僻於仁義之行，而多方於聰明之用也。

我低下頭仔細一看，牡丹的根部的確腫了一塊像紅薯般大小的瘤。我又打量了她的花莖，上面不知何時多了根枝椏，看起來有種畫蛇添足的不和諧，因多餘而產生的醜。

我回頭看了看身後的玫瑰，她朝我搖擺著身體，彷彿在招喚我接受她的建議。我聽到風從很遠地方吹來的聲音，或許我應該請教風。但風笑而不答，只讓我獨自思考。

我用溪水洗了臉，皮膚冷颼颼的，好讓自己盡可能清醒。我一向對花園裡的植物很謹慎，平日裡也就是施肥、澆灌、除除雜草。今日的怪事，我還眞不知如何處理。

「你有沒有考慮過牡丹的感受呢？」看到我的猶豫，來自天山的一股清泉跳起來問我。它從天山流至此地，經過很多地方，聽過很多事，它希望能幫幫我。

「牡丹還沒醒呢，我無法問她。」

清泉看著我疑惑的眼神，解釋道：「人總以爲自己很精明，總以爲自己能代表別人的心意。我曾經聽說過一個叫離朱的人，因爲自己的眼睛雪亮敏銳，所以總認爲自己所見的就是對的，於是他被五色所迷、被絢麗的花紋蠱惑。但那些過分華麗的花紋，除了裝飾衣服還有什麼用呢？還有一個叫師曠的人，他耳朵靈敏，結果卻被五音六弦所迷亂。所以你一定要想清楚，畢竟這是莊子的花園，一不小心做錯決定，就得罪先生了。」

且夫駢於拇者，決之則泣；枝於手者，齕之則啼。二者，或有餘於數，或不足於數，其於憂一也。今世之仁人，蒿目而憂世之患；不仁之人，決性命之情而饕貴富。故意仁義其非人情乎！自三代以下者，天下何其囂囂也。

聽完清泉的話，我放下了手中的剪刀。我決定等牡丹醒來後問過她再做決定。半夜裡，玫瑰姑娘又叫醒了我，說：「你還不動手嗎？牡丹醒來會很著急的，長痛不如短痛，她一直睡不醒，無非是自欺欺人，就是不想見到自己成了醜八怪。」

考慮到玫瑰跟牡丹的交情，她們在花園一起生活了幾百年，一起遇到莊子、愛上莊子也有幾十年了，玫瑰沒理由傷害牡丹。想到此，我又動搖了。我半夜醒來，準備好工具，決定把牡丹腫大的根分開，然後再把多餘的枝椏剪掉。在我即將前往花房時，一隻蜜蜂擋住了我。牠在我眼前跳著奇怪的舞蹈，那是一種信號。

「我見到莊子了。」牠對我說，身上散發著迷迭香的氣息，「先生問你花養得如何呢？」

聽到蜜蜂的話，我很慚愧，覺得對不起先生。蜜蜂說：「花還好吧？活著就行。先生最近又

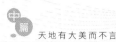

在取笑世人了，他告訴我，平民百姓爲了私利而犧牲、士人爲了名聲而犧牲、大夫爲了家族而犧牲、聖人則爲了天下而犧牲。這四種人所從事的事業不同，名聲也有各自的稱謂，但他們卻同樣有犧牲生命以損害人的本性。臧與穀兩個人一塊兒放羊卻都讓羊跑了。主人問臧當時在做什麼？他說在拿著書簡讀書；問穀在做什麼？他說在玩投骰子的遊戲。這兩個人所做的事不一樣，但他們卻同樣得到丟失了羊的結果。伯夷爲了博取賢名死在首陽山下，盜跖爲了追求私利死在東陵山上，雖然這兩個人致死的原因不同，而他們在殘害生命、損傷本性方面卻是相同。我們爲什麼一定要讚譽伯夷而指責盜跖呢？天下的人們都爲某種目的而獻身：那些爲仁義而犧牲的，世俗稱他爲君子；那些爲財貨而犧牲的，世俗卻稱他爲小人。其實他們都是爲了某一目的而犧牲。就殘害生命、損傷本性而言，他們都是一樣的，又怎麼能在他們中間區分君子和小人呢？」蜜蜂說完就飛走了。

我恍然大悟，決定不干涉牡丹的身材。她的腳趾雖然併攏在一起，但未影響生命，相反地，若我貿然切開它，說不定還會傷害她。她多長出的枝椏並未干涉她的生活，如果我剪掉它，說不定她還會呼吸不舒暢。我想，還是讓牡丹順其自然吧。

這樣想著，我終於毫無雜念，可以安心入睡了。

當天夜裡刮起了大風，沒多久又下起雨來。第二天清晨，我推開屋門，發現臺階上泥濘一片；我沖向花房，裡面一片狼藉。

我看到了被風吹到牆角的玫瑰，她已經升天了；我看了看另一頭的牡丹，幸好，她還在，我心裡稍微有點安慰。多虧她腫大的根深深紮著大地，才不至於被風刮走。

現在花房裡就只剩一棵牡丹了。她看起來那麼單薄脆弱。沒過多久，牡丹身上也有了頹敗的影子。我想拉住她，但她彷彿有心無力。

莊子回來了，看著我的沮喪神情，笑了笑，摸著我的頭說：「我們看花去吧。」我跟在他身後，咬住了嘴唇。

花房裡一片寂靜，我緊張地閉上眼。耳邊傳來了莊子的驚叫，我疑惑地睜開眼，一朵金花盛開了，是牡丹給我的禮物，那朵花恰好開在那根多餘的枝椏上。

我笑了，莊子也笑了：「你懂了吧？人們總是打著好心的幌子命令他人，爲自己的行爲套上仁義道德的外衣，卻從未眞正爲他人想過，從未設身處地感受過他人。他人身上多長出的東西，那些與人相區別的部分，只要是自然而然發生的就並非多餘，必定有它的用途。相反地，如果你用自己的準則去衡量他人，讓他人變成你想要的樣子，這就是多餘的。你不該將自己的思維強加於他人身上。單單考慮牡丹的模樣，也許顯得不正常，也許這樣的怪模樣不惹人喜歡，但這是她自然而然發生的變化，我們不能干涉。幸虧你沒動手，不然就錯過了這麼一朵金花了！」

聽著先生的話，我暗自感嘆，可轉眼間，莊子又不見蹤跡了。

第九講　管教而不能施暴
——解讀《莊子・外篇・馬蹄》

我從未想過自己有一天能擁有一匹小馬。

那天路過市井時，我發現在那棵高大的槐樹下有個草窩，裡面有團雪白的東西一閃而過。原以爲那是隻兔子，生怕牠遭受獵人的攻擊，決定收養牠，走近一看，發現那不是一隻雪兔，而是一匹小白馬。

牠是那麼的小，在寒冬即將來臨時牠哆嗦地縮成一團，努力保留草窩裡的細微溫暖。聽到我的腳步聲，牠睜開雙眼——那是個多麼可愛的精靈啊，牠羞澀地、慌張地看著我，我一手將其攏入懷中，帶回家。

隨後的日子裡我細心照顧牠。一開始，我拍拍牠，牠就走走，可一不留神又倒下去了。看到它病弱的模樣，我心急如焚，先以大米熬粥，然後買了鯽魚燉湯。這個從小缺乏母愛的小馬喝起湯來顯得有些貪婪，那白白的鮮湯在牠眼中如同母親的乳汁。

慢慢地，小馬恢復了體力，開始蹦蹦跳跳，偶爾還會像小狗一樣咬著我的衣角，讓我陪它玩遊戲。有幾次我剛起勁，牠卻跑開了，我才意識到自己中了它的計。每當此時，我只要裝出愛理不理的樣子，牠很快就會跑回來，眼巴巴地看著我，一副可憐兮兮的樣子。我用鼻子頂頂牠的鼻樑，牠嘶嘶地笑著，靠在我的大腿上。

這是一匹小公馬，只經過了一個冬天，牠就從當初帶回來時的小不點長成了一匹比我還高的高頭大馬。牠的前肩漸漸長寬，肚子漸漸變小，雖然看起來還是有點瘦，並非軟弱的瘦。我想，等春天來時，我就能帶牠周遊天下了。

小馬已成大馬了，牠披著英俊的鬃毛在陽光下跳躍，稍微一提腳就能跨過菜園的柵欄。我的步伐已跟不上牠了，常常被牠遠遠地拋在身後。通常牠會飛快地前進幾步，回頭看看我，然後又飛快地跑回來，接著再跑上前。這個年輕的傢伙正向我展示著無窮的生命力。

我們就這樣一直行走著，開始了旅途。有時候兩個鄉鎮之間的路很長，但我依然捨不得騎在牠身上，若感到疲累，我就走慢點，仍舊緊緊跟著牠。

應該是在春天即將結束的時候小公馬遇到了小母馬，牠們戀愛了。那匹小母馬是在一片長滿狗尾巴草的荒野裡遇到我們，因爲沒有方向，便加入了我們的隊伍。小母馬和小公馬比起來顯得矮一點、溫順一些。

就這樣，我們生活在一起。我覺得自己夾在牠們之間有點尷尬，主動走到隊伍的一邊。牠們親密地並排行走，餓了就吃草，渴了就去溪邊喝水；牠們以脖子相互摩擦，獲取溫暖與愛情。我在一邊視而不見，其實我心裡是甜蜜的。牠們正青春，而我只是個年老的養馬人。

我們一起吃飯、睡覺，牠們對我也很好，那一刻我竟覺得自己是牠們的孩子。也許人愈老，心態就愈年輕吧。夜裡有風，我睡在牠們中間，牠們的毛暖暖的，我像睡在天堂一樣溫暖而舒適。

我幻想著牠們能有個好未來，好馬有好報。

然而突然有一天，不知從什麼地方來了個叫伯樂的人，傳說他會相馬。他一看到小公馬就立刻被吸引住了：「眞是好馬，應該跟我走。」我不解，說：「牠只是一匹缺乏營養的小馬。」「怎麼可能？牠已成年了。」說著，他拿出皇帝下令徵馬的諭旨，「看到沒有？違抗諭旨是會掉腦袋的。」

馬，蹄可以踐霜雪，毛可以禦風寒。齕草飲水，翹足而陸，此馬之眞性也。雖有義臺路寢，無所用之。及至伯樂，曰：「我善治馬。」燒之，剔之，刻之，雒之。連之以羈馽，編之以皁棧，馬之死者十二三矣！飢之渴之，馳之驟之，整之齊之，前有橛飾之患，而後有鞭筴之威，而馬之死者已過半矣！陶者曰：「我善治埴，圓者中規，方者中矩。」匠人曰：「我善治木，曲者中鉤，直者應繩。」夫埴木之性，豈欲中規矩鉤繩哉！然且世世稱之曰「伯樂善治馬，而陶匠善治埴木」，此亦治天下者之過也。

我和小母馬都很著急，捨不得小公馬離開，但又不敢違抗。小公馬思索了一夜，爲了我的性命，牠選擇跟伯樂走。牠轉過頭向我告別時，我依稀看到牠的淚眼；我不敢再看牠，轉身拉著小母馬快步回家。

夜裡，我靠在小母馬身邊，安慰牠說：「放心吧，牠會回來的。牠就像個被徵召的壯士，終有一天會老，等牠老了、沒用了，就會回來了。」

「他們用牠做什麼呢？」小母馬問我。「送信吧，或者成爲皇上的坐騎，或者……」我沒忍心說出來，換了個語氣，拍著小母馬的脖子說，「傻瓜，我們應該爲它高興才對，它可是偉大的千里馬，世間少見！」小母馬嘴角稍微有點笑容，我也笑了笑，彷彿看到小公馬在戰場上飛奔的身影。

其實我知道，伯樂把馬領回去後就會用燒紅的鐵器灼炙馬毛，再烙上印記；他還會修剪馬的鬃毛，鑿削馬蹄甲，給牠帶上絡頭，捆上絆繩。牠會幸福吧？人有理想，馬也有夢想，況且，千里馬可是萬中選一。

爲杜絕小母馬的思念，我們離開了鄉鎮。不知走了多少年，不知走了多長的路，我們看到一片沼澤，那裡的土壤本是優良的黏土，但它們爲了逃離製陶工匠的利用而變成一堆爛泥。那個地方寸草不生，只有些老態龍鍾的矮樹，而這些植物原本能長得很高大，但爲了不被木匠利用，它們決定委曲求全。

我看著周圍的落魄，發出一聲嘆息。可憐的小母馬也發出哀鳴。

我眞沒想到自己還能與小公馬再次相遇。那時的牠已經是個將軍，身上穿著華麗的鎧甲。我看到伯樂，他對我笑笑。「還不錯吧？」他問，「瞧我把馬調教成這樣，現在可不是什麼人都能靠近牠的哦，只有我，嘿嘿。」他笑。我不相信，試圖走近牠。

伯樂一把拉住了我：「牠已不是當初的那匹馬了！經過了車衡和頸軛的奴役，牠變得很堅強，並且學會了反抗。曾經有人試圖將配有月牙形佩飾的轡頭戴在牠頭上，結果被牠一腳踢穿肚皮。牠已經是個暴戾不馴的猛獸了。牠只認皇上和我，皇上很寵它。」

最後一句話分明是故意說給我聽的。是啊，兇猛的戰馬，皇上一定會寵著牠的。牠可認主了，但我已認不出牠。我看著牠，牠不理我，偶爾瞥來的兩眼也是側目怒視。我倒抽一口涼氣。轉身時，我看到抓狂的母馬，顯然牠對愛人的態度很不滿意。我想都沒想，拉著母馬跑了。

半夜，我跑了出來。我帶著砒霜潛入伯樂的家。我穿過院子，走到柴房旁邊的馬廄，把砒霜撒到公馬食槽裡的乾糧上。不管怎麼說，牠看見我還有點反應，看到我來餵牠，牠趕緊跑過來大口大口地吃起來。

突然間，我有種殘忍的快感。沒吃上幾口，我親愛的小馬，那頭兇猛的動物，就順勢倒在我身旁。我眼中噙著淚水，我曾經這麼愛你，如今卻親手殺了你！

我笑出聲來。人總想以自己的意識統治其他的生靈，世間到底有多少這樣的千里馬，有多少與我一樣的養馬人，有多少與我一樣的殺馬人？我想著、笑著，忽然也很想知道乾糧的味道，會好吃嗎？我咬了幾口——天，終於黑了。

第十講　智慧在紂即爲虐

——解讀《莊子・外篇・胠篋》

某天，我在穿越一片沼澤時遇到一個少婦，她在茫茫沼澤裡來回轉圈，是個聾啞人，原想在傳說中的城市中尋找高人。看到我，她以眼神告訴我，她來自一個溫暖舒服的城市，太陽總在上空高照，在那樣的城市裡她認得清每一條路，永遠不會迷路。然而，出了城，有了日月變化、白晝更替後，她就迷了路。聽完她的講述，我把手一張，把萬物的光聚了起來，手中彷彿捧著個雞蛋般大的小太陽。有了光，少婦很開心，很快找到回城的路，我也跟著她進城。

那是個充滿智慧的城市，城裡的人智商都不低。因爲聰慧，他們創造了無窮的金銀財寶。他們每天勞神傷肺忙碌的無非兩件事，一是獲得財寶，二是將財寶放到袋子裡、裝到箱子裡、鎖進櫃子裡。屬於他們的太陽始終不落，他們的世界沒有夜晚。令人吃驚的是，他們每天很早就睡了。我估算一下時辰，剛到晌午他們就呼呼大睡。

我和少婦回城時正是中午，有一大半人都在睡覺，剩下的一小撮人則異常清醒地在這些睡夢者間遊走。他們身手敏捷、步伐矯健、力氣也很大，順手一抓就能把裝滿金銀的袋囊拿走，兩手一拽就能將滿是財寶的箱子拉走，更兇猛的還能直接將櫃子背在肩上，旁若無人地前進。

看到此景，我驚訝無比，那些聰明人爲了藏好財寶，把財寶裝進袋子裡、箱子裡、櫃子裡，結果反而成了小偷的幫手，小偷絲毫不用費力就能搜索財物，輕輕鬆鬆便滿載而歸。

我疑惑地看著少婦，彷彿明白了她要找高人的原委。過了幾個時辰，睡覺的人醒了，發現他們弄丟了財物，但他們敢怒不敢言，假裝若無其事地生活著。他們太愛面子，生怕別人取笑他們的智慧，即使丟失了財物也只能啞巴吃黃連——有苦說不出。但在他們若無其事的外表下我還是發現了一些變化。丟失財產的苦惱讓失主們失眠，於是，在第二次睡眠時他們也加入了小偷的行列。

更多人失去東西、更多人成爲小偷。後來，幾乎人人都丟過東西，人人都成爲小偷。我抬頭看看城市的太陽，它始終掛在天上，光天化日之下沒有新鮮事。我很鬱悶。

漸漸地，我留意到一些異常的情景：城裡的綠草比細菌長得要慢一些，日復一日，細菌如爬牆虎般貼滿了城堡的牆壁。

有一天，我拉住路人甲問：「你們城市的太陽怎麼老掛著呢？如此溫暖而潮濕的氣候會導致細菌滋生，很容易產生疾病。」路人甲告訴我說：「太陽是智慧的象徵，它當然不能落下，它愈旺盛，表示我們的智商愈高。」

在細菌瘋狂蔓延的日子裡，我愈加留意人們的語言。每個人都遭受過小偷的侵襲，自身也是小偷，懷著對小偷的反感以及做小偷的餘悸，大多數人說話都是慌張的，一些智商較高人會盡力表露出一副冷漠的樣子，智商最高的人則對城市裡所有人視而不見。

將爲胠篋探囊發匱之盜而爲守備，則必攝緘縢，固扃鐍，此世俗之所謂知也。然而巨盜至，則負匱揭篋擔囊而趨，唯恐緘縢扃鐍之不固也。然則鄉之所謂知者，不乃爲大盜積者也？

人與人之間彷彿久未交談過，他們的生活已不需要語言。我帶著少婦尋找她的親人，見到一人，我說：「你好，請問……」還沒等我問，那人就衝著我大罵：「我們認識嗎？不認識你叫我幹嘛？你對我說『你好』有什麼企圖？你是想詛咒我嗎？你還說『請』，『請』是什麼意思？你是取笑我老嗎？」我難以回答，只好沉默離開。

接著，我又遇到一個老人，我說：「對不起，打擾你一下……」我沒說完，老人就喋喋不休起來：「明知對不起我了，還和我說什麼啊？『打擾』我一下，我一天的好心情都被你趕走了！你這人怎麼那麼歹毒呢？」我徹底無語。

最後還是少婦自己找到了家。我沒跟她進去，只在門外關注著。沒想到少婦一進門就被母親趕了出來：「你跑哪鬼混去了？還帶了個情夫回來？最毒婦人心，你知不知道自己的心有多黑？」

少婦含淚而逃，轉瞬間不見了身影。三天後，人們在一口井裡發現了她的殘骸——她的身體成爲細菌的食物，屍體腐爛的惡臭彌漫在城市上空。

在刺鼻的惡臭中，那些時刻算計著別人、隱匿著自己的居民愈來愈容易疲憊，一疲憊就睡倒在地。隨後是一批批小偷的光臨。有些居民受不了臭味，去了傳說中的芬芳城市。我以為他們走後城市會安靜點，結果他們的房屋被更多慕名前來的盜賊占領了，金銀財寶比臭氣更能打動他們的心。於是，全新的鬥智鬥勇的遊戲又開始了。人們被折磨得更加疲憊。

就在這樣的疲憊中，我見到了莊子。他送給我一個小口哨，說只要我一吹，鵬就會飛來我身邊。他說：「把這件事交給鵬吧，牠會想辦法的。」睜眼醒來，我發現手心眞的有一枚口哨；我一吹，鵬就飛來了。我告訴牠我的煩惱，鵬點頭，飛走。三天後，城裡來了一個叫后羿的男人，他對著太陽拉弓射箭，太陽如一顆破了的蛋黃，幻成了輝煌的晚霞，消失在空中。

后羿乘鵬離去，城市迎來了無邊的黑暗。失去了陽光，細菌頓時全都枯萎，只有綠草生存了下來。相互算計的人們也同時進入夢鄉。不知睡了多久，大家醒了過來。醒來後，大家不再關心財物的安全，除了一些簡單的物品交換，基本沒有太多利益上的交流。大家開始相互問候起來，此時他們全都忘記了文字，開始結繩記事。

我終於明白了鵬的意思：太陽代表著智慧，本來智慧是好的東西，但是智慧卻能讓善良與罪惡之間的差距擴大。沒有智慧，壞人如果要傷害好人，也就只能表皮地、輕微地損害一點點；但有了智慧，壞人用智慧去傷害好人就不僅僅是皮毛了，一不留神就丟了性命。

這就好比世界上有四棵植物：一棵是綠草，代表善；三棵是細菌，代表惡。本來它們之間只相差二。而一旦有了智慧的力量，有了陽光，它們以同等速度繁殖起來，就成了五棵綠草和十五棵細菌。這樣一來，善惡之間就相差了十，細菌的禍害加重了。

我這才領悟莊子對智慧的認識。他並不是否定智慧，而是指出要善用智慧，一旦運用不好，智慧就成了罪惡的催化劑、加速劑和強心劑。我把當初手心那團聚合的光送給了這個曾經興盛盜賊的城市。那團光很快變成了一個「客觀的太陽」，會升起、會降落，無關民眾的智商。看著天空中的太陽，我放心了。離開這座城市時，我突然笑了。莊子這個懷舊的男人，總覺得過去的社會制度優於今日。這是社會的倒退還是進步？無從推敲。我只明白，在《胠篋》中，我和后羿偶然相遇，他那麼果斷、英勇，鋒芒畢露。難怪商隱會笑說：「嫦娥應悔偷靈藥，碧海青天夜夜心。」

第十一講　擁有比占有長久

——解讀《莊子．外篇．在宥》

我的母親為我縫製了一件單衣，聽我常提到莊子，憑著我對莊子身材的描述，也為莊子縫了一件。出門前，她不忘告訴我：「見到莊子就把衣服給他吧，我想，他的母親一定會很想他的。有這麼個孩子，眞不知是禍是福。」我沉默，接過衣服。啓程沒多久，我就看到了大河，湍急的河水像張嘴的猛虎咆哮著，河上只有一座獨木橋。我在橋頭踮起腳踢了踢，朽木發出空洞的回聲；我蹲下來看看木橋，橋的下端已被白蟻飽食。我遙望方圓百里，獨木橋是通向對岸唯一的路。

沒辦法，只有硬著頭皮走了上去。既然選擇旅行，就勇敢地接受命運吧。我走在橋上，橋搖搖欲墜，不時有鬆懈的木塊落入河中。我的身體在搖晃，像個走鋼索的人，恨不得有雙翅膀。剛開始我很害怕，生怕跌下去；走了十幾步，我閉上了眼睛，風聲、水聲、木頭破裂聲變得清晰起來；又走了幾十步，我感覺到橋成了我的一部分，它黏著我的腳掌；走了近五十步之後，我已毫無畏懼了，萬一我掉進江裡還能看到神龜，也許還會送我到龍宮。

走了近百步，我終於大膽地睜開眼，彷彿身邊有許多觀眾在看著我的表演；而我眼前的世界也益發寬廣平坦，彷彿我走的不是狹窄獨木橋，而是一條寬闊的街道，街道上車水馬龍，我步伐穩健……

就在此時莊子出現了，我在橋的盡頭看到了他。他張開雙手，擺出要擁抱的姿勢。我從橋上下來，看著莊子傻笑。莊子說：「或許你可以口哨呼喊鵬，牠會幫你。」我說：「不用，鵬剛幫我解決賊城的太陽，我不能總是麻煩牠。」莊子問：「聽說你有東西要給我？」。

我邊從懷裡掏出衣服邊想，一定是家鄉的草木告訴了風，風再告訴莊子這個消息。我讓莊子穿上衣服，他比我印象中還要瘦，那件母親花了三個夜晚縫製的單衣對他來說顯得有些大，他穿上去像披著父親雨衣的二歲小孩。「要拿回去修改修改嗎？」我問。莊子搖了搖頭道：「不必，擁有它就可以了，不一定非要合身。我摸著它會感到濃濃的愛意，這就是最實質的東西，合體與否並不重要。況且，我多吸進兩口空氣身體就會膨脹，多呼出兩口氣身體就會瘦下來，你又怎麼知道合身不合身呢？」我問：「莊子，你母親呢？我母親說，你母親一定也挺想你的。」莊子見我一本正經的樣子，哈哈大笑：「關於母親，我是淡忘了的。從前我在漆園工作，我在那裡見過很多樹，母親給我的印象就和樹差不多，她可愛又可憐。」說完，莊子就走了。我再次跌入孤獨的境地。

莊子的話總是讓人難以理解。到底「母親和樹差不多，可愛又可憐」是什麼意思呢？帶著對莊子母親的幻想與猜測，我繼續趕路，心卻被一串串疑問糾纏著。

直到那天，我看見開花的樹。「忽如一夜春風來，千樹萬樹梨花開」，詩寫的是雪，而我卻看到眞眞切切的梨花。那是一個廢棄的村莊，尖頂牛棚上鋪著發黑的稻草，就在這裡，圍欄邊上的一棵梨樹竟開滿了花。

梨花本是微小的，比桃花低調，比櫻花卑微，然而這棵樹上的梨花卻開得燦爛如火。滿樹的白色灼燒著我的眼球。風一吹，梨花接連不斷地離枝，花瓣飄落，蒼老的梨樹才略微抬了抬腰身。我就在那一刻體會到了莊子的意思。母親如樹，可愛又可憐。沒有梨樹的滋養，花是不可能盛開的，樹是花的母親，花卻比樹灑脫。

瘋癲的莊子顯然青睞花比樹多一點。莊子眼中的樹是可憐的，它永遠站在原地，到了開花季節，它又被花占據著。它體會不到花在空中飛舞的曼妙，也體會不到飛花落地的快感。而花是自由自在的，想在你枝頭開放就開放，不想開就不開。死守土地的樹完全是爲花而活。

落英繽紛，是樹與花的解脫。我看著漫天飛舞的梨花，楊絮、棉花、細雪？一切辭彙都難以形容。就在這一瞬間，我明白了莊子的本意，也明白了爲何他會如此高傲。花對樹的高傲在於對生命的輕視，花的生命只是樹生命中的一個小插曲，因爲它能放得下，所以花能在樹前高昂頭顱。莊子的高傲哲學就建立在這樣的前提之下。

莊子的高傲，不是自滿、不是自負，亦非自欺欺人。他的高傲是「退一步高傲」，正如兩個功力相當的人對某件物品拼個你死我活誓不甘休時一方卻主動放棄，這種放棄就是一種解脫，這種解脫在對手眼中就是一種高傲。莊子的高傲教會我們把握事物的態度應該是擁有，而不是占有。

擁有是長久的，占有是短暫的。如世間男女，妻子是一種擁有，夫妻相互營造一種男女和諧，你的即是我的，我的亦是你的。而妾就是擁有與占有的綜合體了，她的身上帶有奴性的東西，比起妻子，名不太正，男人對妾既是擁有，又是占有。而情人就只是單純的占有關係了。你不可能擁有情人，你最多只能在某個時間點占有她。

這三種女人中，最讓男人不安分的應該就是情人，其次是小妾，最後是妻子。男人總不甘心，占有欲極強。對於情人的占有，無非是他們的虛榮心在作怪。想要和情人保持好關係，必須秒秒算計；若想與小妾保持良好關係，讓她順從於你，就可以少用點心思，只需要油腔滑調，買點胭脂水粉就能把她哄得服服貼貼；至於妻子，不用多說，妻子絕對是你最無需費心的對象，在古代三從四德的約束下，她安敢不從？

擁有與占有的關係，男女之間如此，君主與國家之間，恐怕危害程度會更深吧。歷史上有幾個君主能明白自己對國家是擁有而不是占有？擁有一個國家，才會愛國家如愛自己。莊子說，如果把身體看得比天下更貴重，就可以把天下託付給他；如果把身體看得比天下更珍貴，就可以把天下寄託給他。莊子並非鼓動君主荒廢所有而去追求長生不老藥，他的意思是說，對天下百姓，君主要把他們看作自己身體的一部分去疼惜。

現實中，很多君主都把自己對國家的擁有當成了占有。因爲你占有國家，所以你可以奴役百姓，讓百姓生活在水深火熱之中，給你創造財富；因爲你占有國土，所以你不顧百姓死活地增加賦稅；因爲你占有人民，所以你奴役他們。因爲占有，你每天都計較著人民會不會反叛，擔心著別國會不會攻打你，盤算著自己到底是得到的多還是失去的多。於是你身心疲勞。

天下不能託付給不懂得君主是擁有國家而不是占有國家的人。那些還在欲望中掙扎的人們，會跟曾經的黃帝、疑惑的雲將一樣，苦苦思索著治理國家的方法。其實國家怎麼能用治理呢？君主和平民一樣平等地擁有這個國家。只有明白「與百姓分享愈多你就擁有愈多」這個道理，你才能不被欲望算計。

世俗之人，皆喜人之同乎己而惡人之異於己也。同於己而欲之，異於己而不欲者，以出乎衆爲心也。夫以出乎衆爲心者，曷常出乎衆哉！因衆以寧所聞，不如衆技衆矣。而欲爲人之國者，此攬乎三王之利而不見其患者也。此以人之國僥倖也，幾何僥倖而不喪人之國乎！其存人之國也，無萬分之一；而喪人之國也，一不成而萬有餘喪矣。悲夫，有土者之不知也！

夫有土者，有大物也。有大物者，不可以物。物而不物，故能物物。明乎物物者之非物也，豈獨治天下百姓而已哉！出入六合，遊乎九州，獨往獨來，是謂獨有。獨有之人，是謂至貴。

在經歷了多長枝椏的牡丹、養馬人的小可憐、賊城的大凶大吉後，莊子在《在宥》中系統地、說教般地闡述了自己的執政主張。真正賢明的君主、得道的聖人，他們從不奴役百姓，從不把規則強加給別人。其實，要建設好一個國家很容易，只要各安其職、各據其位、各盡其責就好了。

千萬不要苦心尋找治國之道，不要鑽牛角尖，不要上溯歷史去與古往今來的君主較量，也不要從萬物身上找理由。成敗只在你，不該推卸責任，一切順其自然吧。你只是擁有而並非占有，君主無為，臣下有為，便已足夠。

第十二講　機心當去，眞樸長存

——解讀《莊子・外篇・天地》

路過走廊時，我看到莊子正蹲在地上研究著什麼。走近一看，才發現那是個空瓶子，莊子把瓶蓋蓋上，就那麼呆呆地看著。「能看到什麼？」我問。莊子豎起食指放在唇邊，做了個「噓」的姿勢，讓我安靜點。我學著他的樣子，蹲下來看空瓶子。幾分鐘後，我看到了一個世界。

瓶底是地，中間是氣，瓶蓋是天。空氣中滋養著包括人的萬物。漸漸地，我還能看到它們的標籤，瓶底上寫著「德」字，空氣裡寫著「義」字，而在瓶蓋上標著的是一個「道」字。這麼一來，我看到一個國家。

就在我若有所得時，莊子又拿出一個類似的空瓶子。他把兩個瓶子擺在一起說道。

從前有個國家，它的君主得道了，他從不以自己的思想奴役人民，他喜歡在天地間行走。天地廣大，有許多他到不了的地方，但他從不貪戀風景；他知道無論天地有多大，其運動和變化都是均衡的。他不留戀山珍海味，他的飲食也和平民一樣，只是吃著平淡的蔬菜；因爲他懂得，萬物各有精彩，雖然紛雜卻各得其所，歸根究底都源自同處。

君主過著清心寡欲的生活，在別人看來無所作爲。但他的眼中充滿了道，他明白，天下百姓和萬物各有稱謂，雖不相同但地位平等；君臣之間各自承擔的道義分明，本質上都是在爲國家做貢獻；天下官吏的才幹大小也沒有高貴低賤的區別，大家都盡心盡力地在適合的崗位上做事。這位國君生活雖然平淡，卻無憂無慮，悠然自得。

離這個國家沒多遠有另一個國家。這個國家繁榮富強，兵力強悍，其君主有顆狼一般的野心，極富侵略性。他在烽火臺上張望，看到不遠的地方有一個「碌碌無爲」的君主，心裡有些癢癢的。沒多久，他便開始進攻該國。

第一次進攻還沒打到城牆就被無爲君主的臣民打退堂鼓。那些平日耕地、牧牛、養蠶、織布的民眾，從老人到小孩都練就了強健的身體，雖然從事普通的職業，但因爲他們長久以來一直如此，所以他們更專業。耕地的人了解土地的脾氣，便把敵人引進泥坑沼澤裡，讓侵略者無法掙扎；牧牛的人聽到牛的騷動，早早便把牛頭指向敵人前來的方向；養蠶者將蠶放到城外的桑樹上，那些桑樹和其他桑樹不同，很高，蠶就在樹上吐絲，白而堅韌的絲線糾纏著敵人，拖慢他們前進的步伐；織布的婦女更是厲害，她們把布織在城牆上空並繃直。這樣布就變成了良好的交通要道，男人們走在布上行走，傳遞火把和武器。

第一次進攻失敗後，野心君主改變了策略，決定在河流裡放毒。沒太多心計的民眾喝了下有迷魂藥的水，沒多久便呼呼大睡起來。野心君主以爲這下可以輕易進城取下無爲君主頭顱了。意外的是，當他帶著軍隊靠近城牆時，城裡的牛、馬、豬、羊緊緊地擠在一起，把頭對準入侵者。牠們邊抵抗敵人邊繁衍，最外邊的畜牲倒下了，靠裡面的畜牲正好長大，就這樣，一層接一層，野心君主和他的軍隊始終無法進入這繁衍能力與成長速度極快的陣列。

見此計不成，野心君主又想了個辦法。他偷偷找了個高手在城牆上鑿了個洞，往城裡吹毒氣。這次，人與畜牲都昏迷了，只剩下無爲君主在宮殿裡張望。野心君主帶著隊伍雄赳赳氣昂昂殺過來了，不料先遇到一陣龍捲風，刮走他三分之一的士兵；接著，城牆外發生劇烈地震，地幔又吞吃了他三分之一的士兵；最後，天上下了場大雨，雨和江混合在一起，把剩下的士兵都沖走了。等野心君主失魂落魄狼狽不堪地爬回家時，無爲君主才喚醒他的臣民。沒多久，野心君主又開始行動了。他往城裡放了許多蛇和很多蠍子，想讓毒蛇咬死民眾，讓蠍子螫死睡覺的人。爲了製造更多的混亂，他還偷偷往城裡放了很多金子，希望那些平民會因爲爭搶財物而相互殘殺。

結果，蛇被無爲君主當成了吉祥物，因爲蛇幫他們驅走了老鼠，而蠍子的毒針也被當成治療背部毒瘤的良藥，至於黃金，則被用來買進新鮮的蔬菜水果。

野心君主終於死心。此時，無爲君主提出結交的建議。從此既往不究、友好相處，終於有一天，野心君主都不能解釋何爲政治，於是兩國結成一國，成爲最美好的國家。

這便是莊子看著兩個空瓶子時給我講的故事。無爲君主之所以能夠不敗，因爲他不僅僅是人民的君主，而且是生靈的君主，是萬物的君主。他有一顆得道的心，萬物都願意爲他服務。

還有一點讓我眼前一亮，這個無爲君主不僅是萬物的君主，而且還是萬物以外的君主，他對

「得」的處理實在高明。當一個人失去所有物品時應該保持豁達的心態，要看得開。獨特的莊子不僅讓人懂得如何處理「失」，還教人懂得如何處理「得」。

《天地》裡有這樣一個故事。堯在華地巡視。華地守護封疆的人說：「啊，聖人！請讓我爲聖人祝願吧，我要祝願聖人長壽。」堯卻說：「用不著。」「祝願聖人富有。」堯又說：「用不著。」「祝願聖人多男兒。」堯依然說：「用不著。」守護封疆的人說：「壽延、富有和多男兒，這是常人都想得到的。你偏偏不希望得到，爲什麼呢？」堯說：「多個男孩子就多了一層憂懼，多些財物就多出了麻煩，壽命長就會多受些困辱。這三個方面都無助於我培養無爲的觀念和德行，所以我謝絕你對我的祝願。」

守護封疆的人說：「起初我把你看做是聖人，如今看來你只是個君子。蒼天讓萬民降生人間，必定會授給他一定的差事。男孩子多，授給他們的差事也一定很多，有什麼可憂懼的！富有了就把財物分給眾人，有什麼麻煩的！聖人總是像鵪鶉一樣隨遇而安、居無常處，就像鳥兒在空中飛行不留下一點蹤跡。要是天下太平，我就跟萬物一同昌盛；要是天下紛亂，我就修身養性頤養天年；如壽延千年而厭惡活在世上，我便離開人世而升天成仙，駕著那朵朵白雲去到天與地交界的地方。那些因壽延、富有、多男孩子所導致的諸多事情和擔心都不會降臨於我，身體也不會遭殃，那麼還會有什麼屈辱呢！」

守護封疆的人離開了堯，堯卻跟在他的後面，說：「希望能得到你的指教。」守護封疆的人說：「你還是回去吧！」

堯觀乎華，華封人曰：「嘻，聖人！請祝聖人。」「使聖人壽。」堯曰：「辭。」「使聖人富。」堯曰：「辭。」「使聖人多男子。」堯曰：「辭。」

封人曰：「壽，富，多男子，人之所欲也。女獨不欲，何邪？」

堯曰：「多男子則多懼，富則多事，壽則多辱。是三者，非所以養德也，故辭。」

封人曰：「始也我以女爲聖人邪，今然君子也。天生萬民，必授之職。多男子而授之職，則何懼之有？富而使人分之，則何事之有？夫聖人，鶉居而鷇食，鳥行而無彰。天下有道，則與物皆昌；天下無道，則脩德就閑。千歲厭世，去而上僊，乘彼白雲，至於帝鄉。三患莫至，身常無殃，則何辱之有？」

封人去之，堯隨之，曰：「請問。」封人曰：「退已！」

從守護封疆人的話裡可以看出，對於堯，莊子是批評的。堯害怕得到，因爲他害怕累贅。表面上，他對「得」不在乎，彷彿無私。其實，他的這種不想「得」更反映出他的自私。這樣的自私是一種脫離。他將自己與貧窮、付出，以及和別人對他的監督與猜疑脫離了。

莊子透過這個故事說明，一個君主不能打著德行的幌子與得到決絕，得到與失去一樣平等。一個君主不可能只享福而不能勞苦。莊子的修行不是爲了享福，君主的修行要比常人勞體傷神得多，因爲這等修行是苦行。

基於此，我們才在《天地》裡看到了寧可挑水也不願建設灌溉系統的老人、即使被關在籠中也雀躍不止的斑鳩、即使被圈養依然快樂的的虎豹——只因修行是苦行。對於萬物之主，莊子提出他的告誡與建議：「我親愛的君主呀，不要只想著統治他人，那是最愚蠢最低等的想法。要明白，統治的關鍵在於讓人處於你安排的位置爲你做事，而做事的能力大小還得看技術。能讓才幹充分發揮的就是各種技巧，技巧又歸結於事務，事務又歸結於義理，義理則歸結於順應自得的『德』，『德』歸結於聽任自然的『道』，聽任自然的『道』歸結於事物的自然本性。其實你從一開始就沒尊敬過人民的自然本性，不然，你怎麼會想要去統治他們呢？若你眞是萬物之君，你就要明白萬物選舉你爲君主的原因。眞正的君子應敞開心胸排除一切有爲的雜念。以無爲的態度去做就叫自然、順應，給人以愛或給物以利視爲仁愛，讓各個不同的事物回歸同一的本性視爲偉大，行爲不與眾不同稱之爲寬容，心裡包容著萬種差異即爲富有。因此持守自然賦予的稟性就是綱紀，德行形成就是建功濟物，遵循於道就是修養完備，不因外物挫折節守就是完美無缺。君子只要明白這十個面向，即容納立功濟物的偉人心志，並像滔滔的流水匯聚一處般成爲萬物的歸往。」

「只有明白這十個方面，你才能明白世界。」莊子看著我，得意地說道。我從思緒裡醒來，發現他還在看那兩個瓶子。「你覺得它們有區別嗎？」莊子問。我有點疑惑。

看到我皺眉，莊子笑著說：「疑惑是好的，愚昧也是好的。怕就怕一輩子疑惑，一輩子愚昧。三個人一起趕路，若一個人疑惑，還能到達目的地；若有兩個人疑惑，也依然可以到達目的地，只是需要多花點時間；要是三個人都疑惑，恐怕不僅到達不了目的地，也許連性命都丟了。你仔細看看，這兩個空瓶子有區別嗎？有什麼區別？」

我看著瓶子，裡面空空的；我想我應該看得仔細點、認眞點，好看出區別來。

「你知道嗎？」莊子說，「天下原本由無到有，盤古開天之前一切只是一片混沌，而如今卻有日月、草木、動物、生靈。你再好好想想。」

元氣萌動，宇宙源起的太初只存在於「無」，而沒有存在也就沒有稱謂，混一的狀態就是宇宙的初始。萬物從混一狀態產生就叫做自得；此時稟受的陰陽之氣便已有所區別，不過陰陽的交合卻能夠吻合而無縫隙，稱之為天命；陰氣滯留陽氣運動而後生成萬物，萬物生成生命的機理為形體；形體守護精神，各有軌跡與法則，即為本性。善於修身養性就會返歸自得，自得的程度達到完美的境界就會如同太初之時。此時心胸就會無比虛豁、包容廣大。混同合一之時說起話來就跟鳥鳴一樣無心於是非和愛憎，與鳥一樣沒有差別，從而與天地融合而共存。混同合一是那麼不露蹤跡，好似蒙昧又好像是昏暗，這就叫深奧玄妙的大道，返回本眞而一切歸於自然。

我抓起瓶子猛地往地上摔去，瓶子瞬間變成碎片。莊子哈哈大笑：「看來，你已明白了。它們之間沒有區別，空氣還是空氣，瓶蓋還是瓶蓋，瓶底也還是瓶底。天地之間有人，道與德之間存在義。同樣，它們的命運也是沒區別的。你看，它們都碎了。」

「要我賠給你吧？等我有錢後一定給你買兩個好的。」「哈哈，深山老林裡的木材，一些被剖開後雕刻成精美的酒器，一些被棄置在山溝裡，看起來它們的命運截然不同，其實結果都是死的。這兩個瓶子也一樣，都是死。對於死，我是不會計較的。」說完，莊子又拿出兩個瓶子，把它們放到地上。

我不知道他的瓶子從哪裡來，看著腳下一地的碎片，我想，也許那些瓶子是花盆裡的土幻化而成的。

第十三講　天書無字，智者有心
——解讀《莊子・外篇・天道》

「啪」的一聲，天上突然掉下來一本書，砸在瓦片上。我爬上牆頭把書取下，仔細看了看，這本書有封皮、有封底、還有頁碼，一共三百多頁，然而翻遍此書，竟沒有一個字。拿著這本「無字天書」，我希望找到能夠讀懂它的途徑。

既然書從天上，不知哪位粗心的聖人丟下，那就用天的方法去讀吧。天地間運行不止，也許讀此書不能只停留在一頁中。想到此，我又翻了幾下，乍看起來潔白的書頁彷彿並不乾淨，翻著翻著，我發現有些頁面的紙顏色稍微黃一些，有些則稍稍粗糙一些。

水必須清淨才能映照事物。或許我剛才太著急了，我應該慢一點，把每一頁都看仔細。這麼一想，我的心就安靜下來了。閱讀一本無字天書，就是在讀你的心境。

天地本源是道德的極致，天地明鑑是萬物的明淨。作為一個聰明的讀書人，應該有天地的眼睛；眼睛是心靈的視窗，只有你虛靜、恬淡、寂寞、無為時才有可能出現天地之眼。

想到此，我的呼吸漸漸平緩。無字天書在我手中也出現了變化，每一張紙的質感、濕度和溫度都不同。若把這三百多頁看成一年的紀錄，此時我能清晰地分辨出哪一天是晴天，風平浪靜；哪一天是陰天，燕子躲在窗臺下避風；哪一天又是雨天，市井上行人稀少，只有杏樹的幾片落花點綴著街道；哪一天下雪了，而賣炭的人在樹林裡發現了一隻野兔。

我撫摸著紙頁，細心讀著，發現這本無字天書裡充滿了故事，一幅幅畫面在我眼前接連不斷地浮現。如此通讀一遍後，我重新翻到開頭，曾經看到的故事突然不見了。於是我從頭讀起，好像來到了另一個世界。

白色頁面上有一個小斑點，走進去一看，是一座蒼鬱的山；過了山是一條河，流水很小，水聲娓娓動聽；趟過河是一個小丘陵，上面種滿了山茶，正是山茶花開時節，滿山的茶花競相怒放，粉的一叢，白的一叢，風景甚好；再往前是梯田，田埂錯落有序，稍微潮濕點的地方有水雞在覓食，看見有人來，水雞倉促而逃；過了梯田是一片芭蕉林，寬大的葉片撫貼著我的臉。我鑽了過去，看到一個鄉村。

這裡只有一個庭院、一間房子，僅有的一個人是位老者。因爲他獨自一人在叢林生活，所以不需衣物，更沒有男女禮節的約束，一年四季他都光著身體。冬天，他凍僵了，一不留神鼻子耳朵就可能凍掉；春天，萬物復甦，他的心中也癢癢的，彷彿有青蛙或小蛇住在他心裡；夏天，熱辣的太陽炙烤著他的脊樑；秋天，他貼地而臥，揣摩一片落葉的心情。

他的喜怒哀樂皆與天有關：天放晴，他就微笑；天打雷閃電，他就怒髮衝冠，做出神憎鬼厭的樣子；天陰沉沉的，他就哀傷，和叢林裡的野獸一起哀鳴；天下雨，他就落淚，流出的眼淚能和雨滴比大小；天空出現彩虹，他就跳舞，光著身體旋轉。

我想，他必定是無字天書的主人，只是我不知道他到底是個天才還是瘋子。就在我想爲他下定義時，我看到無數想爲他下定義的人闖進村莊。他被人恥笑，被說成是神經、傻子、怪人，但他一點都不難過。有些婦女罵他是牛，忽地他就變成了公牛，鼻子上還掛著鼻環；有些婦女說他蠢得像豬一樣，忽地他就變成了豬，還去拱婦女的大腿；有人說他是馬，他立時就變成了馬；有人說他是過街老鼠，他就變成了老鼠。

周圍人都哈哈大笑，他們愈來愈陶醉於這樣的變形指令。然而，他們笑著笑著，卻漸漸感到一種莫大的恐懼。這時人群裡有人說他像條蛇，不到一秒鐘，大家眼前就出現一條十幾米長的蟒蛇。人們大叫著落荒而逃。

人們走後他才變了回來，依然沒穿衣服，顯得慈祥而和藹。我將無字天書歸還給他。

在《天道》裡，我學會了如何讀書。拿到一本書，首先要安靜，要以恬淡的心去讀；不要急於求成，不要隨意爲書下評語，因爲讀者作者之間的理解與誤解同樣多，要學會享受相互尊重的快樂；不要僅僅著眼於文字，要多展開聯想，眞正的大智慧無法以文字記錄傳承。

世之所貴道者，書也。書不過語，語有貴也。語之所貴者，意也，意有所隨。意之所隨者，不可以言傳也，而世因貴言傳書。世雖貴之，我猶不足貴也，爲其貴非其貴也。故視而可見者，形與色也；聽而可聞者，名與聲也。悲夫！世人以形色名聲爲足以得彼之情。夫形色名聲果不足以得彼之情，則知者不言，言者不知，而世豈識之哉！

《天道》便曾指出輪扁在堂下砍削車輪，看到齊桓公在堂上讀書，就放下錐子和鑿子走上朝堂，問：「冒昧請問，您所讀的書裡都講了些什麼呢？」齊桓公說：「是聖人的話語。」輪扁說：「聖人還在世嗎？」齊桓公說：「他已經死了。」輪扁說：「那麼國君所讀的書全是古人的糟粕啊！」齊桓公說：「寡人讀的書，你一個製作車輪的人怎麼敢妄加評議呢！你要是能說出什麼道理來還可以原諒你，要是沒道理可說就得將你處死。」輪扁說：「我只是從自己所從事的工作中觀察到這個道理。我砍削車輪時，動作慢了會鬆緩而不著力，動作快了卻又澀滯而不入木，必須得不慢不快，才能上手順利而且應合於心。雖然我說不出來爲什麼會這樣，卻定有技巧存在其中。我不能用言語使我的兒子明白其中的奧妙，我的兒子也不能從我這裡接受這一技巧，所以我活了七十歲如今還在砍削車輪。那些不可言傳的道理跟古人一塊死了，那麼國君所讀的書記載下來的只有古人的糟粕啊！」

桓公讀書於堂上，輪扁斲輪於堂下，釋椎鑿而上，問桓公曰：「敢問：公之所讀者何言邪？」公曰：「聖人之言也。」曰：「聖人在乎？」

公曰：「已死矣。」曰：「然則君之所讀者，古人之糟魄已夫！」

桓公曰：「寡人讀書，輪人安得議乎！有說則可，無說則死！」輪扁曰：「臣也以臣之事觀之。斲輪，徐則甘而不固，疾則苦而不入，不徐不疾，得之於手而應於心，口不能言，有數存焉於其間。臣不能以喻臣之子，臣之子亦不能受之於臣，是以行年七十而老斲輪。古之人與其不可傳也死矣，然則君之所讀者，古人之糟魄已夫！」

書無法超越語言，語言的關鍵在於它的意義，意義本身又有它的出處，而意義的出處卻是不能用言語來轉告的。這樣看來，世人爲了獲得言語而看書，顯然很可笑。正如眼睛和耳朵，眼睛能看到的是形和色，耳朵能聽到的是聲和名，世人以爲獲得形、色、名、聲就足以獲得事物的實情，這絕對是個誤解。因此，我也就明白無字天書的眞正含義：眞正意義飽滿的書不是華麗的辭藻、奇妙的造句、活潑的字眼，而是最簡單最純粹的虛無。因爲無所以有，因爲包攬萬物所以看起來毫無內容。

眞正的讀書，應該注重讀者與作者的默契。我們眞正要讀的是本源，而不是字面意思。

在告訴我們如何讀書後，《天道》最後還對寫書人提出了建議：要用寬容的心對待別人對你的評論。作者與文字的關係跟人與萬物的關係一樣，協調好人與人的關係叫做人樂，協調好人與天、人與萬物的關係叫做天樂。

寫書是一種天樂。把你所感受到的告訴大家而不是說服大家，對於別人的批評你只要安心接受就好了。眞正的聖人是超脫人們評價界限的。你罵我是牛我就是牛，你罵我是馬我就是馬，你罵我這個行爲本身就已經破壞天道了，如果我再不承認我是牛或者是馬，那我的不承認對天來說就是雙重破壞。

第十四講　相濡以沫，不如相忘於江湖

——解讀《莊子．外篇．天運》

從《天運》中，我看到一個淒美哀婉、具有魔幻色彩的愛情故事。

她出生於書香世家，曾經幻想在十六歲時成爲他的妻子。他的父親是位老師，他從小便耳濡目染有關仁義道德的說教，一心想要爲國效命並且有所作爲。他離開的時候，剛好是他們訂婚的第二天。當時，她正在房間裡做著女紅，突然聽丫鬟喊了聲：「小姐，不好了，公子走了！」沒等她反應過來，他就已經走了。在那個時候，捨家爲國，謂之忠。莫非這是忠義的力量？

在接下來的日子裡，她日日思君不見君。

以往兩人吟詩作對，總說你是天來我是地，你是雲來我是雨……現在，她望著高遠的天與溫和的地沉默不語：天還在運行嗎？地是靜止的嗎？日月還會交替上升、照臨人世嗎？雲就是雨，雨就是雲嗎？是誰在行雲布雨呢？是誰在冥冥之中偷偷關注著我，又是誰在主宰著我的一切？上天眞的有主人嗎？如果沒有的話，又有誰能告訴我公子的下落呢？女子的思緒不斷被北風打亂，她的心在朔風之中飄搖不定。

就這樣，一晃五年過去了，女子已經二十一歲，他沒有捎來隻言片語。她只能偷偷躲在門外聽父母談及塞外戰場的事，傳說他成了大英雄，一次次擊退敵人。每當聽著這些，她心裡總能感到一絲欣慰。日復一日，前來提親的人絡繹不絕，她皆無動於衷。

一轉眼，又過了五年，女子二十六歲了，花樣年華正漸漸逝去，她的父母也開始動搖。看著富家子弟送來的金銀財寶、衣帛首飾，父母開始勸她：「趁年紀還不算太大，趕緊找個不錯的人家嫁了吧。他肯定不會回來了，就算回來，只怕也是個廢人——聽人說，在一次搏鬥中，塞外的野獸咬掉他的手臂。」父母在她面前循循善誘，她卻抱定一顆非他不嫁的心，不施脂粉。

又一個五年過去，邊疆終於傳來鼓舞人心的消息：經過歷時十五年的戰爭，敵人終於被打退了，交戰的兩國已建立了邦交，估計以後再不會打仗。站在歡呼的人群裡，她只是勉強笑一笑。是啊，十五年了，她已經三十一歲了，人一生中能有多少個十五年呢？等待是如此漫長，但是她覺得值得。

從那天起她恢復打扮，希望他回來時能看到一個美麗動人的她，儘管魚尾紋已經爬上眼角……她在閨房裡又等了一年，院裡的梧桐樹陪伴著她的寂寞。深深的庭院中，她的倩影顯得單薄。終於，她等不下去了，便收拾了衣物，動身去找他。活要見人，死要見屍！她緊咬牙關，孑然一身走在他當年走過的路上。

走著走著，路旁便時不時閃出了豺狼虎豹的身影，常常嚇得她魂飛魄散、無法呼吸。誰知那些兇猛的野獸看到這個落魄的女人之後，竟然也都屏住呼吸，生怕驚擾了她。更加令人驚奇的是，後來牠們竟一直默默跟隨著她，遠遠守護著她。當她累得昏迷過去時，老虎爲她叼來了鹿皮，豺狼也爲她含來了清水。

睡夢中，她時而面露微笑，時而又忍不住搖頭嘆息。是啊，就連虎狼也有仁愛之心，而忠義卻偏偏要將他從她身邊帶走。

醒來後，她繼續前行。這天，她來到一個小鎮，四處打聽著他的下落，或許他曾在小鎮的哪家客棧停留過。鎮上的人指點她，說有個會演奏「咸池」樂曲的老頭懂占卜，說不定他會知道你家公子的下落。她彷彿在無邊的黑暗中看一絲光亮，開始尋找那位會演奏「咸池」的老人。

終於，她看到了那位在廣闊的荒野上演奏「咸池」的老者。長河落日、大漠孤煙之下，老人的音樂宛若天籟。她仔細聽著，試圖從音樂裡分辨出他的消息。一開始，她感覺心裡發慌，有一種莫名的恐懼；接著，她心裡平和了一點，身體也稍微舒服了一些；最後，她覺得四周迷霧驟起，頭暈目眩、精神恍惚、不能自己。

這時，和善的老者說話了：「夫人，你剛才聽到的就是我想對你說的。一開始，我是依據凡間的人情世故爲你演奏，以天地運行的規律來與之相和，依照世人心中的禮儀來布置樂章，用天下大道來確定你所要了解的事情。透過這些，我嘗試著爲你占卜。你看：四季交替變化，萬物循序而生；一個繁盛一個衰竭，出生與衰亡迴圈交替；一個清澈一個渾濁，陰陽調和，聲光交流，這一切都是占卜的前奏，其實還都只是些沒有目的的猜測——就好像剛剛冬眠醒來的小蟲張開朦朧的雙眼，慵懶地做著準備活動。在這時候，我用雷霆般的聲音讓牠們驚醒、出列、遊行。這個時候的樂聲，到了該終結的地方你找不到結尾，到了下一段音樂即將要開始的地方你又找不到源頭；一會兒彷彿消逝不見，一會兒又油然興起，一會兒彷彿要偃息，一會兒又顯得異常亢進——樂曲的變化無窮無盡，你本不該對它有太高的期望，但你卻把它當成救命的稻草，也就難怪你會感到驚恐不安了。」

「接著，我以陰陽的和諧來演奏，我聚集日月光輝，用它們照臨整篇樂章。所以，夫人妳聽到的樂聲有的短暫、有的悠長。這樣的音樂剛柔相濟，雖然遵循一定的條理變化，卻不拘泥於傳統和常規。你會發現，這樣優美的聲音在山谷之間傳播，山谷馬上變得充盈；這樣的聲音流傳於坑凹之間，坑凹也變得平實，從而能使精神寧寂持守。如果我們以外物來度量那些悠揚廣遠的樂聲，我們可以稱它高如上天、明如日月。有了這樣的聲響，鬼神能持守幽暗，日月星辰能在各自的軌道上運作。雖然這些樂聲表面看來只停留在一定的境界裡，但它的寓意卻流傳在無窮無盡的天地中。我嘗試思考它，最終卻沒有結果；我試圖觀望它，卻依然看不見；我想要追趕它，卻總也不能趕上。到了最後，我只能茫然地站在通達四方而無涯際的大道上，靠著几案低聲誦吟。逐漸地，我明白了欲速則不達的道理，一旦你的目光和智慧都局限在你一心想要得到的事物，那麼你的力氣就會竭盡於你所追求的東西。我沒有力氣了，當然趕不上了啊！所以，我們只有做到形體充盈卻又好像沒有存在，才能適應外物的變化。夫人你聽著我的音樂，就好像我帶著你去旅行，我在摸索，你也在摸索，當你漸漸能順應變化了，你驚恐不安的情緒也就慢慢平息下來了。」

「最後，我又演奏起忘情忘我的樂聲，這次我純粹是用自然的節奏來加以調協。所以，夫人你聽到樂聲像是混沌一體卻又相輔相生，就像微風吹過叢林，自然成樂卻又沒有形跡。風無影無蹤，聲音也無所不在，如此演奏出來的樂章，聲音的傳播和振動都未受到外力的引導與控制，幽幽暗暗，如泉汩汩湧起，乍一聽又好像沒有一點聲響。有時它好像已經消逝，有時又好像才剛剛開始。有時它好像很實在，彷彿在描繪具體的意象。有時又好像很虛華，在演奏一種抽象的意念；這聲音如煙般自由瀟灑，就像仙人的漫步，從不固守一個調子。世人聽起來往往迷惑不解，於是，我曾向聖人詢問，聖人就是通達事理而順應自然的人。自然的樞機沒有完全張開，而各種要素俱全，這就可以稱之爲出自本然的樂聲。這樣的樂章讓我想起過去有焱氏曾頌揚的話：『用耳聽不到聲音，用眼看不見形跡，但它卻充滿於大地，包容了六極。』我最後的那段樂曲，儘管你很想聽完可它卻無法銜接連貫，所以最終你還是迷惑不解。」

吾又奏之以陰陽之和，燭之以日月之明。其聲能短能長，能柔能剛，變化齊一，不主故常。在谷滿谷，在阬滿阬。塗卻守神，以物爲量。其聲揮綽，其名高明。是故鬼神守其幽，日月星辰行其紀。吾止之於有窮，流之於無止。子欲慮之而不能知也，望之而不能見也，逐之而不能及也。儻然立於四虛之道，倚於槁梧而吟。目知窮乎所欲見，力屈乎所欲逐，吾既不及已夫！形充空虛，乃至委蛇。汝委蛇，故怠。

吾又奏之以無怠之聲，調之以自然之命。故若混逐叢生，林樂而無形，布揮而不曳，幽昏而無聲。動於無方，居於窈冥，或謂之死，或謂之生；或謂之實，或謂之榮。行流散徙，不主常聲。世疑之，稽於聖人。聖也者，達於情而遂於命也。天機不張而五官皆備。此之謂天樂，無言而心説。故有焱氏爲之頌曰：「聽之不聞其聲，視之不見其形，充滿天地，苞裹六極。」汝欲聽之而無接焉，而故惑也。

她似懂非懂。看著女子皺起的眉頭，老人想了想，換了個方式說道：「夫人，你一開始感到恐慌，是因爲對未來的無知，我當時也不知你家公子的下落；接著，我慢慢打聽到他的消息了，你也稍微安心點了；最後，我已經知道他的結果了，是上天告訴我的，一個不錯的結果。夫人，也許你對我的話感到很難理解，但我還是希望你開心點，這樣你就能找到你所要的東西了。」

老者說完就走了，只剩她一人面對遼闊的荒野。是前進，還是返回？她無法抉擇。就在猶豫不定時，她看到大漠上出現了很多腳印。出於女人的直覺，她跟了上去。

那些腳印的大小恰恰與他的尺寸相符。她撲在沙地上，擁抱著大地，彷彿抱著他。突然，腳印一下子消失了，她慌了，抱著黃沙撕心裂肺地哭起來。她的眼淚灌溉了大漠黃沙裡的草籽，沙漠上出現了一片片綠洲，她的眼淚讓枯萎的仙人掌開出鮮豔的花，她的身邊開始有了生動的色彩。

這時，她的耳邊忽然傳來一個聲音：「我的孩子，你明白了嗎？」

她環顧四周，是草、是花，還是沙土？

那個聲音說：「你知道白天鵝嗎？牠不需要天天沐浴就能一身潔白。你知道黑烏鴉嗎？牠不需要天天染色，天生便有黑亮的羽毛。天鵝的白與烏鴉的黑都是自然而來的。我不知道該如何安慰你，我的孩子。有些結果是自然而然形成的。泉水乾了，坑窪裡的小魚相互吐著唾液維繫生命，這樣生存是沒有希望的。依我之見，與其如此勉強地活在一起，還不如自由自在地隨流到海裡，彼此相忘於江湖。」

「你是說，我家公子出了什麼意外嗎？」

「他很好。你應該想開點。你太固執了。知道龍嗎？牠在雲朵裡翻滾騰躍，看起來支離破碎，其實神采奕奕。有些人看起來像死了一樣，但他的精神卻跟龍一樣。」

「我心有不甘，我畢竟等了他十五年了。」

「愛有對錯嗎？他沒勉強你，你的等也是心甘情願的，還有什麼值得計較的呢？」

聽到這句話，她的心裡稍稍有些寬慰。

那個聲音說：「要記得，他沒有離開，一直生活在你周圍。」

「但是……我想爲他生個孩子。」

她說完這句話，那個聲音就消失了。她失神落魄地回到家中，年邁的父母看著她，沒說什麼。當天夜裡，她做了個夢，夢見無數動物在交配，接著競相分娩。白鯢相互而視，眼珠一動不動就能相互引誘懷孕；而昆蟲們，雄的在上面鳴叫，雌的在下面應答，便能生子；還有些動物自身就具備雌雄兩性，無需交合就能傳宗接代。烏鴉、喜鵲在巢裡交尾孵化，魚兒借助水裡的泡沫生育，蜜蜂自化而生……萬物的休養生息之中，本性不可改變，天命不可變更，時光不可逗留。

第二天她醒來時覺得肚子裡有東西在踢她，三個月後，她產下一名男嬰，眉眼與他酷似。關於他的下落，別人是聽她說的。她說，她夢到他了。他離開的那天，正準備去軍營報到，不想被一個強盜偷了錢財；他衝上去和強盜搏鬥，結果被強盜連捅三刀，最終失血而死。他死不瞑目，手中緊緊攥著布袋，裡面裝著準備送給她的玉鐲。

沒有人去求證她的話。直到有一天，人們在她家門前梧桐樹下的老井裡挖出一具男屍，雖然不知已埋藏多久，他的面目卻依然秀氣、俊美，恐怕當年眞是個美男子吧！

第十五講 倦怠總在激情後

——解讀《莊子・外篇・刻意》

萬事容不得勉強，勉強沒有幸福。

一位書生在迎春花開的時節從尋常巷陌走來，不小心撞上一名趕集的女子。在那個男女授受不親的年代，這一次短暫的身體接觸竟成了彼此心動的起端。女子在離開前看了眼書生，靦腆的男人低頭掩住滾燙的臉，牙齒咬住了嘴唇。

書生偷偷跟蹤，摸清了女子的住所。細打聽，原來她是家中長女，姓蘇名煙。蘇煙蘇煙，蘇州上空的煙？煙花三月下揚州。書生琢磨著，心裡暗自竊喜。

第二天，書生又和女子相遇。不過，這次見面地點在女子家門口。女子很詫異。

第三天，書生再次和女子相遇，女子微微笑了笑。見她一笑，書生心情好多了。他們緩緩走在迎春花開的街頭，女子首先說話：「你怎麼每天都在這裡？」書生說：「因為我家就住在附近。」女子再問：「那我怎麼從沒見過你呢？」書生說：「那是因為姑娘平日只留意風景，卻沒留意風景裡的人。」那是書生第一次以語言調情，造句顯得那麼牽強。女子抿嘴一笑。

第四天，書生如約出現在女子家門口。兩人繼續散步。女子對他說：「我昨天夢到你了，我知道你一定會來。」書生一聽，心花怒放，有什麼比被心上人夢到更幸福的事呢？

就這樣，整整一季，書生每天都出現在女子家門口。每天早上，他們相互說著不痛不癢的話，走過迎春花開的路，然後書生去學堂，女子回家學刺繡。書生在學堂裡聽先生讀著「關關雎鳩，在河之洲。窈窕淑女，君子好逑」時，嘴角也掛滿微笑。

又過了一個月，炎熱的夏天到了。書生為了如期而至，每天都要跑很長的路。一天清晨，女子打開門時看到書生滿頭大汗，狼狽得像個偷雞賊。女子捂著嘴咯咯地笑。書生突然覺得，她看起來也並非多麼美麗。漸漸地，書生益發覺得自己偉大。他住城西，女子住城東，有誰知道他三更就得起床迎著太陽奔跑才能不遲到？接著，書生感到疲憊，起床也晚了。突然有一天，書生沒有如期出現。女子出門沒見到他，很失望。接著又有幾天，書生仍未出現。書生就這麼消失了。

這是個與季節無關的愛情故事，也算是一個事故吧。當女子愛上書生時，書生早已放棄了。

愛情開始之前，人們總會製造心動的機會，盡可能尋找兩人的共同之處：喜歡同一種氣味的香水，喜歡同一種顏色的胭脂，喜歡刺繡畫畫或養花種草，總是想著盡可能讓彼此的心靈貼近點。沒想到，當我們心靈接近之後，身體卻已感到疲憊。

又一個例子。從前有個男人，為了證明自己很愛妻子，發誓無論如何每天都要給妻子寫一封信。開始的那段日子，他的信總是愛意款款，充滿激情，描繪她給他帶來的驚喜。漸漸地，因為工作繁忙，男人為了寫信每天都要挑燈苦戰到凌晨一點。後來，他把寫信當成一種累贅，因為這個他開始與妻子發生爭吵。在一次激烈的爭吵中，他砸了花瓶，而妻子一怒之下把他給她寫的信全燒了。當時他想，到底是她先放棄了他，還是他先放棄了愛她的權利？

感情不能勉強，不能刻意。出發點本身是好的，但因爲美好的心願而強制禁錮自己的形體卻是相當殘忍的；形體勞累不止就會疲憊，精力不停使用就會枯竭。形體是生命的具體表象，做任何事的時候都應該先考慮一下身體的承受能力。

刻意的另一面是磨礪心志。修身養性跟孕育一段美好愛情一樣，也要懂得適可而止。磨礪心志的過程也要順其自然、循序漸進，不能一步登天。這一點又像極了愛情。欲速則不達，最早開的花通常最先脫落，還來不及結果，花已頹敗。

刻意尚行，離世異俗，高論怨誹，爲亢而已矣。此山谷之士，非世之人，枯槁赴淵者之所好也。語仁義忠信，恭儉推讓，爲修而已矣。此平世之士，教誨之人，遊居學者之所好也。語大功，立大名，禮君臣，正上下，爲治而已矣。此朝廷之士，尊主強國之人，致功并兼者之所好也。就藪澤，處閒曠，釣魚閒處，無爲而已矣。此江海之士，避世之人，閒暇者之所好也。吹呴呼吸，吐故納新，熊經鳥申，爲壽而已矣。此道引之士，養形之人，彭祖壽考者之所好也。

若夫不刻意而高，無仁義而修，無功名而治，無江海而閒，不道引而壽，無不忘也，無不有也。澹然無極而眾美從之。此天地之道，聖人之德也。

第十六講　隱身不如隱心

——解讀《莊子・外篇・繕性》

從前有一群人叫做隱士，他們雖然生活在當代，心裡卻戀著過去的日子，總想回到過去。每天，他們在聊天時談論過去，在吃飯睡覺時想著過去，在生兒育女後又向他們灌輸過去比現在更美好的觀念。

由是觀之，世喪道矣，道喪世矣，世與道交相喪也。道之人何由興乎世，世亦何由興乎道哉！道無以興乎世，世無以興乎道，雖聖人不在山林之中，其德隱矣。

在隱士的眼中，過去的人們心靈單純，生活在混沌鴻蒙、淳風未散的環境，日子恬和而安寧。他們對古代有種根深蒂固的情結，想想看，那可是一片淨土：土地平坦開闊，房屋整整齊齊，還有肥沃的田地，池塘邊種滿桑樹和竹子，田間小路交錯相通，村落間偶爾聽到幾聲淘氣的雞鳴狗叫。當時的人們與世無爭，安靜地耕作勞碌。

時間漸漸過去，他們實在忍受不住思念的煎熬，最後拋棄當今社會，從城鄉退到郊野，再退到山林，他們把自己藏了起來。他們以爲這樣就能得到想要的生活。然而，現實並非如此。

國家推行仁義後，隱士們所謂的好日子就要來臨。因爲推行仁義，民眾分成兩派，一種是懂得仁義的，另一種是不懂得仁義的。如此一來，懂仁義的人開始與不懂仁義的人對抗，而那些根本沒聽說過仁義爲何物的平民百姓則成爲了攻擊對象。

於是，一場轟轟烈烈的仁義普及運動開始了，大凡無「禮」之徒均遭禍害。有了仁義，世間也有了好人與壞人之分。而那些一心歸山的隱士們被劃入反叛者之列。

懂仁義的人對皇帝說：「那些無禮的隱士們缺少文化、不懂知識，終有一天會造反，到那時皇上的性命可就難保。」皇帝一聽，頓時怒起，立即下令追殺全天下所有隱士，並聲稱要「寧殺錯，勿放過」。

隱士們得知消息，左思右想後紛紛加練武功以恢復身手。他們想，差點荒廢的隱身術終於有了施展之地，而這次是爲了保命。

有些隱士水性很好，當皇帝帶著士兵風風火火地殺到時他們藏到了湖泊裡，用蘆葦呼吸，蜷縮在水底，細心打聽陸地的消息。沒多久，皇帝帶著士兵走了。但不多久他們又回來了，與上次不同的是，他們的身後多了幾千頭大象。皇帝吩咐士兵驅使大象把湖水吸乾，於是那些藏得嚴密的隱士們一一暴露，最終無一倖免。

有些隱士會爬樹，蹲在高高的樹梢上偷聽樹底下的消息。皇帝帶著部隊殺來了，士兵用弓箭朝樹冠亂射一通後毫無所獲。隱士們取得了小勝利。沒想到，皇帝一怒之下將山林全燒了，那些死守樹梢的隱士也被燒死。

皇帝的殲滅計畫有條不紊地進行著，隱士愈來愈少，卻有愈來愈多的人號稱自己懂得仁義。直到有一天，只剩下最後一個隱士。

他叫無名。看著皇帝帶著隊伍浩浩蕩蕩殺來，他就把雞糞抹在臉上，換上最破的衣服，挑上殘缺不全的扁擔，恍惚地邁著步子朝隊伍走去。皇帝看到他皺了皺眉頭，心想：這是何許人也？天下間竟有如此醜陋的男人？真是又醜又臭。

無名在皇帝面前下跪，低聲問：「皇上萬歲，請問您需要紅薯嗎？我就剩下這麼點紅薯了，皇上遠道而來，草民希望能幫皇上做點什麼。」皇帝看了看他筐裡的幾塊破紅薯，一時仁義當道，大發慈悲，讓手下給了他一兩銀子。無名高興地收下，還找給皇帝二兩銀子。皇帝看著找回來的二兩銀子，不禁笑了笑，心想：有些人就是沒腦子，不說他低賤都不行。

於是，皇帝和他的隊伍從無名身旁浩浩蕩蕩地飛馳而過，誰也沒有刁難他，他也因此成了歷史上最後一個隱士。

《繕性》告訴我們，做隱士並非不可，關鍵是要做聰明的隱士。躲得過耳朵、眼睛的算計不算本事，躲得過兇狠人心的算計，才叫本事。只懂隱藏自己的身體卻不懂隱藏內心的隱士最是可憐，最終會招致殺身之禍。只有將自己的思想、主張、言辭都牢牢隱藏起來的人才是真的隱士。

隱，故不自隱。古之所謂隱士者，非伏其身而弗見也，非閉其言而不出也，非藏其知而不發也，時命大謬也。當時命而大行乎天下，則反一無；不當時命而大窮乎天下，則深根寧極而待：此存身之道也。

當然，莊子也並非是教人隱藏自己的智慧不發揮，而是建議大家等到時機成熟時再發言。大局不明、天下混亂之際，隨便開口就等於自殺。

所以，比起等待時機，把握時機更重要；而比起把握時機，懂得選擇時機則更爲重要。只有在適當的時候展露聰明智慧，才能做到眞正的「不鳴則已，一鳴驚人」。要知道，最厲害的殺手往往得手於最後的致命一擊。

第十七講 他人甘泉，我之毒藥

——解讀《莊子・外篇・秋水》

秋天一到，雨就下個不停，千百條河流都灌注到黃河，致使河面加寬，兩岸及河中小洲之間牛馬都小得無法辨認。

在這雲霧嫋繞的朦朧世界裡，年輕的河神歡喜鼓舞，心想：天下的壯美已經全在我這裡了。雨下得更大，水也更湍急，一個漩渦捲來，把正在欣賞風景的河神打入了河底。

河神像是做了個黑色的夢，在混沌中一陣摸爬滾打，抬起頭時已經到了渤海，不知是自己游過去的，還是被河水拖過去的。河神抬頭向東看去，那浩瀚的大海根本毫無邊際。他回頭一看，看到了海神。

海神是個扛著銀色獵叉、滿臉龍鬚的老人，他的鬍子像一團糾纏的海蛇。河神問海神：「這是哪裡啊？我從未見過如此廣闊的風景呢。」海神笑笑不答。河神又說：「俗話說：『聽說上百條道理後就自以爲懂得很多的人』想必就是說我。我聽說人間有人取笑孔子的見聞少，輕視伯夷的行爲，當初我不信；現在我親眼看到你的浩渺無邊，要不是被水捲到你身邊的話我就危險了，我不知道這是哪裡，我免不了會被其他神靈取笑。」

秋水時至，百川灌河。涇流之大，兩涘渚崖之間，不辯牛馬。於是焉河伯欣然自喜，以天下之美爲盡在己。順流而東行，至於北海，東面而視，不見水端。於是焉河伯始旋其面目，望洋向若而嘆曰：「野語有之曰：『聞道百以爲莫己若者』，我之謂也。且夫我嘗聞少仲尼之聞而輕伯夷之義者，始吾弗信。今我睹子之難窮也，吾非至於子之門則殆矣，吾長見笑於大方之家。」

海神說：「你不能和井中之蛙談論大海，因爲牠局限在井中；不能與夏生秋死的昆蟲談論冬天大地結冰的事，因爲牠生長時間有局限。你從黃河而來，現在明白了海的博大，所以我能和你說話了。但是，我的孩子，你是河神，生活在黃河裡，黃河水清淡甘甜、海水卻是微鹹苦澀，所以你還是趕緊回黃河吧，大海不適合你，再待下去會危及你的性命。」

河神聽完，嘗了幾口海水，果眞是苦澀的。他一個魚躍鑽入海裡，尋覓了半天卻始終未能找到回去的路。他鑽出水面，問海神：「怎麼辦？我找不到回家的路，海那麼大，我一點頭緒都沒有。」

「海大嗎？」海神說，「海沒地大呢。地大嗎？地沒天大。天包籠著地，地圍繞著海，可見海是很小的。」

「那我該怎麼辦呢？」河神焦急地問，他已感到海水的苦鹹，再這樣下去他會死在海裡。

海神想了想，說：「要對付小的東西，就要從比它大的東西下手。既然海的渺茫讓你迷惑，那你就去地上尋找回家的路吧。大地有井，若你眞的乾渴時還能找點水喝，這樣你可以繼續前進。不過我要提醒你，一旦你在地上行走，你的體形就會發生變化，在你回到黃河之前你沒有神靈的法力。我會默默祝福你，出發吧，我的孩子。」

河神聽完海神的教誨，匆匆上了岸。一碰到岸邊的礁石，他的魚形尾巴就分開變成了兩隻腳；他的翅一挨到大地，就成了雙手；他的鰭與鰓則退化成清瘦的下巴。上了陸地，他就能看到海的輪廓，也認清了方向。那是渤海，他要一直往西走才能找到回家的路。

河神給自己買了一雙鞋和一頂帽子。他走在路上，因爲不太擅長用人的語言交流，跟他打招呼的都是花花草草。走著走著，突然一隻黃鼠狼跟了上來，眼巴巴看著河神問：「你有吃的東西嗎？我快要餓死了。」

河神失去了法力，無法變出糧食，就去挖了幾根野紅薯，他把大部分紅薯給了黃鼠狼，自己只吃了一小口。黃鼠狼吃完後很開心，決定跟著河神一起走。「你爲什麼跟著我啊，我身上已經沒有食物了。」河神問。

「不是的，我是想等待機會報答你，我離開前要爲你做一件事。」黃鼠狼一本正經地說。河神哈哈大笑：「我是神靈，你只是大地的生物，你能幫我做什麼呢？」

河神走著走著，來到一個國家。一進城門，他就被士兵抓了起來，押著他去見皇帝。「你這個奇怪的人一定是國家禍害的根源吧？」皇帝看著河神說，「你看你，光天化日之下還戴著帽子，你肯定有什麼見不得人的事。難怪最近國家糧食愈來愈少了，原來是你偷的。」

皇帝讓士兵處死河神，河神不知該如何解釋，只得任由雙手被人捆起來。就在這時，一直躲在他衣服裡的黃鼠狼跳了出來，直奔糧倉；緊接著人們就聽到糧倉的騷動，不一會兒，一隻大老鼠被黃鼠狼叼了出來。

皇帝和大臣們看著這只奇大無比的老鼠，放了河神。河神有好生之德，祈求皇上放過老鼠，保證自己會帶老鼠離開，從此不踏進該國。皇帝應允了。報完恩的黃鼠狼與河神告別，河神抱著老鼠走出了城門。

在郊外的小路上，河神放開了老鼠，但老鼠不肯離開：「讓我跟著你吧，走之前我要幫你一個忙。」河神又是哈哈大笑：「知道嗎，我是神靈，而你只是一隻人人喊打的過街老鼠。」

河神路過的下一個國家正在打仗，他只好挨著城樓走；突然城樓倒塌，磚塊瓦礫將他掩埋。他被困住了，看不到光，找不到太陽。就在河神不知所措時，老鼠忙碌起來；一陣辛苦後，河神看到了光，一縷明媚的光線穿入瓦礫中，彷彿射入河神的心，他從洞裡爬出來，又逃過一劫。而那隻老鼠已不知去向。

河神走出來時絆到一名死去士兵的腿，一隻跳蚤正趴在上面。跳蚤說：「我好久沒喝新鮮的血了，你能讓我喝一小口嗎？我會報答你的。」河神應允了，跳蚤在他頭皮上咬了一小口，癢癢的。「謝謝你，我會報答你的。」跳蚤說道。

河神到了下一個國家。他記得那個國家周圍的風景，這裡離黃河不遠了。守城的士兵一看到他，就把大門打開，接著猛打他脖子幾下。河神被五花大綁送到皇帝面前。

又是個疑心病很重的皇帝，他看著河神說道：「莫非你就是來自東方的聖人天地之子？」河神搖搖頭。「你是要來取代我的皇位吧？」皇帝狡詐地笑道：「你不老實交代我就殺了你！」

河神結結巴巴地說：「不，不是的。」皇帝不相信，不等河神解釋，就命令士兵把他推出去處斬。

看著劊子手手拿寒光閃閃的大刀，河神皺了皺眉頭，他想起黃河的鯉魚，永別了，兄弟姐妹們！就在劊子手落刀的瞬間，跳蚤鑽到其腋下，狠狠咬了一口，結果劊子手的刀砍在自己的小腿上。

「異象！是異象！」大臣們恐慌著，他們建議皇帝和河神好好談談，看來此人命不該絕啊！於是皇帝再次把河神叫入宮中：「你眞的不會取代我的皇位嗎？」「不會的。」「你要我怎麼相信呢？」河神說：「不如我們去郊外的森林裡占卜吧。」

皇帝跟著河神走到郊外。河神對皇帝說：「等一下我們會看到兩種鳥，一種是貓頭鷹，一種是宛雛。首先，我們各選一隻鳥代表我們自己。」皇帝看了看天，已經到了深夜，夜間鳥類之王必然是貓頭鷹，至於宛雛，聽都沒聽過，是什麼東西！於是皇上選了貓頭鷹，河神則選了宛雛。

「好吧，既然皇上已經選定，我們就看看大家的命運吧。」

只見森林裡飛過一隻貓頭鷹，嘴裡叼著一隻肥美的田鼠。這時，一隻宛雛從貓頭鷹上空飛過。貓頭鷹緊張地衝著宛雛怒吼，但宛雛看都沒看牠一眼就飛走了。

「看到了吧，皇上，這就是我們的命運。肥美的田鼠是你的地盤，我不會與你搶奪。宛雛是南方的一種鳥，這種鳥從南海出發，飛往北海，只肯棲息梧桐樹；除了竹子的嫩蕊，牠不吃其他的食物；除了甘甜的泉水，牠不肯飲用其他的水。我對世間的政權毫無聽聞，亦毫無留戀，感激皇上放過我。」

皇帝送河神走出城樓，河神拍著他的肩膀說：「我聽說人間的楚國有隻神龜，已經死去三千年了。楚王將牠的甲骨裹上紅布，放在竹箱裡，珍藏在太廟的明堂上。對於牠來說，牠是願意死後留下龜甲而顯示自己的尊貴呢，還是寧可活在泥裡拖著尾巴爬行呢？若換作是我會選擇後者。當然，對於皇上這樣的天子，有身不由己之處，但願皇上是個明君，能順應自然，造化萬物。」

皇帝聽完河神的話，突然想挽留他。他們站在護城河的橋上。「你眞的要走嗎？」皇上看著他，像看著昔日的好友。

河神答道：「皇上沒看到下面的魚很快樂嗎？」

「你不是魚，怎麼知道魚的快樂呢？」皇帝問。

「你不是我，你又怎麼知道我不知道魚的快樂呢？」河神笑著說。

「對呀，我不是你，所以我不知道你。你不是魚，你也不知道魚。」

聽了皇帝的話，河神哈哈大笑：「讓我們回到原先的話題，皇上問我『你怎麼知道魚很快樂』這句話，就表明了皇上首先是肯定我知道魚的快樂，所以才會問我；既然你能知道我，我怎麼就不能知道魚呢？」

「如果眞想知道我是怎麼知道魚的，那我告訴你吧，我就是站在橋上知道的。」河神說完，縱身一躍，他潛入水中，化成金鯉。河神回家了。

莊子往見之，曰：「南方有鳥，其名爲鵷鶵，子知之乎？夫鵷鶵，發於南海而飛於北海，非梧桐不止，非練實不食，非醴泉不飲。於是鴟得腐鼠，鵷鶵過之，仰而視之曰：『嚇！』今子欲以子之梁國而嚇我邪？」

莊子與惠子遊於濠梁之上。莊子曰：「儵魚出遊從容，是魚之樂也。」

惠子曰：「子非魚，安知魚之樂？」莊子曰：「子非我，安知我不知魚之樂？」

惠子曰：「我非子，固不知子矣；子固非魚也，子之不知魚之樂，全矣！」莊子曰：「請循其本。子曰『汝安知魚樂』云者，既已知吾知之而問我。我知之濠上也。」

《秋水》是《外篇》裡看起來最像莊子親筆寫的一篇文字，其體大思精、文情跌宕、肆意汪洋、儀態萬方，莊子的瀟灑、豪情、風趣與智慧全都回來了，可以算是歷史上出眾的「借物名篇」。

莊子一開始就借用河神與海神的七問七答來探討相對論。前兩問談論的是大小，三四問則討論言論的只可意會不可言傳與貴賤問題，五問討論爲人處世應何爲何不爲，六七問討論達理、明權以及萬物消亡、生息、充盈、虧虛的道理，並在最終一問中提出天人分際的問題。莊子告誡世人，不要自我膨脹，要返璞歸眞。

小的可以是大的，大的也可以是小的，大小沒有絕對的概念。把物體從大到小按順序排成一列後，如果從小看到大，你會覺得世界上的東西都是小的，總有比你大的東西；而如果從大看到小，你會覺得自己是最大的，總有東西比你小。大小根本毫無定論。巨大，是大中的大，大在巨大跟前就會顯得小；精小，是小中的小，小在精小之前就是大。

言論中的大與小是無法計算的，要看實質。小東西也會有大作用，如同前述所提的黃鼠狼、老鼠和跳蚤。最小的東西，我們看不到它的形狀，而最大的東西，包含天地萬物，我們同樣看不到它的形狀。可以用言語談論的事物是事物中「粗」的部分；只可意會而不能用言語談論的事物，是事物中「精微」的部分。

至於貴賤之分，莊子認爲事物只有形體差異，每個事物都在天地中各自發揮著重要的作用，彼此之間沒有貴賤之分。

何爲而何不爲？貴與賤是可以互相轉化的，不要拘泥你的心志而與大道相背離。多與少之間也是可以互相轉化的，不要一意孤行而與大道不合。要像君主那樣莊嚴、無私心；要像祭祀社神那麼悠然自得，對百姓並無特別的私心與賜福；像大地那麼曠遠無窮、兼藏萬物，誰都不會受到特別庇護。萬物皆有生死變化，誰也不足以依靠。

至於天人分際，明白大道的人必然通達道理，通達道理的人必然知道如何應變，知道應變也就不會被外物所傷害。對有高尚道德修養的人，烈火不能燒傷，大水不能淹死，寒暑不能侵襲，禽獸不能殘害。不是說他有多麼厲害，能躲避萬物，而是說他能明察安危，對窮塞與通達能安之若命，能謹慎對待進退，所以才能免受傷害。

又一年的秋天來臨，雨仍舊下個不停。千百條河流都灌注到黃河，致使河面大大加寬，兩岸及河中小洲之間牛馬都小得無法辨認清楚。河神寫信給海神，述說這一年來自己的成長與成熟。

第十八講　珍重眼前的愛

——解讀《莊子・外篇・至樂》

我將《至樂》視爲《齊物論》的續集，既然曾在《齊物論》裡解讀過的莊子的愛情，現在終於在《至樂》中找到略爲實質點的歸宿。在《至樂》裡，我看到莊子眞正經歷的愛情以及他眞實存在的妻子，這樣的愛情是跨越生死、羨煞他人的。

世間有最大的快樂嗎？有。愛情有最大的快樂嗎？有。莊子的快樂就是人世間最大的快樂。

上次夢蝶後，莊子就看到女子了；雖然只是背影，但已讓他難忘。莊子的愛建立在對世間萬物無微不至的關注中。如此廣博的情愫是偉大的、也是殘忍的，因爲世間沒有一個女子允許她的男人同時愛著別人。所以若將眼光立足於世間女子，莊子的妻子非常人所能勝任，除了極大的包容心外，她還需要有頑強的忍耐力。誠然，這一切又超越了世人的心理承受能力。

所以，莊子的妻子不是人，不可能是人，她更可能是花、是草、是一顆植物上的露珠，是荒原裡灑落的星辰。在莊子夢蝶的瞬間，世間萬物糾結化爲一名女子，站在他的眼前；這是萬物對莊子的一次饋贈，也算是對這個孤獨者感情生活的一次塡充。

於是，在莊子夢蝶之後，女子便與他在一起。該女子相貌平平，卻也稱得上嬌小清秀，她聲如和煦微風、手指如蘭精巧柔潤，她知書達理，脾氣溫順恬然，從不與莊子吵架。她的髮際耳邊一年四季中散發著不同的芬芳，沁人心脾。這個集萬般寵愛於一身的女子，便是莊周之妻。

莊子與女子拜過天地後，開始過著簡單卻不單調的日子，也算美滿。他們日出而起，日落而歸。他們走進沒有人煙的森林裡採集山藥、趟溪捕魚，與天地萬物合爲一體。

然而，幸福的時光總是短暫。沒多久，莊子就發現妻子的身體極其虛弱，外出歸來總是氣喘吁吁，還經常在半夜驚醒，腳心冰寒，額頭卻冒汗。焦急的莊子找來很多大夫來給妻子看病，但大夫們的回答卻如出一轍：「沒病啊，至少看不出有什麼病。」

莊子悉心照顧妻子。他不再讓妻子陪他外出，不許妻子隨便走動，他只讓她安靜地躺在床上，安心地看書，聽聽窗外的聲音。漸漸地，妻子的臉色恢復了紅暈，像即將成熟的蜜桃。莊子卻儼然感覺到妻子的身體大不如從前了，說話也是有氣無力。

一天，妻子搖醒莊子，他正趴在藥房的牆根睡著，藥房裡紅泥小爐上的藥罐還在撲騰撲騰冒著熱氣，他正在煎藥。他看了看她，心裡一陣慌亂：「哎呀，你怎麼起來了？」妻子輕輕擦了擦他額頭的汗。他的臉被熏黑了，形貌憔悴。「這大概就是人間的愛情吧。」妻子說著，抿嘴笑了笑，「謝謝你，何其幸運，我體會到了人間的愛。」莊子聽著，想笑又想哭。

「我馬上就要離開夫君了。雖然和夫君相處只有短短半年的時光，但我是幸福的。作爲一朵花、一根草，我竟也體會到人間的愛。在這段日子裡，我們沒有如同世間男女一樣爲家事爭吵，我沒因為你而與其他女子爭風吃醋。我無時無刻不體會著你的關心與疼愛。我想我是幸福的。」

妻子說這些時，莊子在一邊只是微微笑了笑。

「我馬上就要走了，有這半年時間相處，我已經很滿足了。要知道，有些花的花期只有幾天。」莊子眼睜睜看著，突然鼻子一酸，眼淚落下來：「你什麼時候走？」「馬上。」「那我還能見到你嗎？」「我雖是花草精氣，但已成人形，所以死後會跟人一樣，有回魂一說，在我死後的第七天，你只要在我身邊敲著瓦盆唱歌，我聽到你的歌聲便會回頭看你，這便是我們今生今世的最後一眼。」說完，妻子就毫無氣息了。

莊子的妻子就這麼死了。好朋友惠子聽聞，前來弔喪，安撫莊子節哀順變。莊子沒理他，只在一邊敲盆高歌。妻子只要求他在第七天唱歌，但莊子卻足足唱了七天。

旁人見狀開始胡亂猜想，指桑罵槐，傳言說莊子的妻子生前對他不忠，所以她死後他才那麼歡快。此時又有誰能懂得莊子的愛情?他強忍著傷心高歌，只為再看妻子一眼。

終於，在第七天，妻子出現了，她與過去沒有太大區別。看到她，莊子心態比先前平和了很多，大概是這幾天的唱歌已磨盡了他的痛苦。莊子看著她的身體從腳跟開始如煙般一點點褪去，漸漸地，只剩下一張花樣般的臉；最後連面容也消失了，化成了一隻蝴蝶，蝴蝶飛到窗簾上，莊子開了窗，蝴蝶飛了出去。

人們看到莊子抱著妻子的屍體酣然而睡，沒有人知道他睡了多久，他在夢裡不斷發出笑聲。

直到有一天，女子的身體出現了屍斑；接著，女子的身體開始腐爛；直到人們看到莊子摟著一具乾癟的骷髏。

莊子醒來那天，骷髏被風乾成灰，形成一種叫做「幾」的物種。

天空下起了零星小雨。有了水的滋養，幾開始發生變化，處於陸地和水面交界處的就形成了青苔，生長在山陵高地的就變成了車前草，車前草獲得糞土的滋養長成了烏足草，烏足草的根變化成土蠶，烏足草的葉子變化成蝴蝶。蝴蝶很快又變化成蟲，生活在灶下，它的名字叫灶馬。灶馬在一千天後變化爲一種名叫幹餘骨的鳥，幹餘骨的唾沫裡長出蟲子斯彌，斯彌又生出蠛蠓，頤輅從蠛蠓中形成，黃從九猷中長出，蠓子則產生於螢火蟲，羊奚草跟不長筍的老竹相結合又生出青寧蟲，青寧蟲生出豹子，豹子生出馬，馬生出人，人最終又歸於自然。

莊子妻死，惠子弔之，莊子則方箕踞鼓盆而歌。

惠子曰：「與人居，長子老身，死不哭亦足矣，又鼓盆而歌，不亦甚乎！」莊子曰：「不然。是其始死也，我獨何能無概然！察其始而本無生，非徒無生也，而本無形；非徒無形也，而本無氣。雜乎芒芴之間，變而有氣，氣變而有形，形變而有生。今又變而之死。是相與爲春秋冬夏四時行也。人且偃然寢於巨室，而我噭噭然隨而哭之，自以爲不通乎命，故止也。」

這是我在《莊子》裡看到最具體的一次輪迴，在這類的物種起源中，我還是想到了愛情。同一物種會產生愛情，不同物種間也會產生愛情，物種進化間亦有愛情。莊子的愛情產生在不同物種間，卻愛得那麼深，甚至比同一物種間的愛情還要深刻。

在這一瞬間，我聯想到西方哲學家對於愛情的討論。在柏拉圖與他的老師蘇格拉底之間有段很經典的對話。

有一天，柏拉圖問蘇格拉底何謂愛情，蘇格拉底要他先到麥田裡摘一株全麥田裡最大、最金黃的麥穗，期間只能摘取一次，並且只能向前走，不能回頭。

柏拉圖照著老師的話做，結果，他兩手空空地走出麥田。

蘇格拉底問他爲什麼摘不到，柏拉圖說：「因爲只能摘一次，又不能走回頭路，沿途即使見到一棵又大又金黃的，但又疑心前面是否有更好的，所以便沒有摘；等走到前面時，又發覺總不如之前見到的好，原來麥田裡最大最金黃的麥穗早就錯過了，於是我什麼也沒摘到。」

蘇格拉底說：「這就是愛情。」

之後又有一天，柏拉圖問蘇格拉底何謂婚姻，蘇格拉底要他先至樹林裡砍下一棵全樹林最大、最茂盛的樹，同樣只能砍一次，同樣只可以向前走，不能回頭。柏拉圖照著老師的話去做。這次，他帶了一棵普普通通、不是很茂盛亦不算太差的樹回來。

蘇格拉底問他怎麼帶這棵普普通通的樹回來，柏拉圖說：「有了上一次經驗，當我走到大半路程還兩手空空時，看到這棵樹也不太差，便砍了下來，免得錯過它後以致最後又什麼也帶不出來。」

蘇格拉底說：「這就是婚姻。」

若莊子能選擇，也許他不會摘下一株麥穗，更不會砍掉一棵樹。他的愛太多，多得只能以無形衡量。他的愛太深，歸根究底他只愛著那個曾經做過他妻子的女人。他在世間行走，遨萬物遊戲，沒有人知道他年輕的愛情——那些只開花不結果的樹。

第十九講　心理暗示有積極面和消極面

——解讀《莊子・外篇・達生》

在這裡，我想說一個關於尋找的故事。

在一個春天，訂婚沒多久的女子問書生：「如果有一天我走了，你會去找我嗎？」書生說：「會的。」女子又問：「會一直找我嗎？」書生使勁點點頭說：「會的。」女子再問：「若我一直沒出現，你會找到死爲止嗎？」書生說：「會的。」

當天夜裡，書生做了個夢，夢中有隻寒蟬在鳴叫。在當地的習俗裡，春日夢蟬意味著將有無法捉摸的厄運。書生醒來時發現女子不見了。他斷定女子走了，急急忙忙抓起衣服衝出門，可沒走幾步就暈倒在地。鄰居把他送回房間，他醒來後哭著喊著要找女子。

從那天起，他便不吃不喝，日日在門口等著女子，想著曾經的夢，夢境裡那隻寒蟬叫得如此悲涼，莫非女子遇到什麼不測？他不敢多想，但他又不知道去哪找。他幻想著女子有一天會突然回來。不知不覺中，他的青絲變成了白髮。

書生還在等，像是守株待兔。沒多久，一個號稱會解夢的說書人路過村莊，看到少年白頭的書生。了解事情緣由後，說書人捋著山羊胡笑道：「這事好辦。既然是寒蟬告訴你的，那你就去找寒蟬吧。」書生一聽，若有所思，便問：「現在還是初春，我要去哪裡找寒蟬呢？」說書人指了一個方向：「去楚國吧。」

書生便去了楚國，他發現那裡的氣候與家鄉截然不同。楚國的季節要來得更早一點，已是炎炎夏日，無數的蟬在樹梢上鳴叫，空氣中一片喧囂。

書生走到一棵大樹旁邊，看見一個駝背老人捕起蟬來像拾取一樣熟練。書生興奮地說：「老先生眞是靈巧得很啊！我也在找一隻蟬，但牠是寒蟬，深秋才會出來；一個高人告訴我楚國有這樣的蟬，我便前來尋找了。」駝背老人看了看書生，笑了笑：「你看樹上有成千上百隻蟬，但多是夏天的蟬，寒蟬就藏在這千萬隻夏蟬裡，你可要細心找找。」

書生謝過駝背老人後開始用竹竿打蟬，把趴在樹幹上的蟬驚起，可沒等他分辨出哪是寒蟬哪是夏蟬，牠們又重新堆積成一團。「這樣不行，你必須把蟬一個個黏下來才能看清楚。」駝背老人看著狼狽的書生，搖了搖頭。書生又打了幾下後仍無成效，不得已只好請教：「我看老先生捕蟬動作很伶俐，請問您有什麼絕招嗎？」

駝背老人說：「我倒是有一些絕招。在經過五、六個月的訓練後，我可以持竿，並在竿頭累疊上兩個小球而不使球掉下來，這個時候我去捕蟬，能逃掉的蟬就很少了；如果練到能在竿頭上累起三個小球而能讓它們不從竿頭上掉下來，那麼能逃跑的蟬就只有十分之一了；如果能在竿頭上累疊上五個小球而能讓它們不從竿頂掉下來，再去捕蟬就像在地上拾蟬一樣容易了。這時我立定了身體，就像一根立著的斷樹樁；我控制著手臂，就像一根枯樹枝；雖然天地廣大，萬物眾多，我心裡卻只想著蟬的翅膀。當我達到了這種境界，抓蟬就很容易了。」

書生聽完，拿著竹竿練起來；他必須努力，因爲寒蟬關係著他心上人的命運。一開始，他心急如焚，連一個球都累疊不起，後來，在駝背老人的安撫下，他慢慢練習，可以累疊起兩個小球了。他一天天練著，到了第三個月，他漸漸放下心中牽掛，一心與天地大同；到了第四個月，他終於可以累疊起五個小球了。第四個月剛好是夏末秋初，樹上的夏蟬都死去了，只剩下寒蟬還在鳴叫。

書生輕而易舉就捕到寒蟬。他把寒蟬捧在手心，發現寒蟬抓著一個紙團，紙團上寫著：「家中有事，我需回家一趟。」看到心上人的字跡，書生才放下心頭大石。他快馬加鞭趕回家，發現女子正爲他準備豐盛的晚飯。書生一問，才知道是女子的弟弟中了舉人，作爲姐姐，她當然要回去慶賀。書生至此明白，夢到寒蟬並非意味著厄運，一切都是心魔。

心魔，其實就是心理暗示。《達生》是《莊子》中㨿述寓言最多的一篇，十三個寓言故事羅列在一起，每個故事基本都和心魔有關。於是，在《達生》中，生活成了一場行爲藝術。

成也蕭何、敗也蕭何。很多人之所以能夠成功，不見得是因爲外物給與他多大幫助，關鍵在於他有堅定的信念，有了這樣的心理暗示如同多了個守護神，會時刻保佑著你。

《達生》中有個關於游泳與潛水的故事。游泳，是透過運動不讓身體下沉，漂在水面依然呼吸順暢；而潛水，則是全身鑽入水底，潛伏多時後再探出水面。

如果說游泳是人克服水，那麼潛水則是人統治水。於是，莊子說，會游泳的人要去學習才能懂得撐船的技術，而會潛水的人不需學習就可以撐船，並且要比學過撐船的人更熟練。這是爲什麼呢？因爲會游泳的人去撐船，其實依然是與水對抗，只不過是借用船去克服水，人與水的關係依然是相對的；而會潛水的人去撐船，由於他對水已毫無恐懼，水已經成了他身體一部分，水性與他一體，所以無論漩渦還是暗礁，他都無所懼怕。這就是一種自信。因爲自信，所以無敵。

顏淵問仲尼曰：「吾嘗濟乎觴深之淵，津人操舟若神。吾問焉，曰：『操舟可學邪？』曰：『可。善游者數能。若乃夫沒人，則未嘗見舟而便操之也。』吾問焉而不吾告，敢問何謂也？」

仲尼曰：「善游者數能，忘水也；若乃夫沒人之未嘗見舟而便操之也，彼視淵若陵，視舟之履猶其車卻也。覆卻萬方陳乎前而不得入其舍，惡往而不暇！以瓦注者巧，以鉤注者憚，以黃金注者殙。其巧一也，而有所矜，則重外也。凡外重者內拙。」

心魔積極的一面叫自信，不積極的一面就是擾亂正常行爲的惡念。賭博的人，若以瓦片爲賭注，他的技巧會十分高超；若以帶鉤爲賭注，他的心裡就會有疑懼，動作就變形了，技巧就顯得不那麼專業；而用黃金做賭注的人很容易頭腦發昏，心煩意亂。其實他掌握的技巧是一樣的，但由於賭注不同他的發揮不同，賭注愈貴重他發揮的愈糟糕，這就是心魔的紛擾。人對貴重物品會不由地產生顧惜的心理，有了這樣的猶豫，技巧笨拙也就不奇怪了。

輕微的心魔能攪亂行爲，嚴重的心魔則能損壞身體，疑神疑鬼就是自取滅亡。

齊桓公在一片草澤中打獵，管仲替他駕車。突然桓公大叫起來，緊緊拉住管仲的手說：「仲父，剛才你看到了沒有？你見到了什麼？那個鬼影是誰？」管仲一臉迷茫，說：「什麼都沒有啊！」桓公打獵回來，因此疲憊困怠而生了病，好幾天沒出門。

沒多久，齊國有名爲告敖的道士對齊桓公說：「依我看來，大王您是自己傷害了自己。我聽說你看到鬼影，人怕鬼三分，鬼怕人七分，鬼又怎麼能傷害你呢？大王您是內心過於憂慮了，一憂慮，精魂就會離散在身體之外，這時你就會對來自外界的騷擾缺乏足夠的精神力量去分析和理解。鬱悶的氣上通而不能下達，人就容易發怒；如果這樣的憂鬱之氣能下達而不能上通，人就容易健忘；如果既不上通又不下達，憂心忡忡，那就會生病。」桓公一聽，心裡舒服了些，問：「這麼說來，世界上難道沒有鬼嗎？」

告敖說：「有啊！當然有鬼。在水中骯髒的污泥裡有叫履的鬼，在廚房的爐灶裡有叫髻的鬼，在門戶內的各種煩壤裡有名叫雷霆的鬼，朝東北的牆根下有名叫倍阿鮭的鬼在跳躍，在朝西北方的牆下有名叫攻入陽的鬼住在那裡。水裡有水鬼罔象，丘陵裡有山鬼，在大山裡有山鬼夔，在郊野裡有野鬼彷徨，在潮濕泥濘的草澤裡還有一種名叫委蛇的鬼。」桓公一聽，趕緊又問：「那種叫委蛇的鬼長什麼樣？」告敖說：「委蛇的身軀跟車輪一樣大，和車轅一樣長，穿著紫色的上衣，戴著紅色的帽子。他最討厭聽到雷車的聲音，一聽到這樣的聲音就兩手捧著頭站著。能見到他的人是應該能成爲霸主的人。」

桓公聽完，哈哈大笑，說：「對對對！這就是我所見到的鬼。」桓公整理好衣帽，跟告敖坐著聊家常，不到一天，病就好了。

桓公田於澤，管仲御，見鬼焉。公撫管仲之手曰：「仲父何見？」對曰：「臣無所見。」公反，誒詒爲病，數日不出。齊士有皇子告敖者曰：「公則自傷，鬼惡能傷公！夫忿滀之氣，散而不反，則爲不足；上而不下，則使人善怒；下而不上，則使人善忘；不上不下，中身當心，則爲病。」

桓公曰：「然則有鬼乎？」曰：「有。沈有履。灶有髻。户内之煩壤，雷霆處之；東北方之下者，倍阿鮭蠪躍之；西北方之下者，則泆陽處之。水有罔象，丘有峷，山有夔，野有彷徨，澤有委蛇。」

公曰：「請問委蛇之狀何如？」皇子曰：「委蛇，其大如轂，其長如轅，紫衣而朱冠。其爲物也，惡聞雷車之聲，則捧其首而立。見之者殆乎霸。」

桓公囅然而笑曰：「此寡人之所見者也。」於是正衣冠與之坐，不終日而不知病之去也。

桓公的病與前面那個書生的困惑是一樣的。他見到鬼，以為鬼要傷害他，結果就病了；後來當他知道鬼是成為霸主的徵兆，病很快就好了。這便是心魔的轉換。莊子在《達生》中勸誡我們，要警惕消極的心理暗示，不能盲目迷信而搬石頭砸自己的腳。

忘掉心魔，便與醉酒之人一樣，對自己毫無傷害。醉酒的人從車上墜落，雖然滿身是傷卻不會死去。他的骨骼關節與旁人一樣，所受到的傷害卻與別人不同，這是因為他的精神高度集中，乘坐在車子上也沒有感覺，即使墜落地上也不知道，死、生、驚、懼全都不能進入到他的思想中，所以他遭遇外物的傷害卻全沒有懼怕之感。

為了論證忘卻心魔後的無敵，《達生》裡又寫到鬥雞的故事。紀子為周宣王馴養鬥雞。過了十天，周宣王焦急地問：「雞馴養好了嗎？可以鬥了嗎？」紀子說：「回稟大王，還不行呢，那隻雞還虛浮驕矜、自恃意氣哩。」又過了十天，周宣王又問，紀子說：「還是不行，那隻雞還不夠安靜，牠一聽見響聲就叫，一看見影子就跳，很容易躁動。」又等了十天，周宣王再問，紀子回答說：「那隻雞還是那麼顧看迅疾，意氣強盛，還不夠冷靜。」又過了十天周宣王再問，紀子說：「這下差不多了。即使別的雞故意挑釁牠，在牠跟前打鳴，牠也不會有什麼反應。大王你看，這隻雞簡直就像木雞，現在別的雞沒有敢和牠對戰的，一看到牠便掉頭而逃。」

原本這隻雞總以為自己很強，看到雞就想鬥，看到影子就叫，愈沒水準的人愈虛張聲勢。後來，這隻雞不再浮躁了，牠便有了霸氣。霸氣是牠後天所得的嗎？非也！霸氣是它的眞實水準。可見，只有杜絕庸人自擾，方能發揮水準。

對心魔的消極影響，莊子的批判是不遺餘力的。對於心魔，他並未全盤否定。他不贊成只強調心理修養而不注重形體關注，或只注重形體健康而不注意心理修養。單豹與張毅的命運就是兩個典型例子。

魯國有個叫單豹的人在岩穴裡居住，在山泉邊飲水，不與任何人爭名利，活了七十歲還有嬰兒般的面容。但有一天他不幸遇上了餓虎，餓虎撲殺並吃掉了他。另有一個叫張毅的人，那些高門甲第的富貴人家無不趨走參謁於他，可他活到四十歲便患內熱病而死去。單豹單單注重內心世界的修養，可是老虎卻吞食了他的身體；張毅單單注重身體的調養，可是疾病卻侵擾了他的內心。

田開之曰：「魯有單豹者，巖居而水飲，不與民共利，行年七十而猶有嬰兒之色，不幸遇餓虎，餓虎殺而食之。有張毅者，高門縣薄，無不走也，行年四十而有內熱之病以死。豹養其內而虎食其外，毅養其外而病攻其內。此二子者，皆不鞭其後者也。」

只注意心理而不注意形體，往往被心魔控制，吃力不討好。有個叫東野稷的人很善於駕車，駕車時進退能夠在一條直線上，左右轉彎時能形成規整的圓形。魯莊公認爲即使在紙上畫圖也不過如此，於是要他轉上一百圈，結果失敗了，因爲轉一百圈已超過馬的體能，東野稷的馬力氣已經用盡，所以必定失敗。

心理不能盲目控制形體，畢竟形體有所限制，應該量力而爲。同樣，只顧形體而不注意心理也不行。心魔是一個暗示，是在潛移默化中提醒你，過分相信不可取，全然不信也不可取。

想到這裡，就可明白《達生》的主旨了：要想保留本性、通達生命，就要注重心理生理的平衡。對積極的心理我們要利用它，相信自己的能力，努力去創造價值；對消極的心理我們要警惕它，有則改之，無則加勉，謹慎對待自己的所作所爲。同時，要順應形體，不要盲目消耗形體。只有如此，才能眞正享受到生命的神奇。

第二十講　出頭鳥尤需低調

——解讀《莊子・外篇・山木》

午夜讀完《山木》，不禁感慨人間無處不兇險，人生無時不面臨選擇。

從前有兩兄弟，生不逢時，其時朝廷昏庸無能、百姓揭竿而起。八、九歲時，父母在戰火中死去，於是兩孤兒跟隨起義軍浪跡天涯。他們堅強而努力。哥哥雖然只比弟弟大一歲，但無時無刻不想著弟弟，總是將自己的饅頭和鹹菜分一半給弟弟。

兩兄弟練就了一副好體力，只爲了殺掉昏君替父母報仇；相比之下，哥哥要比弟弟勇猛，而弟弟要比哥哥聰明；哥哥擅長身體比拼，弟弟擅長運用智謀技巧。兩人跟隨主力四處殺敵，就在起義軍愈來愈深入人心、愈來愈強大時，兄弟倆也成了起義軍中的主將。

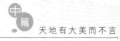

在戰爭中他們總能一次次地幸運脫險。槍打出頭鳥，起義軍的頭領被皇帝的軍隊射殺，軍師又被另一支武裝劫持，起義軍陷入群龍無首的境地；於是哥哥被大家推選爲將軍，弟弟則爲軍師。

兄弟兩人合作，雖然歷盡坎坷卻無往而不利。兩年後，他們終於殺入皇宮。沒過多久，哥哥做了皇帝。當了皇帝後，哥哥夜夜不得安寧，他不知弟弟服不服他。按照弟弟的才幹，他才是一國之君；但看功績，皇位則非自己莫屬。有一天，哥哥把弟弟叫了過來，說有個大臣對他們兄弟不服，要拉攏其他人推翻他們兄弟倆。弟弟一聽，急了，決定想一個辦法殺掉這個大臣。

就在弟弟苦心思索有何妙計時，哥哥命令手下將弟弟綁了起來，處以極刑。弟弟正摸不著頭腦時，哥哥說話了：「我是代表國家處置你！如今天下太平，各大臣齊心協力，而你卻蓄謀禍害我的大臣。」弟弟啞巴吃黃連，死在斷頭臺上。

類似的故事在歷史上並不少見。結果大致一樣，只是形式不同，很難說是哥哥聰明還是弟弟聰明。若弟弟不聰明他們就不會贏得戰爭的勝利，單憑匹夫之勇終究成不了大事。哥哥呢，他若不聰明就不會那麼輕易地殺了弟弟。

《山木》說明的其實就是一個如何看待「聰明」的故事。莊子行走於山中，看見一棵大樹枝葉十分茂盛，常常有伐木的人經過樹旁卻沒有人動手砍伐。莊子問他們爲什麼不砍樹，他們說：「這棵樹沒有什麼用處。」莊子感嘆道：「這棵樹就是因爲不成材而能夠終享天年啊！」莊子走出山來，留宿在朋友家中。朋友很高興，叫童僕殺鵝款待他。童僕問朋友：「一隻能叫，一隻不能叫，請問殺哪一隻呢？」朋友說：「殺那隻不能叫的。」

不成材的樹與不會叫的鵝一般的無用，命運卻截然不同。樹因無用而免遭砍伐之災，而鵝卻因不會鳴叫，而死於屠刀之下。乍一看，會覺得這兩個例子是本質一樣而結果相反的例子。但我覺得《山木》中所說的選擇是一種最簡單的選擇。

這樣的選擇和有用無用沒有任何關係。如果試著從人對事物的利用手段來看，一切就很明顯。樹無用，是爲了存活，因爲人對它的利用就是讓它死，把它做成家具；而鵝呢，人們利用它就是飼養牠，不會叫的鵝不正常，人必定會先宰了牠。

莊子行於山中，見大木，枝葉盛茂。伐木者止其旁而不取也。問其故，曰：「無所可用。」莊子曰：「此木以不材得終其天年。」

夫子出於山，舍於故人之家。故人喜，命豎子殺雁而烹之。豎子請曰：「其一能鳴，其一不能鳴，請奚殺？」主人曰：「殺不能鳴者。」

明日，弟子問於莊子曰：「昨日山中之木，以不材得終其天年；今主人之雁，以不材死。先生將何處？」

莊子笑曰：「周將處乎材與不材之間。材與不材之間，似之而非也，故未免乎累。若夫乘道德而浮遊則不然，無譽無訾，一龍一蛇，與時俱化，而無肯專爲。一上一下，以和爲量，浮遊乎萬物之祖。物物而不物於物，則胡可得而累邪！此神農黃帝之法則也。若夫萬物之情，人倫之傳，則不然。合則離，成則毀，廉則挫，尊則議，有爲則虧，賢則謀，不肖則欺。胡可得而必乎哉！悲夫，弟子志之，其唯道德之鄉乎！」

莊子的意思是，有才華，還要夠低調，才能保住形體。但僅僅如此是不夠的，你必須要去經歷，紙上談兵是毫無效果的。在《山木》中，我們看到了一個國君的冒險。

魯侯向市南先生請教治理國家的方法。市南先生說：「在遙遠的南方有個城邑，名爲建德之國。那裡的人民純厚而又質樸，沒有任何的私欲；他們知道耕作，卻不知道儲備財物，總是希望能幫助別人，卻從未想過要得到報答。在知書達理的人眼中，他們不明白義的至理，不懂得禮儀的規程；他們只是按照自己的本能隨心所欲、任意而爲，竟能比我們都接近大道；他們生時自得其樂，死後便安然入葬。我希望國君您也能暫離國政、放棄世俗，從此循大道而行。您不妨去那個國家取取經吧。」

魯侯說：「我也想去取經，但是通往那裡的道路遙遠而又艱險，還有江河山嶺阻隔，又沒有可利用的船和車，我該怎麼辦呢？」市南先生說：「只要你放下高傲，與百姓爲伍，便有人幫你了。你不要過於執著、思想靈活，這就是你的『車船』。」魯侯說：「雖然如此，但我還是很害怕。那裡的道路幽暗漆黑，不知道有沒有野獸蟒蛇？路途那麼遙遠，又沒有人居住，我與誰做伴呢？我沒有食物，又得不到身邊人的幫助，我怎麼可能到達那裡呢？」

市南先生說：「沒有食物，就要求國君您想辦法減少您的耗費，同時還要節制自己的欲念。做您最應該做的事情吧，這樣一來，就算沒有太多的糧食也沒關係。您要有毅力，當您渡過江河就能看到大海，海之大是一眼看不到邊的，您愈向前行就愈不知道它的窮盡。然而，當那些送行的人都從河岸邊回家了，這就意味著您也離他們更遠了！所以統治他人的人必定會勞累傷神，受制於他人的人必定會憂心不安。過去堯從不役使他人，也從不受制於人，所以他是聖明的。我希望您也能減除自己的勞累，除去自己的憂患，獨自順應大道的引導而遨遊於太虛的王國。」

「再舉個例子吧。我們乘船渡河，這時要是突然有條空船碰撞過來，即使心胸最狹窄、性子最急躁的人也不會發怒；倘若有一個人在那條船上，我們就會大聲呼喊喝斥來船後退，喊了一次沒有反應，喊了第二次也沒有反應，第三次必定會罵聲不絕。剛才不發脾氣而現在卻發起怒來，那是因爲剛才船是空的而今卻有人在船上。所以說，一個人如果能處世無心而自由自在地遨遊於世，任誰都不能傷害他！」

《山木》以此例子告訴我們，沒有不吃苦就能獲得幸福的捷徑。君主要治理國家，首先要勇於自我冒險，若不以身作則吃苦，百姓會服你嗎？天下會順從你嗎？

等大業已成、國家建立後，君主便應該注重個人修養。在《山木》中莊子對「貧窮」與「疲困」有個分辨。貧窮，是物質生活條件的匱乏，是清貧的意思。在西方哲學中，貧窮意味著修煉、禁欲與簡單生活。而疲困則是心理的空虛，軟弱無力，既沒有特別想要、也沒有特別不想要的。莊子爲君主們敲響了一個警鐘，君主要貧窮，要磨練自己，但不能疲困，不能心無壯志。

有心有才的君主經過不斷的努力，讓國家繁榮富強，這時就要有所提防了。莊子所說的「提防」是有深意的，你要提防他人，卻不要禍害他人。對一個國家來說，必須要和周邊國家保持良好的交流，同時又要提防他們圖謀不軌。

《山木》在最後大談特談友情。友情是一切情感的根本。同一社會契約下的兩個公民，因爲有了友情，才會產生好感，才會共同去完成某件事。友情再進一步就是愛情，愛情有了結果，出現了生命的精彩，於是才有了親情。

這裡有兩句話最讓人深思。第一句是：以利益爲基礎而結合在一起的人，一遇到困窮、災害或者危難便相互拋棄；以天性爲基礎走在一起的人，遭遇到困窮、災害或者困難卻依然可以相互幫助和取悅。第二句是：不接受別人對自己的好處是相當困難的。

先說第一句，它出自一個典故。有一天孔子問桑說：「我兩次在魯國授課被人驅逐；在宋國的樹林裡休息又受到砍樹的驚辱；我在衛國被人拒絕接納；我流落到商、周之地，窮愁潦倒；在陳蔡間還受到了圍困與紛擾。天啊！爲什麼我會遭到這麼多的災禍？現在我的親朋故交都疏遠我，弟子友人也離散，原因究竟爲何？」

桑說：「難道你沒有聽過林回逃亡的故事嗎？林回逃亡的時候，不要價值千金的璧玉，而是背起嬰兒就跑。有人議論說：『林回是爲了錢財嗎？但是初生嬰兒的價值怎能與千金的璧玉相比。他難道是爲了怕被拖累嗎？但是帶著初生的嬰兒就一定要負責照顧和看護，這樣說來照顧嬰兒的責任更重大。然而，林回竟然捨棄了價值千金的璧玉卻背起了嬰兒，到底爲了什麼呢？』林回說：『價值千金的璧玉跟我只有利益的關係，而這個孩子跟我卻是天命的關係。』因爲利益關係而結合的，遇上困厄、災禍、憂患與傷害就會相互拋棄；而以天命、天性相連的，遇上困厄、災禍、憂患與傷害就會相互包容，相依爲命。相互收容與相互拋棄差別太大了。君子們的交情看起來平淡得跟清水一樣，而小人們的交情卻甜得如同甜酒一般；君子淡泊名利卻心地親近，小人表面甘甜卻利斷義絕。凡是無緣無故就能接近相合的，最後也一定會無緣無故地離散。」

孔子說：「我知道了，我由衷感謝你的指教！」此後，孔子便終止了學生的學業，丟棄了書簡；學生再也不必向他行揖拜禮了，但學生們對老師的敬愛卻更加深厚了。

孔子問子桑雽曰：「吾再逐於魯，伐樹於宋，削跡於衛，窮於商周，圍於陳蔡之間。吾犯此數患，親交益疏，徒友益散，何與？」子桑雽曰：「子獨不聞假人之亡與？林回棄千金之璧，負赤子而趨。或曰：『爲其布與？赤子之布寡矣；爲其累與？赤子之累多矣。棄千金之璧，負赤子而趨，何也？』林回曰：『彼以利合，此以天屬也。』夫以利合者，迫窮禍患害相棄也；以天屬者，迫窮禍患害相收也。夫相收之與相棄亦遠矣，且君子之交淡若水，小人之交甘若醴。君子淡以親，小人甘以絕，彼無故以合者，則無故以離。」

孔子曰：「敬聞命矣！」徐行翔佯而歸，絕學捐書，弟子無挹於前，其愛益加進。

異日，桑雽又曰：「舜之將死，眞泠禹曰：『汝戒之哉！形莫若緣，情莫若率。』緣則不離，率則不勞。不離不勞，則不求文以待形。不求文以待形，固不待物。」

第二句話出自顏回與孔子的對話。

顏回問：「爲什麼說不接收他人的利祿會比較困難呢？」孔子說：「你新官上任時，會覺得辦什麼事都很順利。慢慢地，就得到了爵位和俸祿，接著你會發現獎賞會愈來愈多。其實這些外物帶來的好處本不屬於你，只不過是你的機遇好，剛好趕上這些橫財。我們讀過書，都知道君子不會做強盜，賢人也不會去偷竊。如今我卻要如饑似渴地獲取外物的利益，這又是爲了什麼呢？所以說，在鳥類裡，沒有比燕子更聰明的了，燕子目光敏銳，牠們看到不適宜停歇的地方絕不會再看第二眼，即使食物掉了也會捨棄不顧毅然飛走。燕子很怕人，卻能安全自如地進入到人的生活圈子中，那也只不過是將牠們的巢窠暫時寄於人的房舍中而已。」

「何謂無受人益難？」

仲尼曰：「始用四達，爵祿並至而不窮，物之所利，乃非己也，吾命其在外者也。君子不爲盜，賢人不爲竊，吾若取之，何哉？故曰，鳥莫知於鷾鴯，目之所不宜處不給視，雖落其實，棄之而走。其畏人也，而襲諸人間。社稷存焉爾！」

也許有點殘忍，但我還是把這段話理解成孔子對友情的認識：友情是一種關係，一種利用與被利用的關係。

《山木》講的不僅僅是樹木如何存活於山的問題，更重要的是闡明了木與木、樹與樹的關係問題。

在這一點上，古代中國的哲學與西方哲學有很大的區別。中國的哲學主要有儒家、道家兩大流派，強調的是我們作爲社會中的一個人，該如何發展自己、保存自己。而西方哲學則是更多地強調人與社會之間、人與人之間、社會與人之間的關係。簡單點說，中國哲學強調自我，講究個人精、氣、神的修煉；而西方哲學的立足點則多半在於社會制度、社會契約、社會良知等方面。所以，我們在讀《莊子》時往往只想到自我也就不難理解了。

在讀《山木》時，我不禁想到《柏拉圖對話集》中的《呂錫篇》（亦名爲《論友情》）。莊子不可能知道蘇格拉底，然而在這兩位智者的思想中，我竟然看到了幾乎相同的耀眼火花。

蘇格拉底認爲社會上的人都是功利的，友情的建立是具目的性的，是出於一種自我滿足的心理；進一步說，友情是你對他人的一種欣賞、喜歡或愛慕，而這樣的愛卻是出自你想利用他、和他一起完成某種事業的欲望。於是，從價值上看，友情是兩個人相互利用與被利用的結果，是兩個公民對自身價值的一種轉化、彌補與創造。

在《山木》中，莊子借孔子的話說明這一點：「你想不受天地的損害容易，你想不受別人的奉承賄賂卻很難。因爲你不能阻止別人利用你，他們一旦看到你的價值就會千方百計拉近彼此的距離，此時，人世間的爭鬥就會無法休止。」

正因爲友情偉大，所以友情可怕。莊子讓我們看到「螳螂捕蟬，黃雀在後」的情景。當你失去利用價值，或者威脅到他人的價值時，你就要小心了。

然而，我寧可相信故事中的那個弟弟是因爲愛而選擇了幸福地死去，也不願相信他是愚蠢的。人世間有那麼多愛、那麼多恨，但愛始終比恨多一點點，正是因爲多出的這一點點，愛化解了恨。

第二十一講　立得定，才不致因慫恿而妄信

——解讀《莊子・外篇・田子方》

已不止一次聽人說這是個信仰匱乏的年代，我曾以爲這是當今世界特有的精神問題，讀完《田子方》後我才覺得，信仰匱乏是每個時代都存在的問題。

信仰，簡單地說，就是相信。相信愛情的美好，相信友情的無價，相信親人的和睦，都是一種信仰。從群體來看，老百姓們對國君政績的肯定與支持亦是一種信仰；從個體來看，一個平民有理想、有目標、有競爭對手、有喜歡或崇拜的精神榜樣，也是一種信仰。《田子方》就詮釋了這兩種信仰。

信仰匱乏之所以在不同的歷史階段中都有過，就因爲歷史是不斷變化。亂世中的百姓如同草芥般微小，失去立身安命之所，也早已失去他們的信仰，就只能隨波逐流。

有了這些認識，我們就不難理解過去的君主或起義者爲什麼要以仙人、巫術、鬼神等去麻醉百姓、俘虜百姓，最後再以軍隊、武力、法令等等來鞏固統治。

周文王在渭水旅行，看見一位老人在水邊垂釣，可仔細一看，這老人又不像是在釣魚，因爲他並非把釣竿拿在手裡，而只是讓釣鉤懸在水面上。看來他並非有心在釣魚。文王一看，覺得老人

非同一般，決定要任用他，打算把整個朝政都委託給他，然而，文王又擔心自己的大臣對這個老人不信任敬服。他左思又想，本想算了，又實在不忍心看到天下臣民失去一位賢德的大士。於是一大清早文王就召集眾臣囑咐道：「我昨晚上夢見了一位非常賢良的人，他有著黑黑的面孔、長長的鬍鬚，騎著一匹雜色馬，四隻馬蹄半邊是紅色的，他大聲命令我說：『趕快把你的朝政託付給那位在渭水垂釣的老人吧，這樣你的百姓也就可以解除痛苦了！』」

眾臣聞聽驚恐不安，顫抖地說：「看來這個托夢人就是君王的父親啊！」文王說：「雖然是先王託付的夢，但爲了謹慎起見，我們還是找巫士占卜一下吧。」眾臣說：「這是先君的命令，君王不必多慮，又哪裡用得著再次詢問呢！占卜就是不信任，那可是對先君不敬啊！」聽了眾臣的話，文王便迎來了那位渭水垂釣的老人（即姜尚），當場將朝政委託給他。

文王觀於臧，見一丈夫釣，而其釣莫釣。非持其釣有釣者也，常釣也。

文王欲舉而授之政，而恐大臣父兄之弗安也；欲終而釋之，而不忍百姓之無天也。於是旦而屬之大夫曰：「昔者寡人夢見良人，黑色而髯，乘駁馬而偏朱蹄，號曰：『寓而政於臧丈人，庶幾乎民有瘳乎！』」

諸大夫蹴然曰：「先君王也。」文王曰：「然則卜之。」

諸大夫曰：「先君之命，王其無它，又何卜焉。」

遂迎臧丈人而授之政。典法無更，偏令無出。三年，文王觀於國，則列士壞植散群，長官者不成德，斔斛不敢入於四竟。列士壞植散群，則尚同也；長官者不成德，則同務也，斔斛不敢入於四竟，則諸侯無二心也。

這是一個典型因爲要手段而決定結果的案例，如同陳勝、吳廣把黃符藏於魚腹一樣。以孔子的話來說，文王之所以假託於夢，借用先君的話，其目的只是爲了讓臣民在短時間內信任並順應他。

從結果來看，這是一次成功的快速傳播案例。傳播者是文王，受眾是大臣百姓，手段是借先君之言。對於我們來說，分析如何利用大眾的信仰匱乏去傳播自己的思想，還不如探討一下如何才能使大眾有信仰，因爲在多數情況下我們不是傳播者，而是受眾。

要想找到治本之法，得先來看看我們的信仰是如何變得匱乏，到底是什麼讓我們如此迅速地喪失了信仰。

莊子去拜見魯哀公。魯哀公說：「魯國上下那麼多儒士，恐怕很少有信仰先生所推崇的道家學說的人。」莊子說：「依我所見，魯國的儒士其實很少。」魯哀公說：「全魯國的百姓差不多都身穿儒士的服裝，你怎麼說儒士很少呢？」莊子說：「我聽說，那些戴圓帽的儒士知曉天文，穿方鞋的懂得地理，用五色絲繩掛著玉佩的遇事能決斷。然而，這一切都是表面現象。眞正身懷學問和本事的學士不一定要穿儒士的服裝，穿上儒士服裝的人也不一定眞正具有那種學問和本事。你如果不相信，你不妨在國中立個號令，沒有儒士的學問和本事而又穿著儒士服裝的人將以死罪論處，看看情況。」於是，哀公按照莊子說的號令五天，結果魯國上下幾乎沒有再敢身穿儒士服裝的人了，只有一個男子穿著儒士服裝站立於朝門外。魯哀公召他進來考驗他的學識，以國事徵詢他的意見，發現無論多麼複雜的問題他都能做出回答。這時莊子笑道：「魯國如此遼闊而儒者卻只此一人，怎麼能說是很多呢？」

莊子見魯哀公，哀公曰：「魯多儒士，少爲先生方者。」莊子曰：「魯少儒。」哀公曰：「舉魯國而儒服，何謂少乎？」莊子曰：「周聞之，儒者冠圜冠者知天時，履句屨者知地形，緩佩玦者，事至而斷。君子有其道者，未必爲其服也；爲其服者，未必知其道也。公固以爲不然，何不號於國中曰：『無此道而爲此服者，其罪死！』」於是哀公號之五日，而魯國無敢儒服者。獨有一丈夫儒服而立乎公門。公即召而問以國事，千轉萬變而不窮。莊子曰：「以魯國而儒者一人耳，可謂多乎？」

可見，這個社會有眞才實學的人不多，半斤八兩卻侃侃而談的人倒有不少。本來我們是可以擁有正確的價值取向，被這幫不學無術卻又熱中於欺世盜名的人一攪和，很多立場不堅定的人便成爲無頭蒼蠅。

這是告訴我們要明辨是非，不要太容易被人慫恿。有了堅定的立場，我們就可以建立自己的審美準則。

莊子在此舉了許多例子，這些人外表平凡，乍一看連乞丐都不如，實質上卻都是眞正的大師，是一群將生活當藝術的能人。像姜子牙，雖以直鉤釣魚，亦能使願者上潡；像宋元君花費心思尋找到的畫師，他只需赤裸上身盤腿而坐，無須潤色調墨，信手拈來，便足以入木三分。

外物不能隨你而變，主觀唯心是要不得的。你必須要看到，世事其實萬變不離其宗，以不變應萬變才是明智之舉。眞正的信仰，不是相信別人，而是建立自己對自己的信仰。

在前進的道路上，你是自己唯一的對手。今天和昨天相比，你是否進步了一點？明天跟今天相比，你又要樹立何種信心，設計何種理想？這便是你的信仰。不要視別人或先人作爲對手。視他人爲對手太被動，人家不前進，你也前進不得；看著人家停滯你便沾沾自喜，孰不知自己亦在停滯之中。選先人做榜樣或對手是不明智的行爲，因爲時代不同，價值觀也已發生改變，你哪裡能與先人相比？

你選擇的對手必須具有潛力、永遠向前、未來無可限量，這樣的人不是別人，正是你自己。當你明白這點後，一切事情都變得積極，你也不至於再隨波逐流、人云亦云。

列禦寇要向伯昏無人展示他高超的射箭技巧：他拉開弓弦，在手肘上又放了一杯水，這才發出第一支箭；還沒等箭頭射入靶子，他緊接著又搭上了另一支箭；剛射出第二支，第三支箭便又搭上了弓弦。他熟練地射著，這時他的形態就像一動也不動的木偶。

伯昏無人看了之後，取笑道：「這不算什麼。你的伎倆只是有心射箭的箭法，還不是無心射箭的射法。我想與你爬到高山上，腳踏搖搖欲墜的石塊，面對百丈高的深淵，我看到時你還能不能射好箭？」說完，伯昏無人拿著弓箭登上高山，腳踏危石，身臨百丈深淵，背轉身去慢慢退向懸崖，直到部分腳掌懸空這才拱手恭請列禦寇跟上。這時列禦寇伏在地上，嚇得汗水直流至腳後跟。伯昏無人說：「一個修養高尚的『至人』，向上望能窺測青天，向下探能潛入黃泉，精神自由奔放達於宇宙八方，神情始終不會改變。如今你卻膽戰心驚、眼花繚亂，在這種情況下你想要射中靶心就很困難了。」

由此我想對有眞本事的人說，看到你進步，旁人總會眼紅，他們會想很多方法刁難你。對於這些無聊的挑戰，你應該學會笑著面對，最大的侮辱其實是最大的鼓勵，最尖酸的取笑則是最善意的進言。只有耐得住寂寞與刻薄，才能眞金不怕火煉。眞正的射手，不妨隱忍於黑暗，太陽升起之時正是你彎弓射日之機，到那時，箭在心中，自然百發百中。

第二十二講　言語是溝通工具，也是達意的障礙

——解讀《莊子．外篇．知北遊》

《知北遊》既名爲「知」，想必是到過北方，多情的莊子在看的行程中播下無數愛的種子。

南方還是盛夏，北方卻已是嚴冬。南方那些枝葉繁茂的樹紛紛以羨慕的眼光看著北方枯萎的樹，因爲在表面上北方那些樹毫無枝葉，沒有生機，但它們的內心世界卻是蕩漾且閃爍著流光溢彩。莊子，這個絕頂睿智的男子就在它們身邊，喝酒、冥想，偶爾哼幾句小調。

我能想像，南方的樹實在太羨慕北方的樹了，於是它們在一夜間全都枯萎，也都變成了北方冬天的樹。它們想念著莊子，唱著憂傷的曲子，其實是在感激，感激莊子的旅行，像一陣風的旅行，因爲這個男人對一切事物都懷著小心而好奇的心思，這些不曾享受過寵愛的植物從他的關懷中獲得了溫暖。

而莊子的關懷轉瞬即逝，留給它們的只有一段傷心。它們無法離開土地，無法跟隨莊子的腳步，於是它們紛紛變成了冬天的樹，幻想著身處北方，等待著與莊子的再次偶遇。沒多久，枯萎的樹開出了花朵，那是它們對知己的思念；沒多久，花朵落下，那是它們對土地的親吻；沒多久，樹死了，沒有留下果實。沒有結局的故事，只能永遠深埋心中。

莊子的愛是氾濫而博大的，我在他的愛情世界裡看到了成千上萬卑微的生物，它們的愛情絕望得純粹、美麗得失眞。

在《知北遊》裡，空想家莊子爲我們塑造了一個無聲的世界。這裡的無聲是指沒有人聲，而風聲、雨聲、流水聲、呼吸聲則都是可取的，不然就沒有天籟了。因此莊子在此讓每個人都成爲啞巴。

莊子在《知北遊》裡對眞理是這樣定義的：無法以語言歸納，存在於你我之間，有待時間的考證，但終究是正確的。

莊子希望消滅人與人之間的距離。當此距離消失後，你我的地位便相等，我得道你便得道。莊子其實是把消滅人與人的距離看成了一個跳板——拉近人與人的距離，便拉近了人與道的距離。

取消語言，無論是在當時還是在現在看來都絕對是種瘋狂荒誕的舉動。但在我看來，莊子的想法無疑是先進的，他是要徹底去除影響我們眞正溝通的障礙。我們之所以不習慣沒有語言，就是因爲我們一心想要利用語言，語言讓我們相互溝通，方便了我們的生活。而莊子認爲，我們之所以離不開語言，是因爲除了使用語言之外我們沒有其他辦法來解釋我們與別人的不同看法、見解和意見。

只有莊子可以讓我們達到思想一致。有了心的大同，語言就成了多餘的東西。當我們能夠心心相印，一個眼神、動作、表情都能代表我們的心意：父母子女之間不需要語言就能實現贍養與盡孝，師生之間不必說話便能做到知識流通、教學相長，夫妻之間不用多說即可相親相愛。沒有語言，爭吵與打鬥就少了，無聊的喧囂也就跟著減少了。

莊子的意思是，大道和眞理不需要語言就能存在我們心中。取消語言後，那些對我們生活有用的道理、眞正的道理能夠在我們心中流傳；而那些謬論，那些不正確的見解，因爲彼此無法達成大同，所以便無法在我們之間流通。

不難看出，莊子之所以提出「取消語言，不許說話，說出來就過時」的觀點是建立在一個客觀前提之下的，而這又是自始至終貫穿《莊子》全文的前提，亦即：天地萬物不屬於你我，天地只屬於天地。

莊子將個體的私有化改爲個體的公有化了。如此一來，世界便有趣多了。你的身體不僅僅屬於你，還屬於你的父母、兒女、妻子、老師、朋友……範圍一點點擴大，當它趨向於無窮大後，你的身體就是屬於天地的。同樣地，你的父母、兒女、妻子、老師、朋友……他們的身體也是屬於你的。因爲共同的軀體爲大家所有，於是思想便可以在這個軀殼裡自由流通。這是莊子對軀體的一種突破，是一種最具理想色彩的創舉。

舜請教丞說：「道可以獲得而據有嗎？」

丞說：「你的身體都不是你所能占有的，你又怎麼能獲得並占有大道呢？」

舜說：「我的身體不是被我所有，誰又能擁有我的身體呢？」

丞說：「這只是天地把形體託給了你，生命非你所有，這是天地給與的和順之氣凝積而成；性命也非你所有，這是天地將自然之氣凝聚於你；你的子孫也非你所有，這是天地所給與你的蛻變之形。所以，行動時不知去哪裡，居留時不知持守什麼，飲食而不知滋味。行走、居處和飲食都不過是天地之間氣的運動，對這種無形之氣又如何可以獲得並據有呢？」

舜問乎丞曰：「道可得而有乎？」曰：「汝身非汝有也，汝何得有夫道！」舜曰：「吾身非吾有也，孰有之哉？」曰：「是天地之委形也；生非汝有，是天地之委和也；性命非汝有，是天地之委順也；孫子非汝有，是天地之委蛻也。故行不知所往，處不知所持，食不知所味。天地之強陽氣也，又胡可得而有邪！」

性命不是你私有的，子孫不是你私有的，你所得到的不是你私自擁有的，所失去的也同樣不是你個人所能承受的。莊子的思想一言以蔽之，那就是：幸福減半、痛苦減半。

在提出了應當取消語言、軀體應該公有、幸福與痛苦程度均可減半後，莊子開始探討大與小的問題，指出最人亦是最小。因爲沒有語言，所以一丁點聲響便是全生靈的回聲，最偉大的天地之道也往往體現於螻蟻之中、在稻田的稗草裡、在瓦塊磚頭中、甚至是在大小便裡。極小亦是極大，因爲那麼小的地方都體現著本質，所以整體上自然應當更加能夠體現出本質。

之後，莊子又提出了對人生機遇的看法，他並非是要麻醉廣大人民，他只想讓大家跟他一樣瀟灑。這也是他提出軀體公有化後的第二次理想化創舉，他把軀體當成一個旅館、一個客棧、一個情感（喜怒哀樂）的暫居地。

有一天，顏淵問孔子：「我曾聽老師說過：『不要有所送，也不要有所迎。』請問老師，一個人應該怎樣居處與閒遊呢？」

孔子說：「古時候的人，外表適應環境變化但內心世界卻能持守；現在的人，內心世界不能持守而外表又不能適應環境的變化。能夠順應外物變化的人，必定能夠內心恆定而不至於離散游移，對於變與不變都能泰然處之，安閒自得地跟外在環境相順應，必定會與外物一道變化而不至於有所偏移。韋氏的苑囿、黃帝的果林、虞舜的宮室、商湯、周武王的房舍，都是他們養心待物的好處所。那些被稱作君子的人，如儒家、墨家之流，尚且以是非好壞來相互詆毀，何況現時的人呢！眞正的聖人與外物相處卻不損傷外物。不傷害外物的人，外物也不會傷害他。正因爲無所傷害，因而能夠與他人自然相送或相迎。無論山林還是曠野，都使我感到無限歡樂！可是歡樂還未消逝，悲哀又緊接著到來。悲哀與歡樂的到來我無法阻擋，悲哀與歡樂的離去我也不可能制止。可悲啊，世上的人們只不過是外物臨時棲息的旅舍罷了，人們知道遇上了什麼卻不知道遇不上什麼，能夠做自身能力所及卻不能做自身能力所不及的事。不知與不能，本來就是人們無法迴避的，一定要避開自己所不能避開的事，這難道不可悲嗎？最好的言論是什麼也沒說，最好的行動是什麼也沒做。要想把每個人所知道的各種認識全都等同起來，那就不免淺陋了。」

人的遨遊，首先是心的遨遊，命運的好壞總是短暫，幸福與悲傷轉瞬即逝。所以沒必要爲生死難過，沒必要爲厄運擔憂。

讀到這裡，正聽見收音機裡傳來一個細微的女聲在吟唱關於冬天裡樹的故事。當唱到「你像一陣春風拂過了我的生命，卻只留下一段傷心給我，讓我無法尋覓你的影蹤」的時候，我看到莊子情不自禁地朝南方看了看；當唱到「我在這裡等你，等成了一棵冬天的樹，把對你的思念開成了花朵，靜靜守候著你經過」的時候，我看到莊子轉了個身，急欲離去——至於他選擇了飛天還是入地，無人知曉。

我是一棵冬天的樹，我在想你；我是一棵冬天的樹，我在等你；我知道這一切都無法有結局，我只能夠把這一切放在心裡……我在無邊的空氣裡聽著那個女聲的呢喃。葉子是她的嘴唇，嘴唇已經乾裂，她聲音嘶啞，心情瀕臨絕望。是幸福的絕望嗎？我不知道，也無法言說，幸好我們已經不再需要語言了。

下篇

唯至人乃能遊於世而不僻

第二十三講　勉強自己就是庸人自擾

——解讀《莊子・雜篇・庚桑楚》

如果說《內篇》是種子，那麼《外篇》便是枝幹，《雜篇》則是枝頭上新鮮的嫩芽或者花蕾。作爲《雜篇》裡的第一篇，《庚桑楚》就給我們展示了一個全新的世界。文字夾敘夾議，故事中的人物性格飽滿，對話生動，而作者思維的跳躍亦如神龍見首不見尾。這種跳躍對我們的理解力來說無疑是一種障礙，而我們要進入《雜篇》世界的唯一鑰匙就是把篇中不同的故事聯繫起來，重新組合排列，與議論中的思想交相輝映，如此一切疑問便迎刃而解。

有一位「完人」，他集天下萬千寵愛於一身，一出世便含著金湯匙，擁有數不盡的金銀珠寶、吃不完的山珍海味，因爲父親就是開國元勳，所以他不必爭取就已然聲名顯赫。他身高八尺卻不粗魯，長相俊美而富有氣質，天下女子無不想與他交往，天下男子無不羨慕並仿效他。

可這個男子偏偏多愁善感，情緒跟六月的天氣一樣說變就變，時而憂傷，時而快樂。他每天總是很煩惱：身邊那些照顧我的長輩們到底是出自眞心還是假意？那些喜歡我的女子難道只是喜歡我的外表嗎？我知書達禮，她們怎麼就不欣賞我的學識呢？還有那些圍繞在我身邊的男人，他們恐怕都是些狐朋狗友吧？他們爲什麼要和我結識呢？是不是對我有企圖？他們會嫉妒我嗎？我的處境是不是很危險呢？

男子想來想去，終於有一天，他承受不住內心的煎熬，想要逃到東方去，聽說那裡有聖人。他便出發了。他走在路上，無數官宦向他磕頭鞠躬，他只得以包袱捂著臉落荒而逃。他跑到郊外，收割的農民看到他都停下手裡的工作，拿出家中的水果及地方特產犒賞他。他跑到樹林，獵人拿出剛捕捉到的獵物伺候他。男子應接不暇，只是用包袱裹著頭使勁跑。跑著跑著，聽不到人的聲音了，身邊的空氣也熱了起來。男子把包袱摘下，發現自己走在一片荒漠上。

此時恰好是中午，太陽懸掛在頭頂上，黃沙炙熱，他的腳步慢了下來。走著走著，他發現腳下有一團黑影。又走了好幾步，發現黑影總要比他提早到達前面的地方。他就開始羨慕起影子來，問：「影子啊影子，你怎麼總比我快呢？在這麼熱的天，你的動作怎麼還是那麼便捷呢？」影子不說話。男子又問，影子依然不說話，男人氣得火冒三丈，手舞足蹈。

這時，他發現影子比自己舞動得更厲害。男子更氣憤，想好好教訓教訓影子。他用腳踢影子，卻怎麼也踢不到，他一抬起腳，影子就不見了，他的腳剛一落地，影子又出現了。好啊，你這個影子竟然跟我玩捉迷藏！男人看著影子，影子也看著他，他一點辦法都沒有了，只好繼續上路。

太陽漸漸西下，他發現自己愈走愈慢，而影子卻愈走愈快了。他乾脆跑起來，卻愈跑愈趕不上影子。突然，他靈機一動：「影子啊影子，不如我們交換身分吧，你變成我，我變成你，這樣就是你追趕我而不是我追趕你了。」接著，他又想到一個辦法：自己鑽到影子裡不就可以了嗎？他把臉貼在地上，與影子緊緊挨在一起，他發現自己愈靠近地面影子和他的關係就愈親密。漸漸地，他整個人都趴在地面上了。爲了成爲影子，他強忍著沙土的炙烤，終於發現自己和影子重合了。接著，他覺得自己愈來愈渴，到後來，他不知不覺地睡了過去。

後來，人們在沙漠發現了一具乾屍，那乾屍遠看像一隻潛伏的蜥蜴，近看像一隻動作笨拙的蟾蜍。沒有人想到這具乾屍曾經是名美男子。

庚桑楚是老子的弟子，居住在畏壘山上，獨得老子道家學術的眞傳，他辭去了奴僕中致力標榜仁義炫耀才智的人，與他住在一起的只有敦厚樸實的人，供他役使的只有任性自得的人。就這樣住了三年，結果畏壘山一帶莊稼連年豐收。附近的百姓傳言：「庚桑楚剛來畏壘山時，我們對他這樣的人都感到詫異，對他以往的經歷也是半信半疑。奇怪的是，如今我們一天天計算收入的多少，雖然還有不足，但一年下來總收益也還算得上富足。庚桑楚這樣的人，恐怕就是聖人了吧！不如我們像供奉神靈一樣供奉他，像對待國君一樣敬重他吧！」

庚桑楚聽了大家的談論，很不愉快。弟子們都感到很奇怪。庚桑楚說：「有何奇怪的呢？春天陽氣蒸騰，百草勃發生長，如今正是秋末莊稼成熟、果實累累的時候。春華與秋實，均有其緣由，這是自然規律的運行所致。我聽說道德修養極高的人如同沒有生命的人一般，只是淡泊寧靜地生活在小屋內，而他下面的百姓則縱任不羈，全不知道應該做些什麼。如今畏壘山附近的百姓私下裡談論我，竟然想把我列入賢人的行列而加以供奉，難道我樂意成爲大家注目的人嗎？我是因爲嚴格遵從老師的教誨而對百姓的想法很不滿意。」

有位弟子提出異議：「其實並非如此。老師有沒有想過，在小水溝裡，大魚沒有辦法回轉牠的身體，而小小的泥鰍卻能轉動自如；大的野獸無法在矮小的山丘隱匿牠的軀體，但是妖狐卻能夠輕易地藏身其中。都是相同的道理。尊重賢才，所以授權給他們；以善爲先，給人利祿。這個規則從堯舜時代起就是這樣，何況畏壘山一帶的百姓呢！老師你還是順從大家的心意，做大家心目中的能人吧！」

庚桑楚一聽，勃然大怒：「並非如此！口大得能吞下馬車的巨獸，一旦孤零零地離開山野，就不能免於羅網的災禍，獵人會剝牠的皮，煎牠的肉，熬牠的骨；口大得能吞下帆船的大魚，一旦離開了水，小小的螞蟻也會爬上牠的身體蠶食牠的血肉，使牠困苦不堪。所以鳥獸不會厭惡山太高，魚鱉不會討厭水太深。想要保全身形本性的人會隱匿自己的身形，不會厭惡深幽高遠。堯與舜又哪裡值得去稱讚和褒揚呢！」

庚桑子聞之，南面而不釋然。弟子異之。庚桑子曰：「弟子何異於予？夫春氣發而百草生，正得秋而萬寶成。夫春與秋，豈無得而然哉？天道已行矣。吾聞至人，尸居環堵之室，而百姓猖狂不知所如往。今以畏壘之細民而竊竊焉欲俎豆予于賢人之間，我其杓之人邪？吾是以不釋於老聃之言。」

弟子曰：「不然。夫尋常之溝，巨魚無所還其體，而鯢鰌為之制；步仞之丘陵，巨獸無所隱其軀，而孽狐為之祥。且夫尊賢授能，先善與利，自古堯舜以然，而況畏壘之民乎！夫子亦聽矣！」庚桑子曰：「小子來！夫函車之獸，介而離山，則不免於罔罟之患；吞舟之魚，碭而失水，則蟻能苦之。故鳥獸不厭高，魚鱉不厭深。夫全其形生之人，藏其身也，不厭深眇而已矣！」

我把庚桑楚與學生的這段話當成是莊子關於人與影子論述的延伸。野獸藏於深山，就好比有才華的人藏於田野、郊外，遠離人世。而影子對於人來說，也是一種藏。人是影子的實體，是影子的擋箭牌。世間的風吹日曬，雷擊雨淋，受傷的是人，而不是影子。庚桑楚明白這樣的道理，所以他才不願做眾人的擋箭牌。儘管世間的是非始終困擾著他，但他總能靜下心來，讓自己游離於世俗功名之外。

與庚桑楚相比，有個叫南榮的人身上體現的則是人們內心的煩躁。南榮內心虔敬地問庚桑楚：「我已經這麼大年紀了，要怎樣學習才能達到先生你所說的那種境界呢？」

庚桑楚說：「你要保全好你的軀體，要護養好你的生命，不要為謀取私利而奔波勞苦。如此修行三年時間，就可以達到我所說的那種境界了。」

南榮說：「我沒聽懂先生的話。瞎子的眼睛和普通人的眼睛，從外形上我看不出有什麼不同，而瞎子眼睛卻看不見東西；聾子的耳朵和普通人的耳朵，表面上我也看不出有什麼不同，而聾子的耳朵卻聽不見聲音；瘋子的樣子與普通人的樣子，我也看不出有什麼不同，可瘋子卻不能把持自己。形體與形體之間本應相通，但卻出現了不同的結果，難道是有什麼外物使它們有所區別嗎？如今先生對我說『保全好你的身形，護養好你的生命，不要爲謀取私利而奔波勞苦』，我也只不過勉強聽到耳朵裡罷了，還不知道有沒有用呢！」

庚桑楚說：「我能說的話都已經說完了。萬物各有所長，各有各的使命。小土蜂不能孵化出豆葉蟲；越雞不能孵化天鵝蛋，而魯雞卻能夠做到。越雞與魯雞的稟賦並沒有什麼不同，能做到或不能做到是因爲牠們本身能力的區別，這就是牠們存活在世界的意義所在。就拿現在的我來說，我的才幹很少，沒能力讓你受到感化，你爲什麼不去南方拜見老子呢？」

南榮於是帶了足夠的乾糧，走了七天七夜，來到老子的住處。老子看著他說：「你是從庚桑楚那邊過來的吧？」南榮點點頭：「是的。」老子說：「怎麼跟你一塊兒過來的人那麼多啊？」南榮嚇了一跳，恐懼地回過頭來看自己背後。

老子說：「你聽不懂我的話嗎？」南榮低下頭，看著腳尖，羞慚滿面，然後慢慢抬起頭來，嘆息道：「現在我已忘記了我該怎樣回答你了，因爲我已經忘了我想問你的問題。」老子說：「你是什麼意思呢？」南榮說：「人活在世界上，到底是要聰明點好還是不要那麼聰明才好呢？若不聰明，人們說我愚昧無知；聰明呢，反而給自己身體帶來愁苦和危難。沒有一顆仁慈博愛的心就會在不經意間傷害到別人，可如果你去宣傳和推廣仁義博愛之心，又反而會給自身帶來愁苦和危難。如果做事不講信義道德會傷害他人，可如果你去宣傳推廣信義道德又反而會給自己帶來愁苦和危難。這些狀況就是我所憂患的事，希望先生能幫我解除憂患。」老子捋著鬍子說：「你剛才來的時候，我看到你眉宇之間的濃霧，也就知道你的心思了。你現在說的話更證明了我的猜測。你憂心忡忡又失神落魄，簡直像死了父母一樣，而你心中的迷惑又好比你舉著竹竿想要探測深不見底的大海。看來你確實是個喪失了眞性情的人啊，那麼迷惘，那麼昏昧！你一心想回到你的眞性情裡，卻不知從何入手從哪裡做起，我實在同情你！」說完，老子就讓他回去了。

然而，經過足足十天的愁思苦想，南榮還是一無所獲。於是他決定再次拜見老子。

老子看到他，嘆了口氣，說：「雖然你作了自我反省，但你依然鬱鬱不安的心情讓人看著實在是沉重啊！我還能感覺到你心中那些欲望外溢的情況，這說明你多少還是有點邪念。人一旦受到外物的束縛，心神就會不可避免地變得繁雜與急促，內心世界必然會堵塞不通雜亂無緒，外部感官也會閉塞不通。外部感官和內心世界都被束縛纏繞，就算你道德再高尚也不可能持守，更何況是你這種剛開始學道的人呢！」

南榮說：「如果有人生了病，住在周圍的鄉鄰就會詢問他病情怎麼樣，有什麼感覺；生病的人如果還能清楚地說出自己的病情，那就算不上是生了重病。像我這樣的人去聽聞大道，就好像吃了藥反而加重了病情。現在，我只希望能聽到一些關於養護生命的常規就可以了。」

老子說：「養生的常規能使軀體與你的精神渾然一體並諧和發展嗎？能不失去眞性情嗎？能

不求助於卜筮就知道吉凶禍福嗎？能只是滿足於自己的本分嗎？能對消逝了的事物不作過多苛刻的追求嗎？能捨棄效仿他人的心思去尋求自身的完善嗎？能無拘無束、自由自在地生活嗎？能心神寧寂無所執著嗎？能像初生的嬰兒那樣純眞、質樸地微笑，簡單地面對世界嗎？你要明白，初生的嬰兒整天啼哭而咽喉卻不會嘶啞，這正是因爲他聲音的諧和自然已經達到了頂點；嬰兒整天握著小手而不鬆開手指，也正是因爲他的小手自然地握著，保持著原來的天性與常態；嬰兒整天瞪著小眼睛，一點也不眨，這也是因爲他們的內心世界不會受制於外物。如果人能像嬰兒那樣，行走起來不知要去哪裡，平日居處不知道做些什麼，接觸外物無所用心，宛如隨波逐流、聽其自然，這就是養護生命的常規了。」

南榮若有所思，再問：「難道這就是至人所謂的最高思想境界嗎？」老子說：「不，不是。這僅僅只是像冰凍消解那樣，自然而然地消除我們心中憂鬱的本能。道德修養最高尚的人同普天下的人一樣向大地尋食，又跟大家一起向天尋樂，不因外在的人物或利害而擾亂自己，不參與異端，不參與圖謀，不參與塵俗的事務，無拘無束、自由自在地走了然後又心神寧寂無所執著地到來。這也是我們所說的養護生命的常規。」南榮又問：「難道這就達到最高的境界嗎？」老子說：「不是。我起初問過你，你能夠像初生的嬰兒那樣純眞、質樸嗎？嬰兒活動不知道幹什麼，行走不知去哪裡，身形像枯槁的樹枝，心境像熄滅的死灰。像這樣的人，災禍不會到來，幸福也不會降臨。如果禍福都不存在，哪裡還會有人間的災害呢！沒有人間的災害，也就無所謂養護不養護生命了。」

過分強求自己做超出自己能力的事就會使人產生煩惱。對於那些自己能做到的事，如果沒有按一定的規律去合理安排，依然會讓人煩躁、猜疑、不安、浮躁，於是亂了本心。

這裡有個很有意思的細節，南榮第一次見老子時，老子見到他就問：「你怎麼還帶著這麼一大幫人來？」老子的意思當然不是說南榮眞的帶了很多人來，而是說南榮的腦子裡面有很多人的煩惱，他是帶著滿腦子的雜念來向老子請教問題的。煩惱可以傳遞傳染，甚至三四個人的煩惱可以同時堆積在一個人的頭腦之中。

在日常生活中，我們是否總是對別人的事充滿了好奇？在好奇心的作祟下，我們便會不安分起來，想進入別人的生活。殊不知這樣一來，別人生活裡的煩惱、他們遇到的問題，就會趁機進入，制約並困擾著我們的大腦。我們的煩惱有一大部分原本不屬於我們，是多餘的煩惱。所以，人應該安分點，本分點。

除此之外，老子還提到了一種隨遇而安的思想，不要太多心，沒有希望便不會有失望。但人能做到嗎？必然不能，而影子卻能做到，正因爲如此，它才無禍無福。的確，影子還有很多比人厲害的長處。比如，影子之間不會相互利用，影子相疊加還是影子。而人只會相互利用，兩個人合在一起就只能成爲一對相互折磨的怪物。「心境安泰鎭定的人就會發出自然的光芒。發出自然光芒的，人各自顯其爲人，物各自顯其爲物。注重修養的人，才能保持較高的道德境界；保持較高的道德境界，人們就會自然地嚮往他，上天也會幫助他。人們所依附的，稱他爲天人；上天輔佐的，稱他爲天子。」智者想安靜生活，可以嗎？不行的！人民需要他，人民不會放過他。智者一旦被人依附，就要花費精神去保護人民。這樣一來，世間對他的要求就更高了。

退一步來說，大自然爲人準備各種器官來讓他養護形體，敬修內在的智慧就能通達萬物。如果達到了這種境界還有種種災禍到來，那就是天命了，而不是個人的責任——天定的事是不足以擾亂人的身心的，也不必把它放在心上。

如果自己的境界還沒有修煉到誠敬的程度就急於付諸行動，那麼行動起來或多或少會有不妥當之處；如果外在的事物擾亂了內心世界卻還不捨棄停止，那麼每一次行動都會帶來一次新的失敗。公然爲非作歹的人，會遭到人們公開的責難；暗中爲非作歹的人，會受到鬼神的懲罰。在公開場合光明正大地做人，即使一個人獨處時內心依然光明磊落、無所愧疚，這樣才能做自己的事業。

注重內修德性的人，行爲不留名跡；追求外在功業的人，志向在於求取財物。行爲不拘於名跡的人，懂得日常生活中的點滴小事亦可成就偉大。能體察萬物的人，萬物才會和他一致；和外物格格不入的人，連自己都無容身之地，又怎能寬容別人呢？不能寬容別人的人，就不會有人親近他，沒有人親近的人實際上已是自絕於人。人最大的敵人就是自己內心的自相矛盾和焦慮不安。

老子對明智的人有幾點要求：世事難料，要笑對成敗；犯了錯誤，要坦然承認失敗；不要閉門造車，自我猜疑。

《庚桑楚》裡的人都很無奈，而影子多好啊，做人還不如做影子。神不守舍的人給人鬼的形象，可以說他精神已經死了。心有雜念、表裡不一的人是虛僞的，做個虛僞的人還不如做影子；因爲影子本身就是虛的，無所謂虛僞與否。

接進一步借影子談到靈魂，對令人類苦惱的生死問題作一番另類的解釋。靈魂與軀體是相對的。我們可以把生命的降生看作是一個靈魂從一群靈魂的大本營裡跑出來，鑽到一個人的身體裡。而人的死亡也可以看成是靈魂從這個軀體裡跑出來，重新回到一群靈魂的隊伍中。一開始，什麼都沒有，後來有就從原來的無中產生了。既然如此，何必這麼看重生死呢？

與影子相比，人們總喜歡自作聰明，以爲自己可以用語言歸納一切，卻不知自己的智慧有限。影子不自大，不自以爲是，不相互取笑，不相互殘殺，不相互依附，不相互籠絡，因此影子反而最有人味。這裡歸納出了二十四種影響人內心的因素：高貴、富有、尊顯、威嚴、聲名、利祿六種情況，全是擾亂意志的因素；容貌、舉止、美色、辭理、氣調、情意六種情況，全是束縛心靈的因素；憎惡、欲念、欣喜、憤怒、悲哀、歡樂六種情況，全部牽累道德的因素；離去、靠近、貪取、施予、智慮、技能六種情況，全是堵塞大道的因素。影子沒有人的思想，所以它無時不體現出生命的光華。有陽光就有生命，於是影子跟生命一起復甦；太陽落下，影子也跟著萬物一起休息。影子看起來一無所有，但它本身就是一個彌足珍貴的證據，是一個人存活在世間的證據：你走在太陽之下，如果沒有影子，那你就不是人，是鬼、是空氣。這樣看來，影子能不重要嗎？

徹志之勃，解心之謬，去德之累，達道之塞。貴富顯嚴名利六者，勃志也。容動色理氣意六者，謬心也。惡欲喜怒哀樂六者，累德也。去就取與知能六者，塞道也。此四六者，不盪胸中則正，正則靜，靜則明，明則虛，虛則無爲而無不爲也。道者，德之欽也；生者，德之光也；性者，生之質也。性之動，謂之爲，爲之僞謂之失。知者，接也；知者，謨也。知者之所不知，猶睨也。動以不得已之謂德，動無非我之謂治，名相反而實相順也。

然而，我們眞的能變成影子嗎？不能。我們只能像影子一樣思考、處世。影子的存在能證實我們的軀體存在，可影子本身卻是從沒存在過的。因爲不曾有所以無所謂無，因此影子才很飄然。

在文章的末尾，我們看到了這樣一段話：被刑罰砍斷了腳的人不拘於法度，因爲他已把毀譽置之度外；服苦役的囚徒登上高處不會感到恐懼，因爲他已經忘掉了死生。面對謙卑的言語不願作出回應而能夠忘掉他人的人，就可稱作合于自然之理又忘卻人道之情的「天人」。所以，敬重他他卻不感到欣喜，侮辱他他卻不會憤怒，只有混同於自然順和之氣的人才能夠這樣。發出怒氣卻非有心，那麼怒氣也是出於不怒；有所作爲卻非有心的，那麼作爲也就等同於無爲。想要寧靜就得平和氣息，想要精神淡定就得順應心志，即使有所作爲也須進退有度，事事順其自然。事事順其自然的做法，即聖人之道。

也許我們做不了聖人，那也無妨，就做水吧。記住，是做水而不是做刀。夜裡夢遊的人磨快了刀子去殺木桶裡的水，直到把木桶刺破。夢遊人看到水已乾涸，很是得意。殊不知水已滲入土地，化爲氣，變爲雲，最終成爲雨，雨從天而落，又重新回到井中，再被人裝進木桶。這便是水，無窮無盡的水如同大千世界的「影子」。在人生道路上，我們要做水，而不是做殺水的刀。堅忍不拔、百折不撓，這種「生如蟻，美如神」的力量，無窮無盡，無比強大。

第二十四講　走出貪欲的迷宮

——解讀《莊子・雜篇・徐無鬼》

我之所以喜歡看《莊子》，就在於莊子的思維無時無刻不在跳躍，在狂歡創新。要讀懂莊子必須具有想像力。而在當今社會中，具想像力且心態鮮活的學者卻太少了，所以他們沒能眞正掌握住莊子的意圖。正是因爲歷史上缺少一個眞正的解讀者，莊子的思想被打入了冷宮，人們對莊子本人也有諸多誤解，認爲他是個純粹消極的、自娛自樂的瘋子。殊不知莊子是個思想前衛的人，於古於今，他的思想均可謂之超前。他不僅是個偉大的思想家，還是個成功的小說家，他一字一句暗藏殺機，密布陷阱，擅長在眾所周知、彷彿很明白的說教裡捕捉新亮點；解讀其思想的過程簡直就像在玩一場智力遊戲，這正是閱讀《莊子》的樂趣所在。

《徐無鬼》從寂寞的君主尋找對手開始，講述了一個類似獨孤求敗的故事。對於獨孤求敗，大多數人想到的無非是高處不勝寒、缺少知己一類的語言，而莊子則破天荒地借獨孤求敗提出「何謂英雄」、「英雄到底是不是英雄」等新穎命題，最後單刀直入地提出「社會建設中各個成員應該分工合作」的觀點。

英雄是寂寞的，這種寂寞首先是因爲缺少對手。對於高高在上的執政者而言，普天之下他說了算，這份寂寞更別提有多深。故事以徐無鬼拜見魏武侯開始。徐無鬼在女商的引薦下去拜見魏武侯，武侯說：「先生一路辛苦了！您一定是對山林裡的勞苦生活感到難以忍受，所以到現在您才肯來見我。就讓我來慰問慰問您吧。」

徐無鬼卻說：「大王您錯了，我本來要向大王表示慰問，大王您對我又有什麼好慰問的呢？您總是想盡量滿足自己的欲望，可能因此危及性命；您要想保存好性命，只有放棄一些物質方面的享樂，丟棄一些過於自我的價值判斷。」武侯聽完，若有所失，沒再說話。

徐無鬼又說：「我很善於觀察狗的體態，並以此來確定其品種優劣。下等狗每天只想著填飽肚子也就滿足了，中等狗總是凝視上方彷彿很有追求，而上等狗卻總像是忘掉了自身的存在。而我觀察狗的水準又不如我觀察馬的水準高。好馬的體態，直的要符合墨線，彎的要符合勾弧，方的要符合直角，圓的要符合圓規，這樣的馬便是國馬了；不過，這樣的馬還比不上天下最好的馬。天下最好的馬具有天生的材質，有時緩步行走彷彿有什麼憂慮；有時又神采奕奕地奔跑起來好像忘記了自己，超越馬群，疾如狂風，把塵土遠遠甩在身後。別人只看到牠飛奔時的英姿，卻不知道牠如此高超的本領是從哪裡得來的。」魏武侯聽完，笑了起來。

徐無鬼春風得意地走出宮廷，女商看到他，激動地說：「今天真是要謝謝您，好久沒聽到國君的笑聲了。請問先生是以何種方法讓國君高興起來呢？我以前曾經向他介紹詩、書、禮、樂，還跟他談論兵法，儘管侍奉國君而大有功績的人不可計數，國君卻從不曾有過笑臉。今天先生您一來，國君竟然笑了，到底您以何種方法來取悅國君呢？」

徐無鬼笑道：「我沒用什麼方法啊，只是和他聊聊如何看狗、看馬。」女商疑惑地問：「僅是如此嗎？」徐無鬼說：「你沒聽說過那些越地流亡人們的故事嗎？人一旦離開自己國家幾天，見到老朋友就會很高興；人一旦離開國家十天一個月，若見到曾在祖國見過的熟面孔就會大喜過望；等到人離開國家一年，見到神似同鄉的人便會欣喜若狂。這不就是離開故人時間愈長，思念愈深嗎？那些逃向空曠原野的人，他們以叢生的野草堵塞著黃鼠狼出入的洞口，卻能在雜草叢中的空隙裡卑微地生活；一旦聽到人的腳步聲，雜草裡的人便高興不已，更何況是他們的兄弟親戚在身邊說笑呢？我想，國君之所以不高興，是因爲長時間沒有人以純樸的話語在國君身邊說笑了啊！」

從這個故事來看，徐無鬼之所以能讓武侯笑，既是因爲他說的是相狗、相馬，也因爲他說的不僅僅是相狗、相馬。上等的狗和上等的馬，折射過來就是上等的人，只有上等的人才能駕馭上等的狗和馬，徐無鬼借千里馬來形容魏武侯的心態。「天下的好馬自有其天生的才性和用途，走起路來像是有所憂思又有所失落似的，這樣的馬跑起來超群脫俗，風一樣地飛奔而去。」徐無鬼說的好馬不正是鬱鬱寡歡的魏武侯嗎？他其實想說的是，武侯一定是有什麼心事，不必擔憂，武侯一定會大有作爲的，只是現在還沒找到方向而已。武侯聽到有人理解自己心意，當然笑了。他之所以笑還因爲徐無鬼能直言相告，能誠懇說話的人已經不多了。徐無鬼一開始就對他說，要放棄物質享樂、放棄價值判斷，這無疑讓武侯感覺新鮮，總算遇到一個說眞話的人了。

沒過多久，徐無鬼又第二次拜見武侯，這次他沒和武侯閒聊，而是一本正經地教育了這匹迷途的「千里馬」。

武侯對他說：「這一段時間，先生您在山林裡居住，以橡子爲食，只能吃點大蔥韭菜之類的菜蔬，卻謝絕與我交往，已經很長時間了！如今您來見我，是因爲您上了年歲嗎？還是因爲想嘗嘗酒肉之類的美味？抑或是有什麼治國的高招要教給我？」

徐無鬼說：「我出身貧賤，不敢奢望享用國君的酒肉美食，這次我依然是來慰問您而已。」

武侯說：「什麼，怎麼又來慰問我呢？」徐無鬼說：「我來看看您的精神與形體有沒有好一點？」

武侯吃驚地問：「您說的是什麼呀？我怎麼聽不懂呢？」

徐無鬼說：「天地平等的養育每一個人，人登上高位也不可以自以爲高人一等，處在卑微的地位也不能認爲自己是矮人三分。您是國君，卻讓全國的百姓勞累困苦，利用大眾的勞苦來滿足自己私人的欲望！眞正聖明的人從不爲自己而求取分外之物。爲個人求取私利，這是一種病！您已經病入膏肓了！難道我不應該來慰問您嗎？」

武侯說：「我一直覺得自己不對勁，所以想會見先生。我愛護我的人民，並且爲了道義而停止戰爭，這恐怕就可以了吧？」

徐無鬼說：「不可以！您大錯特錯了。您所謂的愛護人民，其實是禍害人民的開始。爲了道義而停戰，其實是製造新爭端的禍根，所以您從這些方面盲目地治理國家是不會成功的。世間的事情總是如此，一旦成就了美好的名聲，也就有了作惡的工具；雖然您表面上是在推行仁義，卻更接近於虛僞和作假！您有了這樣的仁義之心，必定會出現一些虛僞的行爲，一旦有了成績又必定會自誇，一旦有了變故也必定會再次挑起爭戰。您不要在高樓下面大量陳兵，不要在錙壇的宮殿前集合騎兵，不要違背道理去貪求他人之物，不要以詭計戰勝別人，不要以戰爭去征服他人。殺死他國的士卒和百姓，兼併他人的土地，以此來滿足自己的私欲，不知這種戰爭有什麼好處？誰又是勝者呢？與其如此，不如您停止爭戰，修養誠意，順應自然而不去擾亂其規律。百姓的性命不受到威脅，哪裡用得著您勞師動眾後再止息爭戰呢！」

在一般人的理解中，爲了人民放棄戰爭似乎無可厚非，但莊子明確指出這種說法並不恰當。在他的理解中，放棄戰爭如同吃飯睡覺一樣，本來就是應該的，是人的本能、也是義務，沒有人有資格打著愛人民的旗號去放棄戰爭，這只會製造更多的混亂。今天你打著愛人民的旗號放棄戰爭，明天就有人打著愛人民的旗號挑起戰爭。

英雄、君主之所以會孤獨和寂寞，第二個原因在於他們的內心迷亂，在一團迷霧中英雄們少了同路者，與其說他是在尋找對手，還不如說他是想尋找導遊。莊子又用黃帝迷途求助小童的故事來折射執政者們的迷亂。

黃帝到具茨山去拜見大隗，方明趕車，昌宇陪乘，張若、朋在馬前導引路線，昆閽、滑稽在車後跟隨保護。他們來到襄城的曠野，大家都迷失了方向，四周又沒有什麼人可以問路。此時，他們遇到了一位正在牧馬的少年，便問他：「你知道具茨山在哪裡嗎？」少年說：「當然知道。」又問：「你知道大隗居住在什麼地方嗎？」少年回答：「當然知道。」黃帝感慨道：「這位少年不僅知道具茨山在哪裡，而且知道大隗居住的地方。那我要問問你，我應該怎樣治理天下？」少年說：「治理天下，就像牧馬一樣簡單！我小的時候獨自在宇宙裡遊玩，生了眼眩頭暈的病，有個老頭告訴我說：『你還是乘坐太陽車去襄城的曠野裡遊玩吧。』現在我的病已經好了，我又要到宇宙之外去遊玩。其實治理天下就跟我放馬一樣簡單，爲什麼要操心呢？」黃帝說：「你當然不用操心，你又不用治理天下。雖然如此，我還是要向你請教如何才能治理天下。」少年聽了，閉口不言。

黃帝又問了一遍，少年不耐煩地說：「治理天下，與牧馬有何不同呢？也不過是把那些妨礙馬兒生活的東西除掉、順其自然而已！」黃帝聽了，立即跪地叩頭施大禮，口稱「天師」退去。

黃帝將見大隗乎具茨之山，方明爲御，昌寓驂乘，張若謵朋前馬，昆閽滑稽後車。至於襄城之野，七聖皆迷，無所問塗。

適遇牧馬童子，問塗焉，曰：「若知具茨之山乎？」曰：「然。」

「若知大隗之所存乎？」曰：「然。」

黃帝曰：「異哉小童！非徒知具茨之山，又知大隗之所存。請問爲天下。」

小童曰：「夫爲天下者，亦若此而已矣，又奚事焉！予少而自遊於六合之內，予適有瞀病，有長者教予曰：『若乘日之車而遊於襄城之野。』今予病少痊，予又且復遊於六合之外。夫爲天下亦若此而已。予又奚事焉！」黃帝曰：「夫爲天下者，則誠非吾子之事，雖然，請問爲天下。」小童辭。

黃帝又問。小童曰：「夫爲天下者，亦奚以異乎牧馬者哉！亦去其害馬者而已矣！」

黃帝再拜稽首，稱天師而退。

黃帝最後找到去具茨山的路嗎？沒有，必然沒有。因爲少年沒有直接告訴他，看來黃帝尋找路途還需要很長一段時間，他的迷亂還得持續一陣子。

接著，莊子又提出，執政者爲什麼會疑惑？他們爲什麼會掉進迷宮怎麼走也走不出來？其實，原因就在於其局限的眼光，他們實在是太幼稚了，「皆囿於物」。才智聰穎的人，一旦沒有動腦筋的機會，他們就會感到不快樂；善於辯論的人沒有談話的話題與機會，也同樣不快樂；而喜於明察的人沒有對別人的冒犯與責問，就更不開心了。這都是因爲這些人受到了外物的局限與束縛。

很多人都是如此。士紳賢達每天忙於在朝堂上建功立業，善於治理百姓的人以做官爲榮，身強體壯的人從不把危難放在眼裡，英勇無畏的人遇上災禍總是奮不顧身，那些手持武器身披甲冑的人只想著去打仗，那些隱居山林的人追求的則是清白的名聲，那些研修法令的人一心只想著推行法治，那些崇尚禮教的人只注重人的儀容，而講求仁義的人看重的則是人際交往，農夫沒有除草耕耘的事便會覺得內心不安、無所事事，商人沒有貿易買賣就會心神不安。百姓只要有短暫的工作就會勤勉，工匠只要有器械的技巧就會工效快、成效高。錢財積攢得不多，貪婪的人總是憂愁不樂；權勢不高不大，私欲很盛的人便會悲傷哀嘆。依仗權勢掠取財物的人喜好變故，一旦遇到時機就會有所動作，做不到清靜無爲。這樣的人就像是順應時令次第一樣取捨俯仰，不能夠擺脫外物的拘累而使其身體與精神過分奔波勞碌，沉溺於外物的包圍之中，一輩子不會從夢裡醒悟，實在可悲！

在莊子眼中，英雄、執政者之所以會迷亂，全因他們掉入了自己挖的迷宮裡，自以爲是英雄，只想尋找用武之地、表現自己。不需要表現的時候，還會千方百計製造表現機會；等到了眞正需要表現的時候他們卻又不知所措。做學問容不得一絲虛僞，管理國家更不能只追求名利，否則到最後只會作繭自縛，找不到出口。

之後，莊子又提出，英雄憑什麼說自己是英雄呢？有何標準？很多時候，只有你覺得自己是英雄，是你一個人的英雄。

莊子問惠子：「那些射箭的人如果不事先說明自己要射什麼，標靶在哪兒，那麼他怎麼射都叫射中，那普天下的人就都是后羿。我可以這麼說嗎？」惠子說：「可以。」莊子說：「天下原來就沒有被大家共同認可的正確標準，現在大家卻都以爲自己是正確的，這樣說來大家都成了堯這樣的皇帝了。可以這麼說嗎？」惠子說：「當然。」

於是莊子說：「那麼鄭緩、墨翟、楊朱、公孫龍四家，再加上你一共便是五家，到底誰是正確的呢？或者像周初的魯遽那樣嗎？魯遽的弟子說：『我學得了老師的學問，能夠在冬天生火，在夏天製出冰塊。』魯遽說：『這只是用具有陽氣的東西來招引出具有陽氣的東西，用具有陰氣的東西來招引出具有陰氣的東西，根本不是我所說的道。我把我所主張的道給你看看。』於是魯遽調整好瑟弦，放一張瑟在公堂之上，放一張瑟在內室，彈奏起這張瑟的宮音，那張瑟的宮音也隨之應合，彈奏這張瑟的角音，那張瑟的角音也隨之應合。這是因爲兩張瑟的音調相同的緣故。如果其中任何一根弦改了調，五個音被弄得不和諧，那彈奏起這根琴弦，其餘的二十五根弦都有震顫，卻始終不會發出不同的聲音，方才是樂音之王。恐怕你就是魯遽那樣的人吧？」

惠子想了想，問：「現在要是鄭緩、墨翟、楊朱、公孫龍他們四人跟我辯論，用惡俗的言辭指責我，用聲音來壓制我，其實卻未必是我的錯誤，那麼我該怎樣和他們相處呢？」

莊子說：「齊國有個人讓自己的兒子留在宋國，命令他像殘廢者一樣做守門人，卻生怕自己的小鐘會破損，包了又包，捆了又捆；有人尋找遠離家門的兒子卻從不走出村子尋找，這不是很可笑嗎？這不就與所謂的辯論家忘掉自己的情況一樣嗎？楚國有個人寄居在別人家裡，卻像主人一樣怒責守門的人，他總以自己是主人，半夜無人時出門來又與船夫打了起來，還沒離開岸邊就已經結下怨恨。」

這番話無疑給那些所謂的英雄們致命一擊。我們老是聽別人說這個英雄、那個英雄怎麼無敵怎麼天下無雙，卻不曾認眞思考憑什麼稱他們是英雄。我喜歡莊子的謹愼，這是一種從學問衍生到生活中的謹愼。

世間有三種人很可笑：一是沾沾自喜的人、二是偷安矜持的人、三是有勞形自苦的人。

沾沾自喜的人都以爲自己是英雄，天下無敵。只懂得一家之言、一點點本事就沾沾自喜，自以爲滿足了，卻不知道其實他沒有絲毫收穫。

偷安矜持的人就像肥豬身上的跳蚤一樣愚蠢，牠們沒有長遠眼光，住在稀疏的鬃毛中，還自以爲是的住進廣闊的宮廷園林，偶然爬到豬的後腿和蹄子間彎曲的部位或乳房和腿腳間的夾縫，就認爲是世間最美好的住所。殊不知，一旦屠夫殺豬，點起煙火，牠們便會與豬身一起被燒焦這些愚蠢的跳蚤們，依靠環境而安身，卻又因爲環境而毀滅，也是所謂偷安自得的人。

舜則屬於勞形自苦的人。羊肉不會垂涎螞蟻，只有螞蟻會垂涎羊肉，因爲羊肉有羶腥味。舜跟羊肉一樣有羶腥，所以百姓都十分喜歡他，他多次遷徙，到鄧地的曠野聚集了數十萬人。堯知道了舜的賢能，就選他出來，希望他能把恩澤布施給天下的百姓。舜自從自荒野中被舉薦出來，一直爲民請命，直到年紀大了、反應衰退卻還不能退回家休息，因爲百姓需要他。這就是所謂的彎腰駝背、勤苦不堪、勞形自苦的人。

惠子死後，莊子前去送葬，經過惠子的墓地時，他回過頭來對跟隨的人說：「自從惠子離開人世，我沒有可以匹敵的對手，也沒有可以與之論辯的人了！」

管仲生了病，齊桓公問他：「仲父的病已經很重了，不避諱地說，萬一您病危不起，我要把國事託付給誰才好呢？」管仲說：「您想要交給誰啊？」齊桓公說：「鮑叔牙。」管仲說：「絕對不可以。鮑叔牙是個清白廉正的人，他從不親近不如自己的人，而且一聽到別人的過錯一輩子也忘不掉。如果讓他治理國家，對上勢必約束國君，對下勢必苛責百姓。一旦得罪國君，他也就不會長久執政了！」

齊桓公問：「那誰可以呢？」管仲想了想：「隰朋也許是個合適的人選。隰朋的爲人，對上不顯示位元尊，而對下不分別卑微，經常覺得自己不如黃帝，同時又能同情不如自己的人。用道德去感化他人的人被稱作聖人，能用財物去周濟他人的人被稱作賢人。如果你將自己當成賢人並以此爲理由駕凌於他人之上，是得不到人們的擁戴；以賢人之名而能謙恭待人的人，不會得不到人們的喜歡，這樣的人對國事一定不會事事聽聞，對家庭也一定不事事看顧。如果實在找不到人的話，那麼還是選隰朋吧！」

莊子送葬，過惠子之墓，顧謂從者曰：「郢人堊慢其鼻端若蠅翼，使匠人斲之。匠石運斤成風，聽而斲之，盡堊而鼻不傷，郢人立不失容。宋元君聞之，召匠石曰：『嘗試爲寡人爲之。』匠石曰：『臣則嘗能斲之。雖然，臣之質死久矣！』自夫子之死也，吾無以爲質矣，吾無與言之矣！」

在管仲看來，比起鮑叔牙，隰朋更有英雄的潛質。前者過分挑剔，清高而自負，不親近不如自己的人，又一輩子不肯原諒別人的過錯。這樣的人註定會脫離群眾。相比之下，後者則要包容得多，他謙和且富有同情心，有民眾基礎。所以說，要做英雄，親和力是很重要的。英雄，歸根究底應該是人民的英雄。

一旦你時來運轉，成為英雄，也別得意，要低調。若是有所自恃而驕傲絕對沒有好下場。吳王渡過長江，登上住滿了獼猴的山嶺。群猴看見吳王的隊伍，嚇得驚惶大叫、四散奔逃，紛紛躲進荊棘叢林的深處。只有一隻猴子勇敢地留下，牠不但不害怕，還從容不迫地騰身而起，抓住樹枝跳來跳去，故意在吳王面前賣弄牠的靈巧。吳王很生氣，用箭射牠，那猴子竟然敏捷地接過飛速射來的利箭。吳王急了，命令隨從及獵人一起射箭，猴子終於躲避不及，抱樹而死。

吳王回過頭來，對他的朋友顏不疑說：「這隻猴子誇耀牠的靈巧，竟然用牠的便捷蔑視取笑我，所以才受此懲罰死去！你也要以此為誡啊！你不要自以為很了不起，用傲氣對待他人！」顏不疑回來後，拜賢士董梧為師，以剷除自己的傲氣，棄絕淫樂，辭別尊顯；三年後，全國上下人人都稱讚他。

偶爾做幾天英雄，你還眞別把它太當一回事，別三分顏色上大紅，還眞以為你是個角兒。英雄是個長時間的體力活，若是為了名利，那你可就成了個徹頭徹尾的假英雄。可世人總是對名聲有種迷誤，瞧瞧人家南伯子綦如何感慨。

南伯子綦靠著几案安靜地坐著，仰著頭慢慢地吐氣。顏成子進來看見後說：「先生，你真了不起啊！人的形體固然可以像枯槁的骸骨一樣，難道心靈也可以像死灰一樣嗎？」

南伯子綦說：「以前我住在山林洞穴裡。那時，齊太公田禾曾來看望我，而事後齊國的民眾爲此再三向他祝賀。我必定是先有名聲，所以他才知道我；而我的名聲必定是過於張揚，所以他能利用我的名聲，要是我沒有名聲。他怎麼能知道我呢？假如我不是名聲張揚於外，他又怎麼能夠利用我的名聲呢？我同情自我迷亂而失卻眞性的人，又同情那些很容易同情別人的人，還同情那些同情人們的同情者，從那以後我便一天天遠離人世沉浮，從而達到心如死灰的境界。」

眞正的英雄應該是淡泊明志的。「無求、無失、無棄」和「不以物易」才是英雄本色。

孔子到楚國，楚王設宴邀請孔子，孫叔敖拿著酒器站立一旁，市南宜僚將酒灑在地上作爲祭禱，說：「古時候的人在這麼莊重的情況下總要說一說話。」孔子說：「我早就聽人家說過，世上有一種不用言談的言論，但我自己卻從不曾說過，今天我就說兩句吧。還記得市南宜僚從容不迫地玩弄彈丸，就使兩家的危難得以解脫；孫叔敖運籌帷幄，結果敵國不敢對楚國用兵，而楚國得以停止征戰。我是多麼希望有長長的嘴舌來說上幾句呀！」

市南宜僚和孫叔敖解決問題的辦法可以被稱作不是辦法的辦法，孔子說的話也可以被稱爲不用言辭的言論，所謂的循道所得，歸結到一點就是回到道的原始統一的狀態。你說的言語要是能夠停留在他人的才智所不及的境域，這就是最了不起的了。

仲尼之楚，楚王觴之。孫叔敖執爵而立，市南宜僚受酒而祭，曰：「古之人乎！於此言已。」

曰：「丘也聞不言之言矣，未之嘗言，於此乎言之。市南宜僚弄丸而兩家之難解，孫叔敖甘寢秉羽而郢人投兵。丘願有喙三尺。」

大道是混沌同一的，而每個人對大道的體會卻不一樣；才智所不能通曉的知識，就算再多的辯解也無法一一列舉。即使是名聲像儒家、墨家那樣顯赫的人，也常因他們的強不知以爲知而招致凶禍。所以，大海不拒絕向東的流水，就成就了博大之最；聖人包容天地萬象，恩澤施及天下百姓，而百姓卻不知道他們的姓名。他們生前沒有爵祿，死後沒有謚號，財物不曾匯聚，名聲不曾樹立，是眞正偉大的人！狗不會因爲會叫就被人說成是好狗，人不會因爲會說話就被當成是賢能，更不用說成就大業的人了！有心求取偉大反倒不足以算是偉大，更不用說是修養心性、隨順自然的了！沒有什麼比天地更大了，而天地從不會求取什麼，它才是最完備的。偉大而又完備的人，沒有追求，沒有喪失，沒有捨棄，不會因爲外物而改變本性，返歸自己本性就會沒有窮盡，遵循亙古不變的規律也就會沒有矯飾，這才是偉大的人的眞性情。

英雄應該像大海一樣能包容與自己不同的觀點，不求名利，只求爲百姓造福。海之所以大，正是它能包容千萬條小溪流。不要忽視不起眼的小溪流，眞正的英雄應該懂得如何壯大自己的力量。

接著，莊子又鄭重提出英雄的作用。

子綦將八個兒子排列好，叫來算命師傅九方，說：「你給我這八個兒子看看相，看誰最有福氣。」九方看了一下，說：「這個孩子最有福氣。」子綦頓時驚喜道：「他怎麼最有福氣呢？」九方回答：「將會跟國君一道飲食，終其一生。」子綦一聽，臉色都變了，淚流滿面地說：「天呀，我兒子爲什麼會被弄到這樣的絕境呢！」九方說：「跟國君一道飲食，恩澤將施及三族，何況父母啊！這可是好事，光宗耀祖呢。如今你聽了這件事竟然泣不成聲，這是要拒絕即將降臨的福祿啊！你的兒子倒是有福氣，而你這個做父親的卻是沒這個福分了。」

子綦說：「你怎麼可能知道呢。難道眞的有福氣嗎？享盡酒肉，只不過從口鼻進到肚腹裡，又哪裡知道這些酒肉從什麼地方來呢？我沒有牧羊，結果羊卻出現在我屋子的西南角；我不喜好打獵，而鵪鶉卻出現在我屋子的東南角。爲什麼你不覺得這種現象奇怪呢？我和我的兒子一起去遊樂的地方只在於天地之間。我跟他同樂於天、求食於地；我不與他求取功名，不與他出謀策劃，不與他標新立異，我只想和他一道順應天地的實情，一道順應自然，不爲外面的事物所左右。可現在，我卻得到了世俗的回報！大凡有了怪異的徵兆必定會有怪異的行爲，實在是危險啊。這不是我和我兒子的罪過，大概是上天降下的罪過！天要禍害我的兒子，我沒有辦法去抵抗，因此我泣不成聲。」

沒多久，國君派遣子綦的兒子到燕國去送信，不料強盜在半路上劫持他，想要保全的身體再賣掉他，可這樣買主又擔心他會跑掉，不好賣，於是強盜就截斷了他的腳，把他賣到齊國，正好被齊國的富人渠公買了回去。他讓他幫自己看守街門，果眞吃肉終其一生。

事出有因，因果相連，對於無法預計的災難我們無力挽回。但這並不妨礙英雄作用的發揮。英雄的作用不在於生理，而在於心理上的一種扶持與鼓舞。我們以前總以爲，英雄就是在戰爭年代爲民請命的人，但在和平年代，在沒有硝煙的戰爭中，英雄給與我們更多的是一種精神上的支持。

在講完了什麼是英雄，英雄應該有怎樣的作爲又有什麼作用後，莊子開始呼喚英雄；時代需要的不僅是一個英雄，而是千千萬萬個英雄。

缺遇見許由，問：「你準備去哪裡呢？」許由回答：「我正打算逃避堯。」缺說：「你在說些什麼呢？你爲什麼害怕堯呢？」許由說：「堯孜孜不倦地推行仁義的主張，我擔心他受到天下人的恥笑。這樣下去，後代必定會勾心鬥角、人吃人啊！百姓並不難以聚合，只要給他們愛護就會親近，給他們好處就會靠近，給他們獎勵就會勤勉，給他們厭惡的東西就會離散。愛護和利益出自仁義，而世人棄置仁義的少，利用仁義的多。仁義的推行，只會讓大家沒有誠信，而且還會被禽獸一般貪婪的人借用爲工具。所以一個人的裁斷與決定給天下人帶來的好處就好像是短暫的掃一眼。堯只知道賢人們能給天下人帶來好處，卻不知道他們對天下人同樣也有殘害，恐怕只有身處賢者之外的人才能知道這個道理。」

缺、許由的這段對話，在我看來是《徐無鬼》中最具有價值的部分。從字面上理解，許由批評堯只知道賢人能給天下人帶來好處，卻不知道他們對天下人的殘害。為什麼會有殘害呢？許由的理由是，因為仁義一旦普及，就會有人利用仁義去誤導民眾迷戀功名。如果是這樣，那就是利用仁義的人的錯，為什麼要把責任歸咎到賢人的身上，非說是賢人的過錯呢？不知道。

這就是典型的「知其然而不知其所以然」。其實，莊子的意思不是說仁義不好，連結上下文，看到許由所指出「一個人的裁斷與決定」就會明白，賢人治理國家當然挺好，但賢人也會犯錯誤。如果只交給一個賢人去處理，難免會因為他一個人的小錯誤禍害全國人民。這說明了什麼？這說明國家不僅僅需要一個英雄人物，而是幾十個、幾百個甚至幾千個英雄人物。大家本著為民造福的目的，在處理事情前在一起討論、磨合，最後選出一個切實可靠的策略，這才是實在之舉。

最後，莊子提出了一個構想：雖然並非所有的人都是英雄，但我們不妨把自己當成英雄，用一個英雄的準則去衡量自己，嚴格要求自己，這樣就能更好地發揮各自的作用。

在此，我想送給那些英雄或者準英雄們幾個詞：宏大、耐久、超越、豪邁、連貫、純粹。

宏大：要做到體格與心靈同樣宏大。英雄應該學會用人格魅力打動人，讓人信服。

耐久：英雄是一項需要長期經營的事業，必須時時都要努力，才能為民造福。

超越：英雄必須要有過人之處，沒有比較就沒有動力。只有不斷超越別人，超越自己，才能征服時間，做個時代的英雄。

豪邁：英雄往往做事耿直而爽快，不僅要果敢，還要有寬廣的心胸，能夠包容萬物。

連貫：英雄也需要相互鼓勵，相互影響，相互扶持。時代需要的是一群英雄，而不是一個好漢，協力互助創造的價值永遠比單幹多。

純粹：英雄一心為民，沒有私心，遠離一切欲孽，專注才能成就大事業。

第二十五講　莊稼會報復種田人

——解讀《莊子・雜篇・則陽》

人的世界裡有國家有城堡，動物的世界裡也有國家有城堡。有一個蝸牛家族生活在兩個國家的交界線上，此地戰亂頻繁，不時有動物從甲國逃竄到乙國，也有動物從乙國逃難到甲國。蝸牛個體渺小而脆弱，牠們的外殼用小石子就能撞碎，然而在如此動亂的年代牠們卻能夠活得好好的。

清晨，蝸牛從輕柔的陽光中醒來，看著天邊逐漸展露光亮，喝著甘甜的露水；中午，蝸牛看著身邊的路人一群一群的過去；傍晚，蝸牛隨著落日一起入眠。蝸牛們的生活很有規律，幸福而快樂，雖然牠們只能在一條小細線裡行走。每當牠們伸出兩條觸角，左邊一條在甲國，右邊一條就在乙國了。匆匆逃亡的動物從國界線的這一邊跨到那一邊，步履快、步伐大，小蝸牛卻從未被踩中而受到傷害。

許多年過去，兩國之間持續爭戰，屍橫遍野，逃亡的動物也隨之遭殃。豬牛羊就不用說了，缺少糧食的士兵絕對不會放過牠們。猴子在森林裡稱得上敏捷機靈，可一旦牠們被人抓住，身上就會被綁上長長的繩子，被訓練做竊取敵方情報的探子。虎豹號稱森林之王，也無法倖免，被人用火燒了洞穴，被鋼箭射破心肺，皮毛也被人用刀子剝下來，披在身上以示軍威。亂箭橫飛中，愈是體形高大的動物愈容易被射中。對於動作靈活的動物，士兵們便以圍堵的方法捕獲，結果，羅網恢恢，疏而不漏。

最後只剩下蝸牛，牠們從未離開過家園，竟然出人意料地活下來了。蝸牛在國界線上代代繁衍，漸漸讓整條國界線都布滿了蝸牛。突然有一天，一隻兔子從甲國前往乙國，路過這裡，驚訝道：「天哪，你們占據著邊界線不離開一步，沒想到竟然能發展得這麼好！」蝸牛國王聽了很開心。即使是蝸牛，牠也有大志，總是想：能不能有機會發展得更好呢？兔子看出了牠的心意，笑道：「我正要到乙國的草叢裡居住。現在乙國很強大，沒有其他國家敢入侵它，如果你們跟我一起去，住到乙國中心，肯定很安全；並且你也可以跟乙國國君學習一、二，他可是位英明的君主。」

蝸牛國王聽後，心動了：是呀，如果永遠只在邊界線上生活，國度總是有限的，不如去遼闊的乙國，愈接近乙國中心就愈安全，其他位於四面八方的國家就算入侵也殺不進來。蝸牛國王於是帶著家眷和下屬一起奔向乙國。

一路上風景優美。蝸牛國王也看到很多過去的朋友，有的結婚了，有的老了，已是兒孫滿堂。等到了乙國國都，到處一片繁榮，商品琳琅滿目，路人川流不息。蝸牛國王在國都附近的一片樹叢裡住了下來。

頭一年，風和日麗、草葉肥美，蝸牛王國的子民們安居樂業；第二年榮景不再，蝸牛國王突然發現平靜的日子沒有了，到處都是人來人往、車來車去。原來隨著乙國國力的強大，居民生育的數量愈來愈多，淘氣的孩子常常跑到草叢裡嬉戲，抓了許多蝸牛來玩，蝸牛脆弱的生命多有損傷。有好幾次，連蝸牛國王也差點被逮住。又過了幾年，適逢乙國國王七十大壽要建慶功台，選中了這塊風水寶地，施工中蝸牛王國死傷一片。就在乙國皇帝七十大壽當天，一個少年看到蝸牛國王這隻體形異常之大的蝸牛，抓起來往牆壁上一扔，「啪」的一聲，蝸牛國王的外殼被砸得粉碎，風一吹，如灰散去……

蝸牛王國早先的地理位置是很特殊的，在兩國分界線原是最危險的地方，但牠們卻過得很好。因爲牠們本身能順其自然。這一點就與聖人一樣，能在混亂的世道中安心生活。

則陽到楚國遊歷，楚臣夷節向楚王談到則陽，但楚王沒有接見則陽，夷節只得作罷回家。則陽見到楚賢人王果，問：「先生怎麼不在楚王面前談談我呢？」王果說：「因爲我比不上公閱休啊。」則陽問：「公閱休是做什麼的？」王果說：「他冬天到江河裡刺鱉，夏天到山腳下休息。有人路過問他在做什麼，他就說：『這就是我的住宅。』你要拜見楚王的事情連夷節都不能做到，何況是我呢？我比不上夷節。夷節的爲人，沒有實德而有世俗的智巧，從不能約束自己做到清虛恬淡，總用他特有的辦法巧妙地跟人交遊結識，在富有和尊顯的圈子裡沉迷，使德行有所毀損。像冬日裡受凍的人盼著溫暖的春天，像中暑的人求助冬天冷風帶來涼爽。楚王的爲人，外表高貴又有威嚴，對有過錯的人像老虎一樣不會給與一點寬恕。如果你不是特別有才辯，且德行端正，又怎麼能夠使楚王折服！連夷節不能說服楚王，而我連夷節都不如，找我又有什麼用呢？那些聖人潛身世外，卻能使一家人忘卻生活的清苦與貧困，當他們通達時，也能使王公忘卻爵祿而變得謙卑。對外物，他們與之和諧共處；對他人，他們樂於溝通而又能保持自己的眞性；有時候一句話不說竟也能用中和之道給人以滿足，跟他們走在一塊兒就能受到感化。父與子的關係都各得其宜，而以清虛無爲的態度看待周圍的人。聖人的想法跟一般人的心思差距甚遠。所以，要使楚王信服還得去找公閱休。」

王果所說，不僅指聖人的出世態度與常人的差距，還指聖人對身邊事物的感染，是一種精神支柱、一種榜樣的力量。聖人通達於人世間的各種紛擾和糾葛，全方位而又透徹地了解萬物混同一體的狀態，卻並不知道爲什麼會是這樣，這是出於他們的本性。回返眞性，雖然有所動作，卻沒有忘記把師法自然作爲榜樣。憂心於智巧與謀慮，因而行動不宜持久。

生來就美的人，別人給他鏡子他才知道自己的美，如果沒有人告訴他，他也不會知道自己比別人美。好像知道又好像不知道，好像聽見了又好像沒有聽見，他內心的喜悅就不會有終止，人們對他的好感也不會有終止，這是出於自然的本性。這就像聖人關愛民眾，別人稱他爲聖人，他就會以自己能關愛民眾沾沾自喜；如果沒有人告訴他關愛民眾是值得表揚的行爲，那麼他就只是一直愛著民眾而已。好像知道又好像不知道，好像聽見了又好像沒有聽見，他給與人們的愛就不會有終止，人們安於這樣的撫愛也不會有終止，這就是出於自然的本性。

生而美者，人與之鑑，不告則不知其美於人也。若知之，若不知之，若聞之，若不聞之，其可喜也終無已，人之好之亦無已，性也。聖人之愛人也，人與之名，不告則不知其愛人也。若知之，若不知之，若聞之，若不聞之，其愛人也終無已，人之安之亦無已，性也。

看事情要看本質。當你面對祖國和家鄉，心情就會舒暢。就算由於遠近高低的丘陵草木的遮擋而模糊不清，但你心裡還是十分欣喜。因爲這是你的家鄉，你回到了這裡，站在有歸宿感的土地上，所以你心滿意足。蝸牛國王總認爲自己要做一些事情才能證明實力，牠不知道現有的狀況已經證實了牠的管理水準，一心只想著去爭取更高的、遙不可及的目標，於是就向滅亡靠近了。

《則陽》裡用長梧封人與子牢的對話來說明成事的兩大要素：一、做好自己；二、爲自己成事創造條件。長梧封人對子牢說：「你處理政務時千萬不能鹵莽，治理人民不要亂來。過去我種莊稼鹵莽而草率，鋤草的時候我隨意亂來，結果它長出的籽實就少，反而報復了我。第二年我改變方法，深耕細作，禾苗繁盛，收穫時籽粒飽滿，我也就一年到頭都能溫飽了。」莊子借用勞作提出人民意識對統治的反作用力，莊稼會報復種田人，我們也要看到關係成敗的要素：沒種好莊稼，收成肯定不好；單種莊稼，不去鋤草，沒創造良好的條件，收成同樣好不了。所以，當我們本身有實力、很自信時，更要爲自己創造條件。英雄無用武之地，巧婦難爲無米之炊，正是這個道理。

長梧封人問子牢曰：「君爲政焉勿鹵莽，治民焉勿滅裂。昔予爲禾，耕而鹵莽之，則其實亦鹵莽而報予；芸而滅裂之，其實亦滅裂而報予。予來年變齊，深其耕而熟耰之，其禾蘩以滋，予終年厭飧。」

莊子聞之曰：「今人之治其形，理其心，多有似封人之所謂。遁其天，離其性，滅其情，亡其神，以眾爲。故鹵莽其性者，欲惡之孽，爲性萑葦蒹葭，始萌以扶吾形，尋擢吾性。並潰漏發，不擇所出，漂疽疥癰，內熱溲膏是也。」

《則陽》又一次說到否定之否定，借蘧伯玉的故事說明人們的是非觀念不是永恆的，認識也是有限的。蘧伯玉活了六十歲，而六十年來他對世界的看法與日俱新。年初時認爲是對的，年終時又轉而認爲是錯的；不知道現今所認爲是對的，後來還會不會認爲是錯的。以肉眼看萬物，能感覺到它們的產生卻看不見它的本根，能感覺它們在世界上出現卻尋不見它的門徑。人們常常尊崇自己的才智所能了解的知識，卻不懂得憑藉自己的才智起初不知而後才知，這不是人生的最大疑惑嗎？

《則陽》中透過柏矩遊齊之所見，批評當世君主爲政的虛僞和對人民的愚弄。柏矩向老子求學，說：「我希望能去天下遊歷。」老子說：「算了吧，我告訴你，遊歷天下跟待在這裡一樣，沒什麼區別。」柏矩再次請求，老子問：「那你打算先去哪裡？」柏矩想了想，說：「我想先到齊國。」

柏矩到了齊國，看見一個犯人正被拉著拋屍示眾。柏矩推推屍體，把他擺正，再解下朝服覆蓋在屍體上，接著他嚎啕大哭起來：「你呀你！天下出現如此大的災禍，偏偏被你先碰上了。天天說，不要做強盜，不要殺人。世間一旦有了榮辱的區別，天下各種弊端便顯示出來；財貨日漸聚積，各種爭鬥也就表露出來。如今樹立那些爲人所詬病，聚積著人們所爭奪的，使得人疲於奔命，想要不出現這樣的際遇又怎麼可能呢？古代人君，把功勞歸於百姓，把過失歸咎於自己。所以，那時候的社會，只要有一個人受到損害，君主便責備自己。如今卻並非如此，君主隱匿著眞相而責備人們不能了解，製造種種困難卻歸咎於百姓不能克服，增加過多負擔卻指責他人不能勝任，把路途安排得遙遠卻譴責人們不能達到。百姓耗盡了智慧與力量，實在無法解決，便以虛假應付。盜竊的行爲，若眞要怪罪，最應該責怪的人是誰呢？」

柏矩學於老聃，曰：「請之天下遊。」老聃曰：「已矣！天下猶是也。」又請之，老聃曰：「汝將何始？」曰：「始於齊。」至齊，見辜人焉，推而強之，解朝服而幕之，號天而哭之，曰：「子乎！子乎！天下有大菑，子獨先離之。曰莫爲盜，莫爲殺人。榮辱立然後覩所病，貨財聚然後覩所爭。今立人之所病，聚人之所爭，窮困人之身，使無休時。欲無至此，得乎？」

「古之君人者，以得爲在民，以失爲在己；以正爲在民，以枉爲在己。故一形有失其形者，退而自責。今則不然，匿爲物而愚不識，大爲難而罪不敢，重爲任而罰不勝，遠其塗而誅不至。民知力竭，則以僞繼之。日出多僞，士民安取不僞。夫力不足則僞，知不足則欺，財不足則盜。盜竊之行，於誰責而可乎？」

從這段對話看，仁義是一種評判好壞是非的標準，沒有仁義之前世間也是如此運轉。一個社會的原生態不會因爲一個制度的出現而改變。有了仁義，人們知道什麼是罪惡，看到世界是如此罪惡。以前大家不知道什麼是好什麼是壞，不會推卸責任，君王也會從自身分析失敗的原因；有了仁義後，君王們推卸責任就容易多了。

在之後關於宇宙觀的言論裡，莊子對「社會契約」的形成進行了分析。少知向大公調求教，問：「什麼是丘裏之言？」大公調說：「所謂丘裏，就是當你聚合十個姓上百個人而逐漸形成的共同習俗，結合差異形成混同的整體，離散整體而又劃爲不同的個體。如今指稱馬的上百個部位都不能獲得馬的整體，而把馬拴縛在眼前，大家便一目了然。所以說，山丘要積聚卑小的土石才能成就其高，江河匯聚細小的流水才能成就其大，偉大的人物併合了眾多的意見才能成就其公。所以，從外界反映至內心的東西，自己雖有定見而不執著；由內心向外表達的東西，即使是正確的也不故意與他人抬槓。四季具有不同的氣候，大自然並沒有對某一節令給與特別恩賜，這樣年歲的序列得以形成。各種官吏有不同的職能，國君沒有偏私，這樣國家得以治理；文臣武將具有各不相同的本事，國君沒有偏愛，因而他們各自德行完備。萬物具有各不相同的規律，大道對它們也都沒有偏愛，不去授予名稱以示區別；沒有稱謂因而也就沒有特定強求的作爲，沒有作爲因而也就無所不爲。時間順序有終有始，世代有變化。禍福不停地流轉，出現違逆的一面，同時也就存在相宜的一面；各自追逐其不同的，有所端正的同時也就有所偏差。就拿山澤來說，生長出的各種材質都有用途；再看大山，樹木與石塊處在同一塊地方。」

莊子借丘裏之言說道，我們在此卻看到了他對社會契約的定義：一定數量的人群，經歷很長一段時間形成的爲所有成員都接受的一些準則。例如，馬的形象、馬的特性，其實都在大家腦海裡有印象，只有被大家共同認識才能互相交流。

接下來，莊子將道的概念延續，探討了世界，這和《齊物論》裡有關物種起源的一些觀點很接近。

少知聽完對丘裏之言的解釋，問：「既然如此，我把丘裏之言直接當成道，可以嗎？」大公調說：「不可以的。倘若我們現在計算物的種數，肯定不止一萬，而我們只有把它稱作萬物，用數目字最多的詞語來稱述它。天和地是形體中最大的，陰與陽是元氣中最大的，而大道卻能把天地與陰陽相貫通。因爲它大便以『道』來稱述，已經有了『道』的名稱，有什麼能與它相提並論呢？如以此觀點來尋求區別，就好比狗與馬，其間的差別也就太大了！所以說道不能只用丘裏之言的概念去解釋。」

少知又問：「四境之內，宇宙之間，萬物的產生是從哪裡開始的呢？」大公調說：「陰陽相應、相消相長，四季更替，相生相衰。欲念、憎惡、離棄、靠近，接連興起，雌雄性交合亦是常有。安全與危難相互變易，災禍與幸福相互產生，生死聚散因此形成。從這些現象的名稱與實際都能理出端緒和其精細微妙之處。隨物變化的次序總是遵循著一定的軌跡，有了終結就有開始，這是萬物所共有的規律。言語所能致意的，智巧所能達到的，只限於人們所熟悉的少數事物罷了，這樣的描述還超脫不了人的局限。而體察大道的人，不追逐事物的消亡，不探究事物的源起，因爲這是語言沒有辦法歸納和修飾的。」

少知又問：「季眞所說的『莫爲』，接子所說的『或使』，這兩家的議論哪一個最合乎事物的眞情，哪一個又是偏離了客觀規律？」大公調說：「雞鳴狗叫，這是大家都能看到的現象；可即使具有超人的才智，也不能用言語來解釋牠們爲什麼會叫，同樣也不能臆斷牠們以後將會怎樣。我們用這樣的道理來加以推論和分析，其精妙無以倫比，浩大不可圍量，無論是『或使』──事物的產生有所支持，還是『莫爲』──事物出生於虛無，兩種看法各持一端，均不能避免爲物所拘滯，因而最終都只是過而不當。『或使』的主張過於執滯，『莫爲』的觀點過於虛空。有名有實，這就構成物的具體形象；無名無實，事物的存在也就不可靠。可以言談也可以測度，愈是言談距離事物的眞實也就愈疏遠。沒有產生的不能禁止其產生，已經死亡的不能阻擋其死亡。死與生相距並不遠，其中的規律卻是常人所不易察見的。事物的產生有所支使，還是事物的產生全都出於虛無？兩者都是因爲疑惑而借生出的偏執之見。我觀察事物的原本，事物的過去沒有窮盡；我尋找事物的末緒，事物的將來不可限止。沒有窮盡又沒有限止，言語的表達不能做到，許多物象具有同一的規律。而『或使』、『莫爲』的主張用言談各持一端，又跟物象一樣終始。道不可以用有形來表達，也不可以用無形來描述。大道之所以稱爲『道』，只不過是借用了『道』的名稱。『或使』和『莫爲』的主張，各自偏執於事物的一端，怎麼能稱述於大道呢？言語圓滿周全，那麼整天說話也能符合於道；言語不能圓滿周全，那麼整天說話也都滯礙於物。道是闡釋萬物的最高原理，言語和緘默都不足以稱述；既不說話也不緘默，評議有極限而大道卻是沒有極限的。」

歷代學者對這一段的解讀有些含糊，這裡我們來歸納出幾個要點：

一、認識上要包容。如果我們要吸納別人的意見，就要有自己的主見而不能有固執的成見；如果是自己感悟到的觀念，就算是正確的，也不能因此而拒絕別人的意見。二、大道是抽象的，是最高的抽象，沒有一般名詞所具有的確定稱謂。宇宙是運動的，安危相互轉換，禍福相互轉化，緩急有韻律，聚散有定。這就是名與實之間的綱紀，也是對精微世界實體的一種標記方式，道存在於運動當中。三、我們可以用語言指稱和意會事物，認爲天地萬物都是某個人創造和驅使的，就會得到實質性的觀念；認爲天地萬物是自然而然，從來如此，沒有造物主在背後遙控的，就能得到抽象的觀念。這兩種觀念沒有對錯之分。萬物本原是無限深邃的，萬物的未來也無法預計，都是追不到盡頭的。

《則陽》中的世界觀、宇宙觀在當時是一種進步。正因如此，我們明白了生命中的輕不一定就是輕，重也不一定就是重；有不能承受的輕，也有無法抓住的重。人生苦短，萬事不必太執著，苦苦相逼不如相忘江湖。

第二十六講　聰明總被聰明誤

——解讀《莊子・雜篇・外物》

「外物」，顧名思義即身外之物，是你所不能控制的客觀事物。整篇《外物》所探討的是理想與現實的差距。錢塘江龍王酒醉鬧事，大發洪水，禍害百姓。玉皇大帝要嚴懲龍王，株連九族，龍王的三個兒女也在其內。首先是龍王的小女兒，父親受懲後她化爲一尾鯉魚。鯉魚在錢塘江裡游來游去，雖然已不是龍體，但能有自由還是不錯的。小鯉魚游著游著，到了東海，沒想到一個波濤打過來，鯉魚被捲到岸上。她從岸邊的泥潭裡掙扎上岸，尋找水源，不知不覺游到路邊。此時有人從她身邊路過。小鯉魚在積水的車轍中使勁叫喊，終於發出點細微的聲音。這人聽見腳下車轍中的叫喊，便蹲下身，好奇地問：「小鯉魚，你在這裡做什麼？」鯉魚說：「我是東海水族，你能幫我找來斗升之水嗎？這樣我就能活下來了。」那人想了想，說：「好呀，我馬上要去南方，你等著吧，等我到達南方後遊說吳王、越王，讓他們引西江之水來迎候你，好嗎？」鯉魚聽完，生氣了：「我失去日常生活的環境，沒有安身之處，眼下能得到斗升的水就能活下來，你竟說出這樣的話，那還不如早點到魚店裡找我呢！」說完，她就死了，與其說她是渴死的，不如說是被活活氣死的。

莊周家貧，故往貸粟於監河侯。監河侯曰：「諾。我將得邑金，將貸子三百金，可乎？」莊周忿然作色曰：「周昨來，有中道而呼者，周顧視車轍，中有鮒魚焉。周問之曰：『鮒魚來，子何爲者耶？』對曰：『我，東海之波臣也。君豈有斗升之水而活我哉！』周曰：『諾，我且南遊吳越之王，激西江之水而迎子，可乎？』鮒魚忿然作色曰：『吾失我常與，我無所處。吾得斗升之水然活耳。君乃言此，曾不如早索我於枯魚之肆。』」

龍王的二兒子在父王受難後也失去了龍體，成了一條大魚，號稱魚中之王。吃慣了山珍海味美酒佳餚的他怎麼肯吃江湖裡的雜草？二王子游啊游，餓了好幾天。恰巧有個任公子喜歡釣魚，他只喜歡釣大魚，習慣使用鐮刀般大的魚鉤，魚鉤上綁著拳頭粗的黑麻繩，再讓隨從宰殺五十頭牛，自己則蹲在會稽山上，把釣竿投向東海。他一直這樣釣魚，但從沒有魚肯上鉤。此時，游出東海的二王子看到那五十頭牛的牛肉鮮紅肥美，心想，世人如此愚蠢而眼光短淺，他們釣小魚怎麼會用如此奢侈的魚餌呢？肥牛可是美食呀！於是他一頭撲過去大吃特吃。看到水面有情況，任公子立即用力一扯，魚鉤緊緊地扣在二王子的鰓上。眾人只見大魚一陣舞動盤旋，突然急速沉沒海底，又再次翻上水面亂跳，掀起如山的白浪、劇烈震盪，聲震千里之外。任公子沉著冷靜，借會稽山之地勢困住大魚，大魚終於無法動彈。

任公子釣得大魚後，將牠剖開製成魚乾；從浙江以東到蒼梧以北，沒有誰不飽飽地吃過這條魚的。從此以後，那些淺薄之人和喜好品評議論之人，奔相走告。

任公子爲大鉤巨緇，五十犗以爲餌，蹲乎會稽，投竿東海，旦旦而釣，期年不得魚。已而大魚食之，牽巨鉤，錎沒而下，騖揚而奮鬐，白波若山，海水震蕩，聲侔鬼神，憚赫千里。任公子得若魚，離而腊之，自制河以東，蒼梧已北，莫不厭若魚者。已而後世輇才諷說之徒，皆驚而相告也。夫揭竿累，趣灌瀆，守鯢鮒，其於得大魚難矣！飾小說以干縣令，其於大達亦遠矣。是以未嘗聞任氏之風俗，其不可與經於世亦遠矣！

最後再說說龍太子的遭遇。父王受懲後龍太子只能低調做人，他已有了點年紀之後變成一隻白龜，爲河伯效命，不料有一天他被一個叫余且的漁夫捉住了。漁夫打算過幾天殺了牠，放點紅棗、黨參、枸杞，燉成烏龜湯補補身體。白龜很著急，一想，這裡是宋雲君的領地，何不求助於他呢？沒準他識英雄做英雄，能救了我。宋元君夜裡夢見有人披散頭髮在側門旁窺視，說：「我來自名叫宰路的深淵，我作爲清江的使者出使河伯的居所。漁夫余且捕捉了我。我是龍王太子。」宋元君醒來，派人占卜，回稟：「這是一隻神龜。」宋元君問：「漁夫中有名叫余且的嗎？」左右侍臣答：「有。」於是宋元君就叫人喚來余且。宋元君問：「近日你捕撈到什麼了？」餘且答：「我捕到一隻白龜，周長五尺。」宋元讓余且獻出白龜。白龜送到，宋元君一會兒想殺，一會兒又想養，正犯疑惑，便占卜吉凶，說：「殺掉白龜用來占卜，一定大吉。」於是讓人把白龜剖開挖空，用這龜板占卜數十次也沒有一點失誤。

宋元君夜半而夢人被髮闚阿門，曰：「予自宰路之淵，予爲清江使河伯之所，漁者余且得予。」元君覺，使人占之，曰：「此神龜也。」君曰：「漁者有余且乎？」左右曰：「有。」君曰：「令余且會朝。」明日，余且朝。君曰：「漁何得？」對曰：「且之網得白龜焉，其圓五尺。」君曰：「獻若之龜。」龜至，君再欲殺之，再欲活之，心疑，卜之。曰：「殺龜以卜吉。」乃刳龜，七十二鑽而無遺筴。

這便是龍王三個兒女的下場，我要借這個故事講講理想與現實的關係。小鯉魚死在無奈，是對外物的無奈，遠水解不了近渴，她只需斗升之水卻不能得到，活活被氣死；二王子死在自己的預估出錯，一子錯，全盤皆輸；至於龍太子則死在自作聰明上，能夠預見一而不能預見二，提前逼自己上了絕境。

《外物》的思想主旨其實就是一句話：外在事物不可能有客觀確定的標準。現實與理想始終有差距：一是客觀事物本身是不確定的，人的活動受客觀條件制約；二是人對客觀事物的判斷是非難定、對錯難分；二是每個人對自己命運的判斷也是各不相同，期望也不同。

現實總讓人失望，歷史上有無數冤案，忠良之士如關龍逢被斬殺、比干遭剖心、箕子被迫裝瘋。而諛臣惡臣同樣不能免死，暴君夏桀和殷紂也會身毀國亡。國君無不希望他的臣子效忠於己，可是臣子儘管竭盡忠心也未必能取得信任，所以伍子胥被賜死且飄屍江中，萇弘被流放西蜀而死，當地人珍藏他的血液三年後竟化作碧玉。做父母的無不希望子女孝順，可是子女竭盡孝心也未必能夠受到憐愛，所以孝己愁苦而曾參悲憂。好的想法，善意的出發點，未必有好的下場。外在事物不可能有確定的標準，如果你還繼續追逐利害得失，到頭來只會精神崩潰。

對於這樣的世道，莊子提出要容物。心胸要大些，才能承受無奈的羞辱。眼光敏銳叫「明」，耳朵靈敏叫「聰」，鼻子靈敏叫「膻」，口感靈敏叫「甘」，心靈透澈叫「智」，聰明貫達叫「德」。大凡道德總不希望有所壅塞，壅塞就會出現梗阻，梗阻而不能排除就會出現相互踐踏，各種禍害就會隨之而起。物類有知覺靠的是氣息，假如氣息不盛，那麼絕不是自然稟賦的過失。自然的眞性貫穿萬物，日夜不停，可人們常常堵塞自身的孔竅。內心不能游於自然，那麼人體官能就會出現紛擾。森林山丘之所以適宜於人，也是由於人們內心促狹不爽比較出來的。簡單來說，修身養性，擺脫馳世逐物的困局，要學習森林。廣闊的森林裡，植物繁密而錯落有致；我們的內心也要有空虛，因爲有空虛方能容物，方能排憂解難。

莊子在談到世人的理想與現實的差距時忍不住將道家和儒家作了番對比。孔子的行爲及其宣傳的仁義，被當成一種無恥的刻意。莊子不留情面地說：「不忍心一世的損傷卻留下使後世奔波不息的禍患，是因爲你孤陋蔽塞，還是才智不及他人呢？布施恩惠以博取歡心並因此自命不凡，這是醜惡的庸人行徑，這樣的人往往以名聲相互招引，用私利相互勾結。與其稱讚唐堯而非議夏桀，不如將兩種情況統統遺忘而堵住一切稱譽。背逆事理與物性定會受到損傷，心性被攪亂就會邪念頓起。聖哲的人順應事理穩妥行事，因而總是事成功就。執意推行仁義並以此自矜又將會怎麼樣呢？」

在莊子看來，仁義是無恥的幌子。難道懂得了仁義，世人就有理由追求他們認爲好的東西而批判他們認爲錯的東西嗎？莊子提議不用歸類對錯，只需讓世人根據本性生存，生活簡單點，思想單純點。

在《外物》中，莊子開儒家弟子一個玩笑，這次他們眞的下不了臺。一幫飽讀詩書的儒生們去盜墓。大儒在上面向下傳話：「太陽快升起來了，事情進行得如何？」小儒說：「下裙和內衣還未解開，口中還含著珠子。」大儒說：「古時候有這樣的詩句：『青青的麥苗，長在山坡上。生前不願周濟別人，死了怎麼還含著珠子！』擠壓他的兩鬢，按著他的鬍鬚，再用錘子敲打他的下巴，慢慢地分開他的兩頰，不要損壞了口中的珠子！」可笑啊！口口聲聲說著仁義道德，卻見利忘義來盜墓；號稱尊重世人，結果呢，爲了盜取珠子用錘子鞭屍。在莊子看來，仁義是要不得的，是無用的。在此文中，莊子對無用與有用有了具體形象的解釋。

> 儒以《詩》、《禮》發塚，大儒臚傳曰：「東方作矣，事之何若？」
>
> 小儒曰：「未解裙襦，口中有珠。」「《詩》固有之曰：『青青之麥，生於陵陂。生不布施，死何含珠爲？』」接其鬢，壓其顪，儒以金椎控其頤，徐別其頰，無傷口中珠。」

莊子把人對世界的占有總結爲「立足之地」，立足所在那塊地對人是有用的，其他地對人來說沒有用。但如果只保留你腳下的那塊地，把其他的多餘土地都挖了，一直挖到黃泉，你不能動彈，那麼腳下之地還有用嗎？當然沒用，因爲你無法動彈。也就是說，我們曾經覺得沒有用的那部分土地其實也是有用的，只是它們的用處並非直接。身外之物也是如此，不能太執著。有用與無用永遠是相對的，失去與獲得亦是相對。

看《外物》時，我總想起法國啓蒙思想家盧梭，令人驚訝的是，盧梭在他的《漫步遐想錄》裡提到與莊子相似的觀點。我甚至可以用盧梭的語言來解釋《外物》裡所提到的歷史冤案——「一切努力全都歸於無效，徒然自苦而一無所得，於是決心採取唯一可取的方法，就是一切聽天由命，不再與這必然對抗。」（《漫步之一》）同樣地，盧梭所理解的幸與莊子也是一致——「假如有這樣一種境界，心靈無需瞻前顧後，就能找到它可以寄託、可以凝聚它全部力量的牢固基礎；時間對它來說已起不了作用，現在這一時刻可以永遠持續下去，既不顯示出它的綿延，又不留下任何更替的痕跡；心中既無匱乏也無享受的感覺，既不覺苦也不覺得樂，既無所求也無所懼，只感到自己的存在，單憑這個感覺就足以充實我們的心靈。只要這種境界持續，處於這種境界的人就可以自稱爲幸福，而這不是一種人們從生活樂趣中取得不完全的、可憐的、相對的幸福，而是一種在心靈中不會留下空虛之感的充分的、完全的、圓滿的幸福。」（《漫步之五》）

我們有必要同時向兩位思想家致敬，儘管他們相差兩千多年，但對於我們的啓迪是同等重要。

第二十七講　不受評價是至高的評價

——解讀《莊子・雜篇・寓言》

《寓言》講述人們對社會輿論所應該採取的態度和措施，可適用於各個年代。

曾有一個人，從小飽讀詩書，聰慧且順利地考取了功名。朝廷封給他職位，讓其回家鄉做官，相當於今日的鄉長。一開始他雖然只拿三釜的俸祿，但他很滿足，他的父母也爲自家有這麼一個兒子而驕傲。

沒多久，皇帝派考察團來檢驗他的業績，就隨手抓來一個村民，問：「你覺得你們鄉長的工作怎麼樣？他做得好不好？」村民不知怎麼回答；於是又抓來幾個村民，一問，還是沒有答案。皇帝聽聞，怒了，心想，村民是不是被鄉長給嚇住了，敢怒不敢言？第二天就把這個鄉長給撤職了，並關入了大牢。

皇帝親自提審，問：「你到底給村民們吃了什麼藥，讓他們都不敢評價你的功績？」鄉長一頭霧水，莫名其妙，不知如何是好。皇帝可沒好脾氣，下令毒打了鄉長一頓。鄉長的父母親在外邊等候探望，聽到獄中一陣陣慘叫聲，不禁昏死過去，不久就病故了。

皇帝發洩完後，帶著侍衛去散步，路上遇到一位老先生。老先生說：「我等已聽說皇上爲民做主整治無良官吏之事……」皇帝聽到這樣的讚美，心滿意足：「應該的，在我的國家裡可不允許任何一個官吏能夠奴役民眾的內心。」老先生揪著鬍子，又道：「沒錯、沒錯。不過，皇上有沒有足夠的證據證明這位鄉長對民眾施加了精神枷鎖呢？皇上一定知道孔子吧，不知皇上有沒有聽過莊子與惠子的一番對話，很有啓示意義……」接著老先生就講述起這個故事。

有天莊子對惠子說：「孔子活了一輩子，其思想隨著年歲的變化與日俱新，原先肯定觀點可能最終又作了否定，他不能肯定今日所認爲是正確的到了後來還會不會被認爲是正確的。」

惠子說：「孔子總是鼓勵自己用心學習。」莊子說：「孔子鼓勵自己用心學習的心情最後已大大減退，惠子你就不要再妄加評斷。我記得孔子說過：『人從自然間獲得了才智與稟賦，在生命中蘊含著性靈。』而後來，孔子所發出的聲音合於樂律，所說出的話語合於法度，他總是將利與義同時擺出來，以便讓人們分辨好惡與是非。孔子的行爲也僅僅使人口服罷了，要使人們眞的內心誠服而不敢有絲毫違逆，那還得確立天下的定規。算了算了，我還比不上他呢！」

莊子謂惠子曰：「孔子行年六十而六十化。始時所是，卒而非之。未知今之所謂是之非五十九非也。」惠子曰：「孔子勤志服知也。」

莊子曰：「孔子謝之矣，而其未之嘗言也。孔子云：夫受才乎大本，復靈以生。鳴而當律，言而當法。利義陳乎前，而好惡是非直服人之口而已矣。使人乃以心服而不敢蘁立，定天下之定。

已乎，已乎！吾且不得及彼乎！」

皇帝聽完，眉頭一皺，開思索：我這樣做能不能讓人心服口服呢？我只看到村民沒能夠評價鄉長，而無法證明這個鄉長做的到底是好還是壞。老先生猜到了皇帝的心思，又說：「是啊，就連聖人孔子也會有犯錯的時候，能以不斷地否定自己曾經肯定過的東西來取得進步。如果皇帝能在考察民情後再做決定，乃是天下人之福，百姓會感激不盡的。」

皇帝後來又派官吏去當地打聽，讓所有人席地而坐，讓那些認爲該處罰這位鄉長的人站出來，結果三個時辰內無人起立。皇帝於是決定放了鄉長，恢復他的職位。

鄉長重見天日時非常憔悴，明顯老了許多。他召喚大家聚集一處，問道：「你們覺得我的工作做得不好嗎？」依舊沒有人回應。鄉長重新上任，卻膽戰心驚，因爲他不知道哪一天自己將重蹈覆轍，儘管皇帝加了他薪俸，讓他享受三千鍾的俸祿。但有一天夜裡他終於放聲痛哭。眾人疑惑不解，有人問他爲什麼哭。

鄉長說：「我當初做官雙親都在世，微薄的三釜俸祿也令我感到快樂；如今，三千鍾的豐厚俸祿也趕不上贍養雙親，所以我心裡很悲傷。」

村民們聽完，跟著一起痛哭，從此這裡的人都有些鬱鬱寡歡。

直到有天來了個老人，他對鄉長說道：「你何必如此憂傷呢？你的父母已死，或許獲得了重生，化做一樹一草就在你身邊，而看到你如此悲傷不振他們會難過的，天地萬物都有眼淚。如今是你一個人失去父母，你如此頹廢萎靡，還把這樣的傷心傳染給無數人；天地間有無數的父母和孩子，你又有什麼資格讓現在還有父母的人陪著你一起傷心難過呢？如果你的父母在天之靈看到你這樣也會失望的。如果你眞的愛你父母，就把對他們的愛放在天下所有父母的身上。人一出生，其運動趨勢就是向死亡靠近，死就來自於生。如果沒有人眞正懂得生命的歸向與終了，又怎麼能說沒有命運的安排？如果沒有人能夠眞正懂得生命的起始與形成，又怎麼能說存在命運的安排？」

鄉長聽完，擦乾眼淚，收拾心情，開始積極工作。在他的感染下，村民們也恢復生活的熱情。

兩年後，皇帝再次評估鄉長的工作，他叫住了一個村民，問：「你覺得你們鄉長工作得好不好？」村民說：「不知道呀。」他又抓住了另一個村民再問，回答還是不知道。皇帝又問：「那你們是覺得鄉長工作得不好嗎？」村民想了想，說：「也不是。」這麼一來，皇帝還是不知道鄉長這兩年的工作是好是壞。

皇帝鬱悶地在鄉鎭上走著，突然發現路邊有一個熟悉的面孔，原來是曾經教誨他的老先生。

老先生得知情況後哈哈大笑，說：「皇上啊，村民的回答並不重要。他們說不知道鄉長工作好不好，正表明他一切作爲都順應民心。百姓對父母官沒有太過分的要求，也沒有埋怨，皇上不妨看看，鄉村間五穀豐收、六畜興旺、鄰里和睦，這難道不是好現象嗎？」

「皇上想從村民口中得一些資訊，這無可厚非。相信皇上也聽過辯論家的觀點：我們要說服一個人最好用寓言，往往每十句裡有九句能讓人相信；其次是引用前輩的教誨，往往十句裡有七句讓人相信。寓言之所以能讓人相信，是因為它是借助客觀事物來進行論述。打個比方，做父親的一般不會為自己的兒子說媒。父親誇讚兒子，別人能相信嗎？還不如讓別人來稱讚比較可行，因為外面的人喜歡猜疑。人們對一些說法做出判斷時，常常是應和與自己看法相同的人，反對與自己的看法不同的人。引述前輩長者的言論為什麼能讓人相信？因為這些人都是年事已高的長者。但是，還必須要明白一點，如果沒有治世的本領或未能通曉事理，就算年紀很大，也不能稱作是前輩長者。一個人，與別人相比而沒什麼特長，那他就沒有做人之道，就是陳腐無用的人。隨心表達想法，日日變化更新，這跟自然的交替吻合，因此可以持久延年。若是皇上隨意詢問哪個村民，他們對事物的理解因人而異，聽他們的，還不如皇上您自己用心體會呢！」

「當人不去評論時，事物之間自有規律，這些規律本來自然齊一；而當人的評論一出現，這些規律就不能一致了。規律是本質的、固定的，而人的評論則漂浮於事物之外，飄忽不定。既然言論與事物本身的規律已不能諧和一致，那麼即便有話要說還不如不去說。說與事物規律不一致的話就等於沒有說，有的人一輩子絮絮叨叨的也像是不曾說過話似的，而有的人一輩子安靜如木未嘗不是在說話。」

「我們說出的話總是有什麼原因才會被人認可、肯定，也總是有什麼原因才會被人不認可、否定。肯定就在於它的正確，否定就在於它的錯誤。萬物原本就有它值得肯定的方面，如果不是隨心表達、毫無成見的言論天天變化更新，跟自然的變更相吻合，那麼有什麼言論能夠維持下去、被長久地流傳下來呢？萬物有共同的起源，出生後卻有不同的形態替代，開始與終了就像迴圈往返，沒有誰能夠掌握它們的規律。在我看來，皇上應該學習鄉長，他愛百姓父母如自己父母，一切順應民意，百姓不會輕易評價他的是與非，而只對生活專注，這樣的不評價其實是對他政績的最大肯定。」

皇帝於是對鄉長的業績有了答案，他很滿意，而老先生的話他也記在心裡，其後五年裡天下聽不到百姓對皇帝是非的傳言。

《寓言》是中國歷史上第一篇談論到如何對待社會輿論的文字。社會輿論好與壞不重要，關鍵在於執政者是否明白自己在做些什麼事：一、不能心有牽掛，不能有私心，不能有特殊待遇。二、要謹慎修身，無所依待才能隨心而動，不要被民眾抓住把柄。三、去除驕矜，容於眾人，不要與民眾有距離感，要表現出真摯的親和力。

關於第一點，前面的故事已說了，愛天下人的父母如自己父母。對第二點，莊子則用一段影子外的微陰與影子的對話來說明。微陰問：「你先前低著頭現在仰起頭，先前束著髮髻現在披著頭髮，先前坐著現在站起，先前行走現在停下來，這是什麼原因呢？」影子答道：「我就是這樣隨意運動，有什麼好問的呢？我自己也不知道爲什麼要如此行走。我同寒蟬蛻下來的殼或蛇蛻下來的皮，與那本體事物相似卻又不是事物本身。火與陽光使我聚合而顯明，陰與黑夜使我得以隱息，而有形的物體眞就是我賴以存在的憑藉嗎？有形的物體到來我便隨之而來，有形的物體離去我也隨之離去，有形的物體徘徊不定我便隨之不停地運動。變化不定的事物有什麼可問的呢？」

莊子在這裡想要表述的眞實意思曾一再被研究學者誤解。很多學者將這裡的影子視爲眞的自由，其實不是。莊子是說，影子看起來很自由，可還依靠著形體，如果我們不需要依靠什麼，那麼會比影子更自由。這裡的影子只是一個鋪墊、跳板，而很多人把其理解爲自由的歸宿。

關於第三點中的距離感，莊子是以陽子居的故事詮釋。陽子居往南到沛地，正巧老子到秦地閒遊。陽子居原本估計二人將在沛地的郊野相遇，可到了梁城才見上面。老子仰天長嘆道：「當初我視你爲可以教誨的人，如今看來，你是不受教的人。」陽子居一句話也沒說。到了旅店，陽子居進上各種盥洗用具，將鞋子脫在門外，跪著上前道：「剛才弟子正想請教先生，趕上先生旅途中沒有空閒，所以不敢貿然啓齒；如今先生閒暇下來，懇請先生指出我的過錯。」老子說：「你仰頭張目傲慢跋扈，還能夠與誰相處？過於潔白總使人覺得自己有什麼污垢，德行高尚使人總覺得自己有什麼不足之處。」陽子居聽了臉色大變，羞慚不安：「弟子由衷地接受先生的教導。」陽子居剛來旅店的時候，男主人親自爲他安排坐席，女主人拿著毛巾梳子親自侍候他盥洗，旅客們見了他都得讓出座位，烤火人見了也都遠離火邊。而等到他離開旅店的時候，衆人已經可以跟他無拘無束爭席而坐。

陽子居南之沛，老聃西遊於秦。邀於郊，至於梁而遇老子。老子中道仰天而嘆曰：「始以汝爲可教，今不可也。」

陽子居不答。至舍，進盥漱巾櫛，脱屨户外，膝行而前，曰：「向者弟子欲請夫子，夫子行不閒，是以不敢。今閒矣，請問其過。」

老子曰：「而睢睢盱盱，而誰與居！大白若辱，盛德若不足。」陽子居蹴然變容曰：「敬聞命矣！」

其往也，舍者迎將，其家公執席，妻執巾櫛，舍者避席，煬者避灶。其反也，舍者與之爭席矣！

可見，人不能過於潔白，太潔白就不眞實了，就成了一種苛刻。陽子居一開始過於要求清白，過分到接近潔癖，所以人們都不敢靠近他，因爲他不眞實，讓人感覺陌生，而陌生感最後會產生距離。到了後來，他接受老子教誨後，「入鄉隨俗」，大家也就接近他了。

第二十八講　取捨有道，內心安詳

——解讀《莊子・雜篇・讓王》

「讓王」，就是禪讓王位。歷史上的讓位無非兩個原因，一是年老體弱、心有餘而力不足；二是慧眼識英才，從百姓的利益出發，把國家讓給更有水準的人。這其中，莊子給我們講述了「八不要」和「六要」。這「八不要」、「六要」是關乎榮華富貴的抉擇，是關乎人生的抉擇。

倘若接受政權會妨礙自己的生命，堅決不要，這是「一不要」。當初堯要把天下交給許由治理，許由不答應；堯又找到子州支父，子州支父搖頭道：「您讓我做天子，倒是可以，等我有空再說吧。現在我患了很頑固的重病，我正準備要好好治治病呢，沒有空替你治理天下。」類似情況在舜身上也發生過。

堯以天下讓許由，許由不受。又讓於子州支父，子州支父曰：「以我爲天子，猶之可也。雖然，我適有幽憂之病，方且治之，未暇治天下也。」夫天下至重也，而不以害其生，又況他物乎！唯無以天下爲者，可以託天下也。

舜讓天下於子州支伯，子州支伯曰：「予適有幽憂之病，方且治之，未暇治天下也。」故天下大器也，而不以易生。此有道者之所以異乎俗者也。

從物質上分析，沒有比天下大權更爲重要的東西了，但從子州支父的角度出發卻並非如此，他的當務之急是治病，如果連命都沒了，掌管天下大權又有什麼用呢？所以他選擇放棄。

再後來，舜想把天下交給善卷治理，善卷聽後，慢悠悠地說道：「你不知道嗎？每當我閉上雙眼，身邊的一切都安靜下來了。我感覺自己站在混沌的天地宇宙之間，冬天穿著皮毛，夏天穿著細布，春天耕種土地，秋天收割莊稼。慢慢地，天邊的太陽出來了，我就去勞動了；慢慢地，太陽下山了，我就回家休息了。我逍遙自在地住在小木房裡，我站在田地之間抬頭看星空，頭頂一片燦爛，我的心情可謂悠然自得。而現在，我睜開眼就看到憂心忡忡的你，我有什麼興趣要去治理天下啊！實在可悲啊，你根本不了解我。對你這樣的人，我最反感了！」後來善卷鑽進了深山老林，沒人知道他的下落。

舜以天下讓善卷，善卷曰：「余立於宇宙之中，冬日衣皮毛，夏日衣葛絺。春耕種，形足以勞動；秋收斂，身足以休食。日出而作，日入而息，逍遙於天地之間而心意自得。吾何以天下爲哉！悲夫，子之不知余也。」遂不受。於是去而入深山，莫知其處。

舜又想把天下交給另一個朋友石戶之農，結果石戶之農看著風塵僕僕的舜，推辭道：「大王爲天下百姓辦事，可謂盡心盡力，眞是個勤苦勞累的人！但您這樣勞碌還是白忙、瞎忙。」說完，背的背，扛的扛，帶著妻子兒女逃到海上的荒島去了，再沒有回來過。

舜以天下讓其友石戶之農。石戶之農曰：「捲捲乎后之爲人，葆力之士也。」以舜之德爲未至也。於是夫負妻戴，攜子以入於海，終身不反也。

舜的屢次讓賢，無非是想找個能管理國家的人——用他的話來說，只有忘卻天下而無所作爲的人，方可以擔當統治天下的重任。但舜萬萬沒想到，他的行爲對那些皈依自然的隱士來說是一種驚擾，一旦他們接受了王位就像鳥被關到了籠子裡。天地原來很大，心很寬，現在卻被縮小了天地——你的內心被人禁錮住，你願意嗎？很多時候，我們對人生已經有了很好的計畫安排，只要按部就班就能好好生活、享受，但我們往往還會因爲許多瑣事煩惱，貪念會擾亂我們的神經，改變既有的計畫安排。所以，我們應當切記：對那些接受後會勞神傷體的事物，堅決不要。

因小失大的，堅決不要，這是「二不要」。韓國和魏國是鄰居，常常爲接壤之地爭個你死我活。華子趕去拜見韓國的國君昭僖侯，發現他滿臉憔悴。華子於是說：「造孽啊，造孽！又有什麼好爭的呢？來來來，聽我的，大王您召集所有人，當著大家的面白紙黑字簽個誓約，上寫『如果左手得到就砍掉右手，如果右手得到就砍掉左手，然而得到這東西的人就能得到天下』，大王您還願意去奪取它嗎？」昭僖侯想了想，說：「如果要被砍手的話，我是絕對不會去奪取的。」華子說：「那很好，聽到大王這麼說，我非常欣慰。這樣看來，兩隻手要比天下更重要，而人的整個身體又比兩隻手更爲重要。韓國與整個天下比起來，實在渺小，微不足道；如今，韓魏兩國所爭奪的土地比起整個韓國來更是微不足道了。您又爲何勞心傷神地去爭奪那彈丸之地呢？」昭僖侯聽完仔細想了想，不禁讚嘆：「好啊！勸我的人有很多，卻從沒聽到過如此高明精闢的見解。」

韓魏相與爭侵地，子華子見昭僖侯，昭僖侯有憂色。子華子曰：「今使天下書銘於君之前，書之言曰：『左手攫之則右手廢，右手攫之則左手廢。然而攫之者必有天下。』君能攫之乎？」昭僖侯曰：「寡人不攫也。」子華子曰：「甚善！自是觀之，兩臂重於天下也，身亦重於兩臂。韓之輕於天下亦遠矣！今之所爭者，其輕於韓又遠。君固愁身傷生以憂戚不得也。」僖侯曰：「善哉！教寡人者眾矣，未嘗得聞此言也。」子華子可謂知輕重矣！

依我看，華子眞可謂是懂得誰輕誰重的明眼人。兩國接壤的那點土地，與整個天下比起來少之又少，微乎其微。而國土的寬大還是弱小，對於民心而言又是微乎其微的。一個地大物博的國家裡內亂不斷；一個相對較小的國家裡人人安居樂業，一般人會選擇哪個呢？人民的利益才是國家的根本。因爲一點點土地就失去民心，還讓自己日日不安，眞是因小失大啊！

不是眞正的朋友、不了解自己的人，他們給與的，千萬不能要，這是「三不要」。列子的日子過得相當拮据，給人的印象總是面黃肌瘦，時常流露著饑色。有個人實在看不下去了，就把這情況告訴了鄭國的上卿子陽：「列禦寇列子先生可是一位有道的人，現在人家居住在你所管理的國家卻是如此貧困不堪，難道是因爲你不喜歡賢達的人才嗎？」子陽聽後臉有愧色，立即派人給列子送去糧食。列子看到使者風風火火送來大盒小盒的禮品，再三辭謝，不肯接受。

等人走後，列子回到屋裡，遭到妻子埋怨：「哼！我以前聽說那些有道之人的妻子兒女常常吃香喝辣的，享盡榮華富貴，而我們如今卻吃不飽穿不暖。人家子陽上卿看得起你才送來食物，你卻拒不接受，眞是不識抬舉！我的媽呀，難道是我命裡註定要忍饑挨餓嗎？」列子無奈地一笑，看著傷心的妻子說：「那個子陽上卿並不是眞正了解我的人，他只是聽到別人的建議才派人送糧食給我們，以後萬一有什麼不好的事情，他想要加罪於我，必定也是只聽別人的建議，不加以調查就胡來。這才是我不願接受他送糧食的根本原因。」再後來，百姓果眞發難而殺死子陽。

使者去，子列子入，其妻望之而拊心曰：「妾聞爲有道者之妻子，皆得佚樂。今有飢色，君過而遺先生食，先生不受，豈不命邪？」

子列子笑謂之曰：「君非自知我也，以人之言而遺我粟，至其罪我也又且以人之言，此吾所以不受也。」其卒，民果作難而殺子陽。

列子不接受贈予，從他自身分析，是與子陽不熟，沒什麼交情，如此冒昧接受贈予日後必然會引起禍患。「拿人錢看人臉，吃人飯受人管。」列子不想把自己歸於子陽一黨。你今天接受他的贈予，不知道哪天他會讓你去做什麼傷天害理的事，一旦被人抓著把柄，人生就不痛快了。而從子陽的角度分析，這個人不怎麼可靠，也不懂得思考，憑人家說一句話就貿然送贈，沒有事先調查，這樣的人往往很容易被人利用。況且他實施贈送的動機不純，說是賞識列子，其實只是為了面子——他害怕世人取笑他所管理的國家裡竟然有個聖人在挨餓受苦。列子明哲保身，所以拒絕。

無功不受祿，行賞不當的，不要，這是「四不要」。楚昭王落難，逃亡在外，屠羊說跟著他一起流亡。沒多久，峰迴路轉，昭王回到楚國，恢復王位，決定好好獎賞一班隨從。不料屠羊說拒絕受賞：「當年大王喪失了國土，我也失去了屠宰的職業；現在大王返歸楚國，我又得以重操舊業。我有了從業的報酬，又何必接受賞賜！」昭王對使者說：「強令他接受獎賞！」屠羊說又說：「大王失去楚國，不是我的過失，所以我不願坐以待斃；大王返歸楚國，也不是我的功勞，所以我也不該接受賞賜。」聽完大使的傳話，楚昭王說：「那麼我就接見他，親自說說！」屠羊說又回稟道：「按照楚國的法令，只有立了大功的人才能得到大王接見的待遇，現在我所具的才智不能使國家得到保全，所具的勇力又不夠殲滅敵寇。吳軍攻入郢都時，我是畏懼危難才藏起來的，我其實不是有心追隨大王流亡。現在，大王竟棄法令和制度不顧要接見我，這可不太好。」

楚昭王對司馬子綦說道：「屠羊說雖然地位卑賤，但他說的道理卻很深刻。所以你還是替我以三卿之位來任命他。」屠羊說聽說後，道：「三卿的職位比起屠宰羊牲實在高貴得多，如此優厚的俸祿比起屠宰羊牲的報酬是豐厚得多，我怎麼可以要呢？我怎麼可以爲了自己的私利讓國君蒙上胡亂施捨的壞名聲呢？我是絕對不會接受的！」

在屠羊說看來，他之前的行爲無非是求生的本能，並不算什麼功績，而大王給他獎賞是千萬不可的。今天他能給你地位，明天他就有可能將你打入十八層地獄。無功不受祿，君子愛財，取之有道，圖的只是一個安心。屠羊說是個心思明白的人。

我們常常努力去追求某些東西，但對我們沒有一點用處，最好不要，這是「五不要」。學了知識，但永遠用不上的，也不可要。原憲住在魯國，住在方丈大的小屋子裡，屋頂蓋著的是新割的茅草，雖然是用蓬草編成的門，但四處透亮。他砍下桑樹的枝條作門軸，以破甕作窗，隔出兩個居室，再以粗布衣堵在破甕口上。屋子蓋好後，一到下雨天，上面漏水，地面潮濕發黴，而原憲卻端正地坐著彈琴唱歌。子貢穿著暗紅色的禮服，罩著素雅的大褂，騎著高頭大馬前來拜見他，不料巷子太小過不去，子貢便下馬步行。只見原憲戴著破裂的帽子，穿著破了後跟的鞋，拄著藜杖應聲開門，子貢驚問：「哎呀，先生得了什麼病嗎？」原憲答道：「沒有啊，我沒有病。你難道沒聽說過嗎？沒有財產的人叫貧民，學習了知識卻不能付諸實踐的人叫病人。如今我原憲是貧民，而不是病人。」子貢聽了，退後幾步，面有羞愧之色。原憲又笑著說：「迎合百姓吹捧的世俗去做事，爲了職權相互攀比，爲了名譽周旋交結，勤奮學習只是想得到別人的誇讚，不停教誨別人只是爲了炫耀自己的學識，打著仁義的幌子卻做著奸惡的勾當，儘管有高車大馬、華貴裝飾，我很鄙視這些事情。」

貧窮不是病，學而無用才是病。奇怪的是，我們往往努力追求一些沒有實際作用的東西，甚至花費一生的時間。浪費時間是可笑的。用有限的時間去做實際的事情，充實生活，比外表富裕而無聊空虛更爲可貴。

不要勉強自己去做讓自己不快樂、不喜歡的事情，這是「六不要」。據說有一天，孔子問顏回：「聽說你家裡貧寒，祖宗數代的地位一直比較卑微，你爲什麼不去做官呢？做官有錢，還能光宗耀祖。」顏回答道：「我沒有做官的心情，我不適合做官，天生不是這塊料。我在郊外有五十畝地便足夠了，我勤奮播種，它們就能給我豐盛的食糧；在城裡我有四十畝地，我用它們種痲養蠶，只要努力點，織出來的絲綢也夠我穿了；現在，閒時以指頭撥動幾下琴弦就足以讓我歡娛，每天認眞學學先生您所教給的知識，就足以使我快樂。我過得很開心，爲什麼還要做官呢？」孔子聽了深受感動：「好，實在是好！你的意願在當今世界太可貴了！『知足的人，不因利祿而使自己疲累；眞正安閒自得的人，明知失去了什麼也不會畏縮焦慮；注重修心的人就算沒有官職也不會因此慚愧。』我早就聽過這樣的話，可一直沒遇過這樣的人，今天在你身上算是看識到了。這也是我的收穫，作爲你的老師我很驕傲。」

孔子謂顏回曰：「回，來！家貧居卑，胡不仕乎？」顏回對曰：「不願仕。回有郭外之田五十畝，足以給饘粥；郭內之田十畝，足以爲絲麻，鼓琴足以自娛，所學夫子之道者足以自樂也。回不願仕。」

孔子愀然變容曰：「善哉回之意！丘聞之：『知足者不以利自累也，審自得者失之而不懼，行修於內者無位而不怍。』丘誦之久矣，今於回而後見之，是丘之得也。」

在現實生活中人各有志，沒必要人云亦云，別人適合的你不一定適合。對自己不適合的，非不甘心，非要跟別人一樣，最終只會身心疲憊。選擇一種符合自己情緒的生活方式，快樂比財富更重要。

從良心出發，不仁不義、偷雞摸狗之財是飛來橫禍，寧死也不能要，這是「七不要」。據說舜被接連拒絕後仍不死心，又想把天下讓給北人無擇，北人無擇說：「眞奇怪啊，舜這樣的人本來應該在曆山之麓和百姓一起從事農耕，現在卻要和唐堯一樣想要我接受禪讓，難道他以爲我是那麼簡單的人嗎？一旦接受禪讓，之後會有數不盡、理不清的瑣屑之事纏繞我。他以此來玷污我，我感到羞辱。」北人無擇於是跳入一個叫「清泠」的深淵裡自殺了。

當初，商湯謀劃討伐夏桀，與卞隨商量，卞隨說：「這不關我的事。」商湯問：「不關你的事？那關誰的事呢？」卞隨說：「我不知道。」商湯又與瞀光商量，瞀光說：「這不關我的事。」商湯問：「那關誰的事？」瞀光回答：「我不知道。」商湯說：「你幫我推薦一個人吧，找個能幫我處理這事的。你說伊尹這個人怎麼樣？」瞀光想了想，說：「伊尹這個人，我只知道他毅力剛強，能忍辱負重，至於其他方面我就不是很清楚。」商湯於是與伊尹商量討伐夏桀的事務。

沒多久，商湯打敗了夏桀，回過頭來，他又想把天下交給卞隨管理，卞隨推辭道：「你想要討伐夏桀時曾和我商量，你一定是將我看成兇殘之人；現在你戰勝夏桀之後又想要禪讓天下給我，你一定又將我視爲貪婪之人。我生活在天下大亂的年代已經很無奈，偏偏有你這樣不明大道的人三番兩次以你的醜行玷污我，我實在無法忍受。」說完，卞隨跳入水死去。

商湯又琢磨著將天下禪讓給瞀光，說：「智慧的人謀劃策略奪取天下，這是軍師；勇武的人按照他們指引付出武力，完成目標，這是將軍和士兵；而仁德的人將居於統治之位，這是王。這道理自古以來始終未變，先生怎麼不處於自己應該處的位置呢？」瞀光推辭道：「廢了自己的國君，不合於道義；征戰殺伐，不合於仁愛；別人冒著危難去殺敵衛國，而我什麼都沒做，只坐享其利，不合於廉潔。很早就聽別人說過：『不合乎道義的人，不能接受他賜予的利祿；不合乎大道的社會，不能踏上那樣的領土。』何況現在你是想讓我爲帝呢？一想到這種的情況，我實在於心不忍。」瞀光說完，背著石塊沉入廬水而死。

一個人生活在世界上，眞正打動人、說服人的，並非是俊美的外表或百萬財富，最重要的還是自身的人格魅力。不分是非、不講仁義，那是對人格的最大侮辱。北人無擇和瞀光之所以選擇死，就是因爲他們覺得自己的人格受到了侮辱，只有死方能雪洗恥辱。

明知對方要收買你的，肯定不要，這是「八不要」。當年西周興起時，孤竹國裡有兩位賢人，一個叫伯夷，一個叫叔齊，兩個人商量說：「聽說在西邊有個人很厲害的得道之人，不如我們前去看看。」他們前往岐山之南，周武王聽說後，派弟弟姬旦前去拜見這兩位，說要增加俸祿二等，授予一等官職給他們。許諾完後，把牲血塗抹在盟書上，埋入地下，以此爲證。

伯夷、叔齊二人聽完，對看了一眼，冷笑道：「咦，眞是奇怪啊！這不是我們原本所要的道，我們是高估他了。從前神農氏治理天下，按時祭祀，竭盡虔誠而從不祈求賜福；他對百姓忠實誠信，從不向他們索取什麼。百姓想參與政事就讓他們參與政事，神農氏從不趁別人的危難而自取成功，不會因爲看到別人地位卑下就自以爲高貴，不會因爲趕巧碰上機遇而圖謀私利。現在啊，周人看見殷商政局動盪，就借機急速奪取統治天下的權力，崇尙謀略而獲利，憑藉武力威懾百姓，假意宰牲結盟表示誠信，假意宣揚德行取悅眾人，這些行爲舉止是卑鄙的，以推動禍亂的辦法替代已有的暴政，以惡治惡，沒什麼特別高明的。我聽說，上古時代的賢士遭逢治世絕不回避責任，遇上亂世不苟且偷生。如今天下昏暗，周人竟然也如此虛僞，可見世間的德行如此衰敗！與其跟你們一起身受污辱，還不如逃回深山老林裡！」之後，兩個人向北走到首陽山，不吃不喝，最後餓死在那裡。像伯夷、叔齊這樣的人，他們對於富貴，有機會得到也絕不會去獲取，可見其高尚的氣節與不同流俗。

這裡有個對比：從前神農氏治理國家完全是用個人行動去感動世人，讓大家一起參與國家建設，這是志同道合者的一個默契。如今的周人用的是下三濫手段，與神農氏相比醜陋而可恥。大的環境這麼糟糕，怎麼能受他的收買？

分明是別人要收買你，你還接受，不僅接受，還坐地起價，那可是把整個人都虧了。

以上是講「八不要」，下面再說說「六要」。

「一要」，愛江山更要愛民。民在，江山在。大王父居住在地，狄人經常來侵擾，無論送給他們獸皮和布帛、獵犬和駿馬，或是珠寶和玉器，狄人都不肯善罷甘休。狄人說他們最想得到的是這整塊土地。

大王父對百姓感慨道：「與別人兄長一起住卻殺死了他弟弟，和別人父親住在一起卻殺死了他子女，我不忍心看到這些，大家都去與狄人勉力住在一塊兒吧！做我的臣民跟做狄人的臣民沒什麼不同，這樣狄人就不會傷害你們了。跟著我沒出息，我不想為了爭奪土地而傷害這片土地所養育起來的百姓。」說完，他拄著拐杖離開了地。百姓卻因此愈加堅定跟隨大王父的決心，他們人連人、車連車地追隨他。後來他們在岐山山腳下建立起一個新都城。

大王父可謂是最看重生命的人了。眞正珍視生命的人，就算富貴了，也不會貪戀俸養而傷害身體；就算貧賤了，也不會爲追逐私利而拘累形軀。當今惡俗的世人，居於高官顯位的，時刻擔憂自己會失去職位，見到丁點的利祿就輕率地賠上性命，實在糊塗！

大王父帶著眾百姓遷移，在我想來那場面轟轟烈烈、動人心魄，有種英雄的魅力，大王父才是眞正的男人。眞正的好男人肯定不是鹵莽衝動、好打好鬥，而是懂得照顧人、體諒人。他們的力量不在於傷害他人、無理取鬧，而在於保護身邊的人。要得江山先要愛民，得到江山更要愛民。

「二要」，人民要選擇一個畏懼群眾力量的人當國君。天下由千萬人民構成，天之子亦是人民之子，天子必定也要爲民請命。

越國歷史上接連三代國君被殺，王位傳到王子搜，他對此十分憂懼，跑到荒山野洞裡躲了起來。越人沒了國君，便四處找尋王子搜，追蹤來到洞穴。越人在洞外求王子搜出來，而王子搜不肯出洞；大家沒轍，便燃燒艾草用煙薰洞，王子搜實在受不了，就從洞裡爬出來，看到眾人在洞口爲他準備了君王的乘輿。王子搜無奈地扶著登車的繩索，仰天大哭道：「國君之位啊國君之位，怎麼就不能夠放過我啊！」要知道，王子搜並不是討厭做國君，而是害怕做了國君後會招來殺身的禍患。像王子搜這樣的人，不爲國君之位而傷害生命的，正是越人要找的王。因爲有先前可怕的歷史陰影，有前車之鑑，王子搜才如此畏懼人民，他怕自己重蹈覆撤。這樣的人才是人民千呼萬喚的君王，他剛從刀刃上跑開，人民再次把他放到刀俎上，這樣的人做事會謹愼有度，人民才能安居樂業。

「三要」，三思而後行，做事前要想清楚你的動機是否淳良。魯國國君聽聞顏闔是一個得道的人，就派出使者先行送去聘禮以表敬慕之情。顏闔住在極為狹窄的巷子裡，正穿著粗布麻衣在餵牛，看到魯君的使者前來，便從牛欄裡出來接待他。使者一本正經地問：「這裡是顏闔的家嗎？」顏闔恭敬地回答：「這裡就是顏闔的家。」使者聽完，立刻呈上禮物，顏闔靈機一動，說：「您找錯人了吧？恐怕是傳話的人聽錯了會給您帶來過失，不如您回去仔細問個明白再說。」使者返回，查問清楚了，再次來找顏闔，卻再也找不到他了。

大道的眞諦可以用來養身，大道的剩餘可以用來治理國家，而大道的糟粕才是用來統治天下的。由此觀之，帝王的功業只不過是聖人餘剩的事，不是可以用來保全身形、修養心性的。如今世俗所說的君子大多危害自己的身體、棄置稟性而一味地追逐身外之物，這難道不可悲嗎？大凡聖人有所動作，必定要仔細地審察所追求的方式及所行動的原因。如今卻有這樣的人，用珍貴的隨侯之珠去彈打飛得高遠的麻雀，世人一定會笑話他，這是爲什麼呢？是因爲他所花費的東西實在貴重而所希望得到的東西又微不足道。至於生命，難道只有隨侯之珠才珍貴嗎？人類行爲可笑滑稽之處，歸根究柢是盲目作怪，事先沒有分析清楚便貿然行動。幸運地尚可以亡羊補牢，不幸地連補救的機會都沒有。所以，行動前一定要冷靜下來，想明白了，一時衝動往往釀成千古大錯，是沒有後悔藥可吃的。

「四要」，要注重精神生活。人要有追求，絕不能放棄精神上的修養，行屍走肉是豬狗不如的。曾子居住在衛國，身上穿的亂麻作絮裡的袍子已相當破爛，他滿臉浮腫，手和腳都磨出厚厚的老繭。他已經三天沒有生火做飯，十年沒有添置新衣；他的帽子稍微一碰，上面的帽帶就會斷掉；他的衣襟稍微一提，臂肘就會外露；他的鞋子稍微一拉，後跟就會裂開。他如此狼狽潦倒，卻還拖著散亂的頭髮吟詠《商頌》；他的聲音洪亮，充滿天地，就像是用金屬和石料做成樂器相互打擊發出的。生在世間，天子不能把他像臣僕一樣看待，諸侯不能與他結交朋友。他修養心志、忘卻形骸、調養身形、忘卻利祿。

就一般人看來，曾子的歌唱很孤獨，但他內心卻很幸福。他的歌聲嘹亮，天地萬物都能聽到，因他快樂而快樂，因他難過而難過。在精神世界裡，他是聲音之王，萬物都隨著他的旋律而舞動。

「五要」，要克制對功名的無盡欲望，重視生命。中山公子牟問瞻子：「我人雖然在江湖，心卻時常想念著朝廷的事，怎麼辦？」瞻子說：「你要多看重生命，才能看輕名利。」中山公子牟疑惑地說：「我也明白這個道理，但總不能抑制自己的感情。」瞻子說：「你不能約束自己的感情，就聽其自然、放任不羈，這樣下去，難道你的心神會不厭惡嗎？不能自我管束，還要勉強，這就是雙重損傷。心神受到雙重損傷的人是不會壽延長久的。」這就是庸人自擾。

對我們來說最具有切身意義的是《讓王》提到的最後一個「要」：貧困與時運不濟不是什麼壞事，把倒楣當成一場雨，雨終究要停的，雨過天晴彩虹便出現。孔子受困於陳、蔡兩國之間，曾經七天不能生火做飯，喝的野菜湯裡沒有一粒米，致使臉色疲憊、氣色虛弱，但他還能在屋子裡不停地彈琴唱歌。顏回在外面擇菜，子路和子貢談論道：「我們的老師兩次被趕出魯國，在衛國被禁止居留，在宋國遭受砍樹的屈辱，在商、周等地走投無路，而如今又在陳、蔡之間陷入艱難，圖謀殺害老師的人將不得治罪，凌辱老師的人將不得禁阻，實在是沒有天理啊！可老師爲什麼還能不停地彈琴吟唱呢？他從沒中斷過樂聲，難道君子已經不要臉到此地步了嗎？」

顏回不知如何反駁，進入內室，將子路和子貢的話告訴孔子。孔子推開琴弦長長地嘆息道：「子路和子貢他們兩個眞是見識淺薄，叫他們進來，我有話對他們說。」於是子路和子貢進了屋。子路說：「哎呀，像老師現在這樣的處境眞可以說是走投無路了！」孔子說：「這是什麼話！君子如果能通達於道就叫『一以貫通』，不能通達於道就叫『走投無路』。如今我是信守仁義之道而遭逢亂世帶來的禍患，我依然在道的軌跡上修行，怎麼可以說成是走投無路！你們這些糊塗的人哪裡知道，不善於反省就不能通達於道，面臨危難就會喪失德行！看看窗外，秋天過去、嚴寒已經到來，霜雪降臨大地，白茫茫的一片；看到這樣的場景，我這才意識到松柏仍是那麼鬱鬱蔥蔥。在陳、蔡之間的困厄，對我來說也許還是件好事呢！」說完，孔子拿過琴來，安詳地繼續歌詠。子路拿著盾牌，跟著音樂興奮地跳起舞來。子貢則自歎不如：「老師是如此高潔，而我卻是那麼的淺薄啊！」

古時候那些得道的人在困厄的環境裡也能快樂，在通達的環境裡也能快樂。可見，心境快樂的原因不在於困厄與通達，只要道德存留於心中，那麼困厄與通達都像是寒與暑、風與雨那樣，是生活本身的一部分。

子路子貢入。子路曰：「如此者可謂窮矣！」

孔子曰：「是何言也！君子通於道之謂通，窮於道之謂窮。今丘抱仁義之道以遭亂世之患，其何窮之爲？故內省而不窮於道，臨難而不失其德。天寒既至，霜雪既降，吾是以知松柏之茂也。陳蔡之隘，於丘其幸乎。」

孔子削然反琴而弦歌，子路扢然執干而舞。子貢曰：「吾不知天之高也，地之下也。」

古之得道者，窮亦樂，通亦樂，所樂非窮通也。道德於此，則窮通爲寒暑風雨之序矣。故許由娛於潁陽，而共伯得乎共首。

第二十九講　成王敗寇與仁義的功利
——解讀《莊子・雜篇・盜跖》

在莊子論述觀點的事例中，我看到很多「扭曲」：嚴重駝背、捕起蟬來卻百發百中的長老是一種扭曲；肢體殘缺卻受人尊敬、無所不能的老頭是一種扭曲；后羿射箭，怎麼也射不中的靶子亦是一種扭曲。如前所述，我們看到莊子總喜歡把兩種截然相反的特性（或結果）放在同一個個體裡。而在《盜跖》裡，曾經的扭曲有了進化，這樣的扭曲，不再是某個人、某個事物、某個現象所特有的。

愛情、血統、友誼，在兩個原本獨立的人之間就形成了一種難以割離的關係，如父子、夫妻、兄弟、朋友。在《盜跖》中，莊子把利益相對的兩種身分施加到命脈相連的雙方身上，設計了幾段對話，將儒家學說打了個落花流水。

首先是跖與孔子的對話。孔子有個要好的朋友叫柳下季，即那位坐懷不亂的柳下惠。柳下季的弟弟就是有名的強盜頭子跖，據說盜跖的手下有九千多人，他們無惡不作、橫行天下，常常侵襲諸侯的住所，穿室破戶，拉走官府的牛馬，搶劫婦女的金銀首飾；他們貪得無厭，從不理會父母兄弟的感受，清明時節也不肯去祭祀祖宗，不考慮自己的行爲到底有沒有使祖宗蒙羞。他們所到之處，一般大國嚴守城池，小國則堅守城堡，天下民眾都因爲他們的騷擾而痛苦、傷腦筋。

孔子實在看不過去，就找到柳下季：「人家都說，做父親的一定要教導好兒子，做兄長的也一定要教管好弟弟。否則，天下就沒有人再看重父子兄弟的親屬關係了。現在，你是大家公認的才智之士，而你的弟弟卻是強盜賊子。盜賊，那是天下的禍害啊，你不能對他施加管教，我爲你感到羞愧；你不去管教他，我替你去！」

聽完孔子的話，柳下季說：「哈哈，此言差矣！倘若做兒子的怎麼都不理父親的訓誡，做弟弟的怎麼都不接受兄長的教導，就算你說得歇斯底里，說到口乾舌燥，又有什麼用呢？況且，我弟弟跖的爲人你也是知道的，他思想活躍猶如泉水，感情善變就像暴風，他的勇武強悍可抗擊敵人，巧言善辯可掩蓋過失，順從他的心意他就高興，違背他的意願他就發脾氣，他常常用言語侮辱別人。你千萬不要去見他，不然你肯定會自討沒趣的。」

孔子不聽，讓顏回爲他駕車、子貢陪行，去見跖。

跖和他的隊伍駐紮在泰山南麓休息，正拿人的心肝下酒。孔子下車走上前，見了稟報人員，說：「魯國人孔丘聽說跖將軍剛毅正直，特地趕來拜見。」

門口站崗的人入內通報，跖聽說孔子來求見勃然大怒，雙目圓睜亮如明星，頭髮怒起直沖帽頂，說：「天啊，這不就是那個魯國的巧僞之人孔丘嗎？替我告訴他：『你這個僞君子，矯造語言，託僞於文王、武王的主張；你頭上帶著樹杈般的帽子，自以爲好看，腰上圍著寬寬的牛皮帶，自以爲高貴，滿口胡言亂語；你自己不種地卻吃得比誰都好，自己不織布卻穿得比誰都講究；你整天就知道搖唇鼓舌，專門製造是非，用你所謂的仁義迷惑天下的諸侯，使天下的讀書人都成了迷路的羊羔，結果滿世界的人都不能返歸自然的本性。現在大家都虛妄地標榜自己盡孝尊長的主張，皆以僥倖的心幻想能得到封侯的賞賜而成爲富貴的人。你實在是罪大惡極，快些滾回去，否則，我將把你的心肝挖出來吃了！』」

孔子聽了這番話，再次求見，說：「上天對我不薄啊，我是如此榮幸能跟柳下季相識，現在我同樣懷著這顆感激的心誠懇地希望能再見將軍一面。」

站崗的人再次通報，跖說：「叫他進來！」孔子小心翼翼地快步走進營帳裡，又遠離坐席連退數步，向跖深施．禮。跖一見孔子的模樣大怒不已，伸開雙腿，按著劍柄怒睜雙眼，怒吼道：「孔丘你站起來說話，如果你所說的話能符合我的心意，就放了你；不然，我就殺了你。」

孔子說：「報告將軍，我聽說天下人向來有三種美德：生來就體形魁梧高大、相貌長得漂亮無雙，無論是小孩還是老人，無論是高貴還是卑賤，一見到他都十分喜歡，這是上等的德行；才智能夠包羅天地、無所不知、無所不曉，分辨各種事物遊刃有餘，這是中等的德行；勇武、悍、果決、勇敢，能夠聚合眾人統率士兵，這是下一等的德行。任何人只要有其中一種美德便足以稱王。而如今將軍同時具備上述三種美德，您高大魁梧，身長八尺二寸，面容和雙眼熠熠有光，嘴唇鮮紅猶如朱砂，牙齒整齊好比扇貝，聲音洪亮恰似黃鐘，卻名爲盜跖，我暗暗爲將軍感到不值啊！這麼好的人怎麼有如此醜陋的名字呢？如果將軍肯聽從我的勸告，我將向南出使吳國越國，向北出使齊國魯國，向東出使宋國衛國，向西出使晉國秦國，為將軍建造數百里的大城，確立數十萬戶人家的封邑，尊將軍為諸侯，讓各諸侯國去除過去對將軍的怨恨，將軍也可以棄置武器，休養士卒，收養兄弟，供祭祖先。要知道，這才是聖人賢士的作為，是天下人的心願啊！」

孔子曰：「丘聞之，凡天下有三德：生而長大，美好無雙，少長貴賤見而皆說之，此上德也；知維天地，能辯諸物，此中德也；勇悍果敢，聚眾率兵，此下德也。凡人有此一德者，足以南面稱孤矣。今將軍兼此三者，身長八尺二寸，面目有光，脣如激丹，齒如齊貝，音中黃鍾，而名曰盜跖，丘竊為將軍恥不取焉。將軍有意聽臣，臣請南使吳越，北使齊魯，東使宋衛，西使晉楚，使為將軍造大城數百里，立數十萬戶之邑，尊將軍為諸侯，與天下更始，罷兵休卒，收養昆弟，共祭先祖。此聖人才士之行，而天下之願也。」

跖聞聽此言，大怒道：「孔丘你給我跪下！凡是以利祿來規勸、以言語來扶正的，都是愚昧、淺陋的。我身材高大魁梧，面目英俊美好，人見人愛，這是父母留給我的美德；就算你孔丘不當面吹捧我，我依然還是我，難道我需要你表揚嗎？最讓我受不了的是，我早聽人說了，通常喜好當面誇獎別人的人平時也喜歡在背地裡詆毀別人。如今你提出建造大城、匯聚百姓的想法，無非是以功利來誘惑我，以對待普通俗人那樣的態度來對待我，你覺得我會接受嗎？最大的城池就是天下。看看堯舜的報應吧！他們擁有天下，子孫卻沒有立足之地；商湯與周武王做天子，可後代卻被趕盡殺絕。這難道不是因爲他們過於貪心而占有天下的緣故嗎？況且我聽說過，古代禽獸多於人，我們的老祖宗白天拾橡果找草根爲食，晚上就在樹上築巢而居，以躲避野獸的侵害，他們就是歷史上說的巢氏之民。古代人不知道穿衣，夏天多多存儲柴草，到冬天就燒火取暖，所以他們被稱做懂得生存的人。到了神農時代，居處是那麼安靜閒暇，行動是那麼優遊自得，人們還只知道誰是自己的母親，而不知道誰是自己的父親，人們與麋鹿共同生活，自己耕種自己吃，自己織布自己穿，從沒有傷害別人的心思，這就是道德鼎盛的時代。然而，到了黃帝時代就不再是這樣了，黃帝帶著軍隊跟蚩尤在涿鹿的郊野上爭戰，流血幾百幾千里，染紅了草澤。堯舜稱帝時自作聰明，設置百官，結果商湯放逐了他的君主，武王殺死了紂王。從此以後，世上總是恃強凌弱、相互吞併、依眾侵寡、相互殘殺。從商湯、武王開始，他們也算是篡逆叛亂之人。」

「如今你孔丘研究文王、武王的方略，想控制天下輿論，一心想把你錯誤的主張傳教給後世子孫，你像演員似的，穿著寬衣博帶，說話舉止矯揉造作，用這種醜態迷惑天下諸侯，你還想借此機會追求高官厚祿，眞要說到大盜，沒有比你更惡毒的了！天下之間，憑什麼叫我盜跖，而不叫你盜丘呢？說到你的罪行，你應該歷歷在目吧？你曾經用滿肚子的甜言蜜語說服了想造反的子路，結果子路死心塌地跟隨你，號稱你使他摘去了勇武的高冠，解下了長長的佩劍，受教於你的門下，讓天下人都讚美你說：孔子眞厲害啊，孔子眞偉大啊，他能制止暴力禁絕不軌啊！可到了後來，子路想要殺掉篡逆的衛君卻沒有成功，自身難保，在衛國東門被人剁成了肉醬，知道嗎？這就是你那套失敗的說教！你不是自稱是才智的學士、聖哲般的人物嗎？那怎麼有兩次被逐出魯國，在衛國不得容身，在齊國也被逼得走投無路，在陳蔡之間遭受困厄，到處不能立足，你那套虛僞的主張還有什麼可貴之處呢？」

「現在百姓最尊崇的非黃帝莫屬了，而黃帝他自己尚且不能保全德行，征戰於涿鹿的郊野，流血百里。同樣，唐堯也不夠慈愛，虞舜不夠孝順，大禹的結局是半身不遂，商湯放逐了他的君主，武王出兵征討商紂，這六個人，都是世人所普遍尊崇的，但是仔細分析，他們都是因爲追求功利而迷惑了眞性，並強迫自己做違反自然稟賦的事情，他們的做法極爲可恥。現在百姓所稱道的賢士，如伯夷、叔齊推辭了孤竹國的君位卻餓死在首陽山，屍體都未能埋葬，談什麼入土爲安呢？至於鮑焦執念清高而非議世事，後來竟擁抱著樹木而死去。申徒狄多次進諫不成功，想都不想就背著石塊投河而死，屍身被魚鱉給吃了。介子推在歷史上不忠誠聞名，他怕晉文公餓死便割下自己的大腿肉給他吃，誰會想到文公返國後便背棄了他，他一怒之下逃出都城，隱居山林，最後也抱著樹木焚燒而死。尾生是個癡情的男人，他與一名女子在橋下約會，女子沒有如期赴約，河水湧來的時候尾生仍不離去，以此證明自己眞心誠意，結果抱著橋柱子活活被淹死。這六個人，跟被肢解的狗、沉入河中的豬，及拿著飯碗四處乞討的乞丐相比有何不同呢？他們都是過分重視名節，輕生赴死，不珍惜自己的身體和壽命的人。再者，世人所稱道的第一忠臣非王子比干和伍子胥莫屬。伍子胥被人拋屍江中，比干被剖心而死，這兩個人被後世人尊稱爲忠臣，而他們最終的命運卻可悲得很。」

「現在，你孔丘自以爲博學，而用來說服我的道理一點都不新穎。假如你告訴我一些怪誕鬼話，那也許是我所不知道的；沒想到，你千方百計和我說的竟然是人世間實實在在的事，可見你眞的不過如此而已。現在讓我來告訴你一些人之常情，眼睛想要看到色彩，耳朵想要聽到聲音，嘴巴想要品嘗滋味，志氣想要滿足充沛。人生在世高壽爲一百歲，中壽爲八十歲，低壽爲六十歲，除掉疾病、死喪、憂患的歲月，其中眞正能張口歡笑的時光到底有多少呢？一月之中不過四五天罷了。天與地無窮盡，人的死亡卻有時限，拿有時限的生命沉溺於無窮盡的天地之間，消逝很迅速，像是千里良駒從縫隙中驟然馳去。凡是不懂得使自己心境愉快、頤養壽命的人都不算是通曉常理。你今天信口雌黃所說的都是我最想要廢棄的，你趕緊給我滾回去，不要說了，什麼也不要說了！你那套噁心的主張是顚狂失性、巧詐虛僞的玩意兒，我們沒有共同語言！」

孔子聽後一再拜謝，然後快步離去，趕緊爬上車子，三次失魂落魄地掉落手裡的轡繩，眼光也失神了，臉色猶如死灰，他低垂著頭，緊緊靠在車前的橫木上，不能大口喘氣。回到魯國東門牆外的時候，孔子剛好遇上了柳下季。柳下季看到他，笑問道：「呀，今天眞稀罕，能看到先生您。我都好幾天沒見您了，我看你行色匆匆的樣子，怕不是去見我弟弟跖了吧？」

孔子仰天長嘆道：「是啊。」

柳下季問：「我那個弟弟沒有讓您不高興吧？」

孔子說：「沒有，沒有，是我自己沒事找事，自找沒趣。幸虧我跑得快，一邊送食物給老虎，一邊侍奉老虎，這才倖免於虎口之險。」

孔子規勸跖，反被跖嚴加指斥，稱爲「巧僞」之人。跖用古往今來的大量事例證明儒家聖君、賢士、忠臣的觀念都與事實不相符合的，儒家的主張是行不通的。孔子顯然是失敗了，然而，他是怎麼失敗的呢？我們且看看他犯下的幾個錯誤。

孔子的第一個錯誤犯在他對父子、兄弟之間教育問題的認識上。從孔子與柳下季的對話中不難看出，孔子把教育的目的解釋爲只有父親成功教育兒子、哥哥成功教育弟弟，才會讓世人重視父子、兄弟的親屬關係。這不免讓人質疑，難道只是爲了讓他人重視他們的關係才教育嗎？以跖的話來說，難道你不說我長得俊美，我就不俊美了嗎？父教子、兄教弟的根本不在於世人眼光如何，教育應出自本能、血脈的遺傳，父子兄弟之間的關係無法泯滅。教育是一種不忍，不忍看到對方闖入誤區、犯下禍害。

這不禁讓我想到一份少年犯罪研究報告。有些少年犯出生在物質條件富裕、父母熱情關愛的家庭，可他們卻犯下罪行，且多數是命案。在充滿愛的世界怎麼會塑造出如此冷血殘忍的心靈呢？經過一番調查後，眞相浮出，那些少年犯們之前的確感受到很多愛，但那些愛並非無私而是有所求的愛。家長將對孩子的教育當成了一種投資，無時不灌輸培養孩子是爲了養老的思想。教育的概念被扭曲了，孩子的精神世界無比壓抑，所以常常過激。對於教育者而言，教育其實是一種心靈的感動，切記，是感動而不是感化。教育是一種愛的傳遞，這裡的愛是指不求回報的愛。

孔子第二個錯誤在於說服跖時方式過於簡單，一開始就沒吸引住對方的注意力。孔子試圖告訴跖他的富有——外表俊美、頭腦聰慧、勇敢剛強——而這幾點跖本人早就知道，也不想想，一個不自信的人怎麼能做盜中之王呢？孔子把眾所周知的事情加以累贅的闡述，一開始就沒吸引住跖。

孔子所犯的第三個錯誤成了他談判失敗的致命傷。孔子本想用大城去誘惑跖，萬沒想到用錯了誘餌。跖之所以占山爲王，就是爲了利益。孔子以利益去誘惑跖，其實是把一個極端的人引向一條更極端的路。孔子用大城、大國的利益去引誘跖，其實是強化了跖的欲望，就算他能夠答應孔子，其侵略性最終還是會變本加厲。跖根本不吃孔子那一套，反而對他進行了轟轟烈烈的反攻。

跖先指出孔子的虛僞。大凡在別人跟前喜歡說好話的人在人背後都喜歡說壞話。孔子的詭計在跖跟前一目了然。無非是釣魚嘛，用富貴去引誘我，最後想駕馭我。不幹！跖提出了自己的價值觀。他不祈求大富大貴，因爲你接受了愈多的好處相應你的子孫後代就要還更多的債，受更多的苦，何必釀禍根呢？城池最大的莫過於整個天下，堯舜擁有天下，子孫卻沒有立錐之地，商湯與周武王被立做天子，可是後代卻遭滅絕，這不是因爲他們貪求占有天下的緣故嗎？

跖對孔子做了第二次攻擊，這次孔子眞的是崩潰了。跖讓孔子給「盜」下個定義，盜就是偷，我跖偷的只是財寶，是物質資料；而你孔丘呢，美名高照，你偷的是人心——因爲你的仁義學說，人們知道了好壞、是非、善惡，也明白了什麼是獎賞、怎樣才有獎賞。人人都爲了得到獎賞去假裝仁義，表面上利他，實際上利己。你的偷才是眞正的偷呢！

看孔子一言不發，跖來了最後一擊。好吧，就算承認你的仁義學說有好的、積極的地方，那讓我們看看懂得仁義後的人吧，看到了嗎？他們死板、呆滯、生硬而刻意地去遵守仁義，照本宣科；世界每天都不同，而他們卻始終只會以死板的仁義去面對世界。伯夷、叔齊是怎麼死的？申徒狄怎麼死的？尾生怎麼死的？這些人就死在呆板地遵守仁義、不懂得隨機應變上了。

這便是史上著名的「孔子三誤」與「盜跖三擊」。

接下來是子張和滿苟得的對話，這兩人一個立足於名，一個立足於利。莊子借此剖析帶著功利色彩的說教，這兩人的話時時充滿了「反語」，讓人對虛僞的儒家噁心到了極點。子張和滿苟得一個比一個「坦白」，一個比一個「無恥」。

子張問滿苟得：「怎麼可以不修煉那些合於仁義的德行呢？沒有德行，就不容易得到他人信賴，得不到信任就不會得到任用，得不到任用又談何利益？所以，從名譽和利祿的角度來考慮，當然要修煉仁義道德。倘若拋棄名利，從內心反思，那麼士大夫的所作所爲也不能一天不修煉仁義道德啊！」

子張問於滿苟得曰：「盍不爲行？無行則不信，不信則不任，不任則不利。故觀之名，計之利，而義眞是也。若棄名利，反之於心，則夫士之爲行，不可一日不爲乎！」

所以仁義終究還是要講的，倘若沒有仁義，誰知道好與壞呢？沒有仁義，我就沒名譽了。

滿苟得說：「這個時代不要臉的人常常得意。不知羞恥的才會富有，善於吹捧的才會顯貴。凡是有名氣的人差不多都靠一張無恥多言的嘴來的。所以，從名譽與利祿的角度來看，要想有錢，就先要學會能夠吹捧。假如棄置名利，從內心反思，那麼士大夫的所作所爲也就只有保持他的天性了！」

滿苟得曰：「無恥者富，多信者顯。夫名利之大者，幾在無恥而信。故觀之名，計之利，而信眞是也。若棄名利，反之於心，則夫士之爲行，抱其天乎！」

子張又說：「當年桀與紂貴爲天子，富得流油，占有天下；如今對地位卑賤的奴僕說他們的品行如同桀紂，那麼他們會慚愧不已，會不服氣，這是因爲桀紂的所作所爲連地位卑賤的人都瞧不上。孔子與墨子和普通百姓一樣窮困，如今對官居宰相地位的人說他的品行如同孔子和墨子，那麼他一定會除去傲氣，謙恭地說：『沒有沒有，我遠遠比不上他們啊！』這是因爲士大夫確實有可貴的品行。所以說，勢大爲天子，未必就尊貴；窮困爲普通百姓，未必就卑賤；尊貴與卑賤的區別決定了德行的美醜。」

子張曰：「昔者桀紂貴爲天子，富有天下。今謂臧聚曰，汝行如桀紂，則有怍色，有不服之心者，小人所賤也。仲尼墨翟，窮爲匹夫，今謂宰相曰，子行如仲尼墨翟，則變容易色稱不足者，士誠貴也。故勢爲天子，未必貴也；窮爲匹夫，未必賤也。貴賤之分，在行之美惡。」

滿苟得說：「在我們生活的社會裡，小的盜賊小打小鬧，結果被定罪拘捕；而大的強盜搶奪江山，卻化身爲諸侯。原來諸侯的門內方才存有道義之士！當年齊桓公殺哥哥娶嫂嫂，如此荒唐，而管仲卻做了他的臣子；田常殺齊簡公後自立爲國君，而孔子卻接受他送的布帛。人在江湖，身不由己，說的和做的往往相互矛盾。所以，《尚書》上只有以成敗論英雄，說：誰壞誰好？誰對誰錯？勝者爲王，成功的居於尊上之位，稱王稱侯；敗者爲寇，失敗的淪爲卑下之人，做牛做馬。」

滿苟得曰：「小盜者拘，大盜者爲諸侯。諸侯之門，義士存焉。昔者桓公小白殺兄入嫂而管仲爲臣，田成子常殺君竊國而孔子受幣。論則賤之，行則下之，則是言行之情悖戰於胸中也，不亦拂乎！故《書》曰：『孰惡孰美？成者爲首，不成者爲尾。』」

子張一聽，深感英雄所見略同，又說：「你不推行合於仁義的德行，就等於在或疏遠或親近之間失去了人倫關係，好比在或尊貴或卑賤之間失去了做人的規範和準則。長幼失序，五倫六位又拿什麼加以區別呢？」

最後，滿苟得總結道：「堯殺了親生的長子，舜流放了同母的兄弟，親疏之間還有倫常可言嗎？商湯逐放夏桀，武王殺死商紂，貴賤之間還有準則可言嗎？王季被立爲長子，周公殺了兩個哥哥，長幼之間還有序列可言嗎？儒家僞善的言辭，墨家兼愛的主張，這樣的五倫和六位還能有什麼區別嗎？況且你是爲了名，我是爲了利，名與利的實情都不合於理，也不明於道。我往日跟你在無約面前爭論：『小人爲財而死，君子爲名獻身。然而他們變換眞情、更改本性的原因卻沒有不同，這和捨棄該做的事、不惜生命地追逐不該尋求的東西是同樣的。』所以說，不要去做小人做的事情，反尋你自己的天性；不要去做君子所做的事情，或曲或直，順其自然，隨四時變化而消長。或是或非，牢牢掌握迴圈變化的中樞；獨自完成你的心意，跟隨大道往返進退。比干被剖肚挖心，子胥被挖掉了雙眼，這是忠的禍患；直躬出證父親偷羊，尾生被水淹死，這是信的禍患；鮑焦抱樹乾枯而死，申生寧可自縊也不申辯委屈，這是廉的毒害；孔子不能爲母送終，匡子發誓不見父親，這是義的過失。這些都是上世的傳聞，是當代百姓議論的話題；別認爲士大夫必定言論正直，別讓自己的行動跟著士大夫的模版，否則定會遭致禍患。」

子張曰：「子不爲行，即將疏戚無倫，貴賤無義，長幼無序。五紀六位，將何以爲別乎？」

滿苟得曰：「堯殺長子，舜流母弟，疏戚有倫乎？湯放桀，武王殺紂，貴賤有義乎？王季爲適，周公殺兄，長幼有序乎？儒者僞辭，墨子兼愛，五紀六位將有別乎？」

這段對話內容比較稠密，要理解好，需歸納一下。兩人在對話中體現的觀點無非是以下幾點：一、仁義存在的必要性是爲了讓獎賞繼續，不能讓喜好名譽的人丟飯碗，仁義必須保持下去。由此看來，仁義是帶有功利色彩的。二、愈是無恥、愈是滿口仁義的人才能大富大貴，在這個醜陋的社會，你要想富貴就必須學會裝著仁義。三、只有很少人有自信懂得治國，所以他們不願和桀紂相比。但人人都覺得自己很懂仁義，你拿他們去和孔子和墨子比，他們很樂意。四、不仁義的人一旦成爲掌權者也就等於仁義。換句話說，仁義沒有標準，號稱仁義的人還要去接受不仁義的人的酬勞。可見，仁義是人說了算的，勝者爲王，敗者爲寇。五、仁義標準不一，迷亂人心，呆板地去遵守所謂的仁義容易丟失性命。

子張與滿苟得先做反派後做正派，並明確指出「反殉而天」、「與道徘徊」的主張，更提出：與其追求虛假的仁義，不如「從天之理，順其自然」。

那個百家爭鳴的時代，每個學派均有其特點，他們的看法未免極端而偏頗。在我看來，仁義有存在的必要，有了標準才能分出是非。仁義的標準在不斷修改，但始終離不開道德的約束。我們要懂仁義，但不能利用仁義而假仁義。處世中，我們保持仁義的方法很多，不能過於死板。

接下來是無足與知和的對話，這兩人一個尊崇權勢與富有、一個抨擊權貴，由討論而進一步明確提出「不以美害生」、「不以事害己」的主張。

無足問知和：「天底下的人究竟有沒有人是眞正不想樹立名聲並獲取利祿的？是你嗎？誰富有了，人們就歸附他；歸附他，人們也就自以爲卑下，感覺自己地位卑下，就會更尊崇富有者。受到卑下者的尊崇是人們用來延長壽命、安康體質、快樂心意的辦法。而現在唯獨你在這方面沒有欲念，是你不夠聰明，還是你有心而力不足？又或者是你在堅持大道？」

知和說：「如今要是有這麼一個名利雙收的人，百姓看到了，就會以自己和他同時出生，或是和他同一個家鄉爲榮，以爲這樣就超越其他人了；其實這樣的人毫無思想可言，以這些俗人的辦法去看待古往今來的是非，只是混同流俗、融合世事而已。同樣，捨棄貴重的生命，離開最崇高的大道，執著於他一意要追求的東西，如果這就是他們所說的延長壽命、安康體質、快樂心意的辦法，不是跟事情原本相差太遠嗎？看不到悲傷與愉快給身體與心理帶來的影響，知道自己做的事卻不知道爲何要這樣去做，就算身分尊如天子，富到占有天下，也終究不能免於憂患。」

無足反駁道：「富貴對於人們來說並沒有什麼不好，享盡天下的美好，擁有天下最大的權勢，這是你們道德高尚的人永遠得不到的，也是那些賢達的人怎麼趕都趕不上的。挾持他人的勇力用以顯示自己的威強，掌握他人的智謀用以表露自己的明察，借著他人的德行以爲自己是賢良，這才是享受人生，雖然不曾享有國土卻活得像君王一樣威嚴。至於你所提樂聲、美色、滋味、權勢，對於一般人來說，不用學就會迷戀，身體不需要模仿早就習慣。欲念、厭惡、回避、俯就等等也同樣不需要師傳，這是人的天性。食與色都是天性，就算你認爲我的看法不對，但誰又能擺脫這一切呢？」

知和說：「睿智的人總是依從百姓的心思而行動，不違反大家的意願，所以知足就不會爭鬥，會無爲無求。不知足的人常常過度貪求，爭奪四方財物卻不自認爲是貪婪；有剩餘才辭讓，捨棄天下而不自認爲清廉。廉潔與貪婪的本身並不是因爲受外力所逼迫反觀內在稟賦所致。天子身處高位，卻不以顯貴傲視他人；天子富有天下，卻不用財富炫耀於他人。凡事要想有沒有後患，一旦被認爲是有害於自然本性的就要拒絕接受，因爲你並不是要用它來求取名聲與榮耀。堯與舜做帝王的時候，天下和睦團結，並不是他們施行仁政，而是不想因爲追求美好生活而損害生命。善卷與許由本來有機會能得到帝王之位，卻一直不接受，這也不是虛情假意，而是他們不想因爲要治理天下危害自己。」

無足嘲諷道：「可笑啊，你這個一心要得道的傢伙！難道你爲了保持自己的名聲，就勞苦身形、謝絕美食、儉省養生嗎？你這樣做簡直像一個長期受疾病困擾卻沒有死去的人，那還不如死了算了。」

知和說：「天下爲公，均勻分配就是幸福，有所剩餘便是禍害；如果不這樣，就會有人富裕，有人貧苦。瞧那些富有的人就知道享樂，耳朵追求鐘鼓簫笛的樂聲，嘴巴滿足於肉食佳釀的美味，物質生活觸發了欲望與邪念，他們遺忘了事業，眞可說是迷亂極了！有些人的身心深深陷入了憤懣的盛氣之中，像背著重荷爬行在山坡上，眞可說是痛苦至極；由於貪求財物所以招惹怨恨，爲了得到權勢所以耗盡心力，安靜閒居就沉溺於嗜欲，體態豐腴光澤就盛氣凌人，眞可說是發病了；貪圖富有而追求私利，獲取的財物堆得像齊耳的高牆竟然還不滿足，愈是貪婪愈發收拾，眞可說是取辱了；囤積的財物沒有派上用場，卻仍舊念念不忘而不願割捨，企求增益永無休止，更加憂愁；在家總擔憂竊賊來臨，在外總害怕寇盜殺奪，在內遍設防盜的塔樓和射箭的孔道，在外不敢獨自行走，眞可說是畏懼極了。這六種心靈狀況是天下最大的禍害，如果我們不注意，等到禍患來臨，你就算想要傾家蕩產保全性命，恐怕也不可能。所以，從名聲的角度來觀察看不見，從利益的角度來探求得不到，心意和身體兩者同時受到如此困擾，你卻還要竭力爭奪名利，這不比活死人更加迷亂嗎？」

無足的立場是爲了利而生活，正如他的名字，沒有知足的時候。他的想法是：每個人都在追逐名利，所有人都在競爭，只有比別人富有才能顯示出你的地位。錢是萬能的，有錢有勢你就有手下，就有人爲你效勞；沒有錢，爲了修行而沉溺貧窮，這樣的生活沒一點樂趣，跟個死人差不多。

針對無足的話，知和一一反駁：那些靠凌駕在別人頭上才顯得富有、高人一等的人並非眞的富有，而是沒有主見的跟隨者。看起來比別人都好，實則依賴他人，因爲他的坐騎是別人的脖子。

這樣的人不過是那種隨波逐流缺乏個性、被社會同化的物質奴隸；即使物質方面富足得像個國王，卻沒有身爲國王的品德。眞正的天子不會花費時間去跟平民比財產、比權勢，而是用心去管理國家，讓外物協調發展。而以爲自己有了錢就是國王，實在太膚淺了；玩命去追求財富，得到愈多愈不甘心，愈不甘心愈想得到，同時你還幻想自己有好名譽，這不是身心遭受雙重折磨嗎？與其如此，不如安心修行，過得貧苦點，至少內心不會煩躁。

第三十講 利己最大化與博弈圈套

——解讀《莊子・雜篇・說劍》

讀《莊子》不得不佩服其中的邏輯思維，就像《說劍》裡那個關於博弈的故事。簡單地說，博弈論是研究「決策主體」在給定資訊結構下如何決策以最大化自己的效用，以及不同決策主體之間決策的均衡的一種理論。這個概念可能有些生澀，這裡有三個例子可論述。

第一個例子來自於莊子「齊物」、「天氣一體」的思想。眞菌從石頭中汲取養分，提供海藻食物，而海藻又反過來爲眞菌行光合作用；金蟻合歡樹爲螞蟻提供食物，而螞蟻又反過來保護它；無花果樹的花是黃蜂的食物，黃蜂又反過來爲它傳授花粉，將樹種撒向四處。這就是自然界中典型的共生。從中我們可以看到：原本私自存活的生物卻間接幫助其他生物。這說明我們在純粹利己的同時可能也利人，利己與利人在這裡沒有衝突。博弈論就建立在這樣的客觀現實基礎上，讓你在選擇對自己有利行爲的同時也影響其他參與者的行爲。

第二個例子是關於分錢。有個莊家開了一個賭局，讓參賭的人買定離手，如能買中骰盅裡骰子的點數就能獲得全部錢。一群人躍躍欲試。沒想到當所有人剛掏完錢，忽然一陣大風將錢都吹走了。莊家好不容易才把錢全部找回來。此時問題來了，莊家要將錢歸還給眾賭徒，但是這錢怎麼分？剛才各位掏了多少錢？眾賭徒都不老實，明明只出了五塊非說自己出了十塊，只出三塊的又說自己出了五塊，糾纏不清。後來莊家終於想到一個辦法：他把錢守好，分給大家每人一張紙，誰也不許偷看，各人把自己出的錢數寫在紙上，只有當所有人寫的錢數加起來等於或少於總數時，莊家才依照大家所寫的分錢。結果，沒多久錢就分好了。這個故事告訴我們，「煩惱」是可以轉嫁的。原來煩惱的是莊家，規則一改，煩惱的就是那些賭徒了。原本想騙點錢的賭徒，想到萬一虛報的錢數超過總數，肯定一分錢也拿不到，而他們也絕對不會少寫，所以他們只會將眞正所出的錢數寫在紙上。

再一個例子是博弈論裡的經典，名爲「囚徒困境」。有兩個人一起做壞事，被員警發現後被抓了起來，分別關在兩個獨立且不能互通資訊的牢房裡進行審訊。兩個囚犯可以自行選擇：供出同夥（即與員警合作，從而背叛他的同夥），或者保持沉默（也就是與他的同夥合作，而不是與員警合作）。兩人都知道，如果他倆都能保持沉默就都會被釋放，因爲只要他們拒不承認，警方就無法定罪他們。警方也明白這一點，所以就給了這兩個囚犯一些刺激：如果他們之中的任一個人能告發同夥，他就可以被無罪釋放，同時還可得到一筆獎金，而他的同夥就會被按照最重的罪來判決，爲了加重懲罰，還要對他施以罰款，作爲對告發者的獎賞。當然，如果這兩個囚犯互相檢舉，兩個人都會被按照最重的罪來判決，誰也不會得到獎賞。

那麼，這兩名囚犯該怎麼辦呢，是選擇合作還是背叛？從理論上講，他們應該合作，保持沉默，這樣他們都能得到最好的結果：自由。但是，他們不得不考慮對方可能採取什麼選擇。犯人甲不是傻子，他相信自己的同夥一定會向警方提供對自己不利的證據，然後帶著一筆豐厚的獎賞出獄而去，卻讓自己坐牢。這種想法的誘惑力實在太大了，他同時也意識到，同夥犯人乙也不是傻子，也會這樣來設想他。所以，犯人甲的結論是：唯一理性的選擇就是背叛同夥，將一切都告訴警方；因爲萬一犯人乙保持沉默，那麼自己就會是那個帶獎出獄的幸運兒。如果犯人乙也根據這個邏輯向警方交代，那麼自己反正也得服刑。所以審訊最後的結果就是這兩個囚犯按照不顧一切的邏輯得到了最糟糕的報應：一起坐牢。

在「囚徒困境」中我們清楚地看到了博弈論的兩大前提：一、人是理性的，即人人都會在約束條件下最大化自身的利益。二、人們在交往合作中有衝突，他們的行爲互相影響，而且資訊不對稱。

而在《說劍》中，我看到的是兩個博弈，一環連著一環。《說劍》裡的故事參與者主要有四方：趙文王、太子悝、莊子，和劍客們。

趙文王這個人特別喜歡劍術，不惜花重金招募劍客，當時擊劍的人蜂擁前來，盛況空前，差不多有三千多人。劍客們在趙文王面前沒日沒夜地比試劍術，每年都有一百多人死傷。儘管如此，趙文王仍不滿足，反而變本加厲招集劍客。三年下來，趙國的國力明顯衰退了，邊鄰各國蠢蠢欲動，想方設法準備攻打趙國。

面對如此境況，太子悝十分擔憂，於是徵求左右近侍的意見：「天下有誰能說服大王停止招攬人比試劍術呢？有這樣的人嗎？如果有，我願意贈給他千兩金子。」近侍們想了想，說：「恐怕只有莊子能夠擔當此任。」於是，太子悝派人攜帶千兩金子請莊子出山。莊子不接受贈金，但他同意跟隨使者回去。

莊子看到太子，問：「太子有什麼見教，賜給我千兩金子這麼重的厚禮？」

太子說：「我聽人說先生您通達賢明，謹此送給你千兩金子作爲犒賞；現在先生您竟不願接受，那我還有什麼可說呢？」

莊子說：「我聽說太子想找我幫忙，以斷絕大王對劍術的愛好。假如我對上遊說趙王，違拗了趙王的心意，對下又未能讓太子滿意，那我一定會遭刑戮而死的，到時候我還哪裡能用得上這些贈禮呢？沒福消受啊！又假如我能說服趙王，能讓太子您滿意，那麼在趙國這片富饒的土地上又有什麼是我得不到的呢？」

太子聽完，便讓莊子按照自己所想的去做。

在我看來，此處莊子的話多少有點打擊太子，太子的意思他一眼便看穿，太子多加酬金無非是讓莊子更貼近他「博弈」的靶心。而莊子的反應正中太子下懷，這件事你不得不做，不僅要做，還要做好，否則腦袋不保。太子把苦惱轉給莊子了，而莊子爲了自保，必然會影響到他人，即趙文王和擊劍者們的選擇。於是，第一個博弈形成了。

昔趙文王喜劍，劍士夾門而客三千餘人，日夜相擊於前，死傷者歲百餘人。好之不厭。如是三年，國衰。諸侯謀之。

太子悝患之，募左右曰：「孰能說王之意止劍士者，賜之千金。」左右曰：「莊子當能。」

太子乃使人以千金奉莊子。莊子弗受，與使者俱往見太子，曰：「太子何以教周，賜周千金？」

太子曰：「聞夫子明聖，謹奉千金以幣從者。夫子弗受，悝尚何敢言。」莊子曰：「聞太子所欲用周者，欲絕王之喜好也。使臣上說大王而逆王意，下不當太子，則身刑而死，周尚安所事金乎？使臣上說大王，下當太子，趙國何求而不得也！」

太子曰：「然。吾王所見，唯劍士也。」

第二個博弈發生在莊子、趙文王和擊劍者之間。

接下來，莊子去拜見趙王。他不急不徐地進殿，見到趙王也沒有下跪。趙王問：「莊子，聽太子說你今天要來見我，我倒想看看你有什麼可指教我的呢？」莊子說：「我聽說大王喜好劍術，今天我特地以劍術來與大王相會。」趙王一聽，心花怒放，笑道：「好啊，我可要看看你的劍術是如何抵擋攻擊，又是如何戰勝對方！」莊子想了想：「我的劍術可是很厲害的，我能在十步之內殺掉一人，我直來直往，就算行走千里也不會受人阻留。」趙王大喜道：「聽你這麼說，難道天下就沒有誰是你的對手了？」莊子問：「大王知道劍術的要領嗎？先故意暴露自己的弱點給對方，讓他覺得你不怎麼樣，然後再用可乘之機引誘對方，等他粗心大意、發起攻擊，我再一躍而起，一劍中的。我非常希望大王有機會能試試我的劍法。」趙王聽後，神色有些緊張，想了一下，說道：「那你先回館舍休息吧，一路上顛簸勞頓，你也好好養精蓄銳。等候我的通知，等我安排妥當擊劍比武的時間再請先生出面。」

莊子曰：「諾。周善爲劍。」太子曰：「然吾王所見劍士，皆蓬頭突鬢垂冠，曼胡之纓，短後之衣，瞋目而語難，王乃說之。今夫子必儒服而見王，事必大逆。」莊子曰：「請治劍服。」治劍服三日，乃見太子。太子乃與見王，王脫白刃待之。莊子入殿門不趨，見王不拜。王曰：「子欲何以教寡人，使太子先？」曰：「臣聞大王喜劍，故以劍見王。」王曰：「子之劍何能禁制？」曰：「臣之劍十步一人，千里不留行。」王大悅之，曰：「天下無敵矣。」莊子曰：「夫爲劍者，示之以虛，開之以利，後之以發，先之以至。願得試之。」

這是莊子博弈的第一階段，他的行動針對的是劍士。莊子懂劍嗎？不懂，但他非要這麼說，其實是要給劍士們一種無形的壓力。無論趙王還是劍士都不理解莊子的眞正用意。

之後的七天裡，趙王讓劍客們比武較量，死傷六十多人，最後從中挑選出五、六個人，讓他們拿劍在殿堂下等候，這才派人去叫莊子。一見到莊子，趙王熱情地說：「今天可讓劍客們跟先生你比試劍術了。」莊子環視四周，說了句：「我已經等很久了。」趙王又說：「不過，比武前我先問一下，先生所習慣使用的劍長短如何，有什麼要求嗎？」莊子回答：「我用的劍無論長短都可以，不怎麼挑剔。但我有三種劍，隨便大王挑一種，大王挑完，我再開始比試。」趙王覺得有意思，說：「我很樂意見識你所說的三種劍。」莊子說：「我所說的三種劍，分別是天子之劍、諸侯之劍、庶人之劍。」

趙王好奇地問：「什麼是天子之劍？」莊子說：「天子之劍，是拿燕的石城山做的劍尖，拿齊國的泰山做的劍刃，拿晉國和衛國做的劍脊，拿周王畿和宋國做的劍口，拿韓國和魏國做的劍柄；用中原以外的四境來包紮，用四季來圍裹，用渤海來纏繞，用恆山做的繫劍帶；靠五行來統一駕馭，靠刑律和德教來判斷論辯；遵循陰陽的變化，時進時退，以春秋來扶持，以秋冬來而運行。用這樣的劍向前筆直刺過去，一無阻擋；高高舉起，沒有任何東西能在它之上；按劍向下，所向披靡；揮動起來旁若無物，向上割裂浮雲，向下斬斷地脈。我一旦使用這樣的劍，可以匡正天下諸侯，使天下人歸服。這就是天子之劍。」

王曰：「夫子休就舍，待命令設戲請夫子。」王乃校劍士七日，死傷者六十餘人，得五六人，使奉劍於殿下，乃召莊子。王曰：「今日試使士敦劍。」

莊子曰：「望之久矣！」王曰：「夫子所御杖，長短何如？」

曰：「臣之所奉皆可。然臣有三劍，唯王所用。請先言而後試。」

王曰：「願聞三劍。」曰：「有天子劍，有諸侯劍，有庶人劍。」

王曰：「天子之劍何如？」曰：「天子之劍，以燕谿石城爲鋒，齊岱爲鍔，晉衛爲脊，周宋爲鐔，韓魏爲夾，包以四夷，裹以四時，繞以渤海，帶以常山，制以五行，論以刑德，開以陰陽，持以春夏，行以秋冬。此劍，直之無前，舉之無上，案之無下，運之無旁。上決浮雲，下絕地紀。此劍一用，匡諸侯，天下服矣。此天子之劍也。」

趙文王聽了，看了看自己的手，有點茫然，若有所失：「那麼，什麼是諸侯之劍呢？」莊子說：「所謂諸侯之劍，是拿智勇的戰士做它的劍尖，拿清廉的士人做它的劍刃，拿賢良之士做它的劍脊，拿忠誠聖明之士做它的劍環，拿豪傑之士做它的劍柄。這樣的劍，向前直刺也一無阻擋，高高舉起也無物在上，按劍向下也沒有什麼可接近它的，揮動起來也旁若無物，這些特點和天子之劍沒太大區別；但諸侯之劍的作用是：對上效法於天並順應日月星辰，對下取法於地並順應四時序列，居中則順和人民的意願而安定四方，讓百姓安居樂業。一旦使用這樣的劍，就像霹靂雷霆般震撼四境之內，沒有不歸服並聽從號令的。這就是諸侯之劍。」

文王芒然自失，曰：「諸侯之劍何如？」曰：「諸侯之劍，以知勇士為鋒，以清廉士為鍔，以賢良士為脊，以忠聖士為鐔，以豪桀士為夾。此劍，直之亦無前，舉之亦無上，案之亦無下，運之亦無旁。上法圓天，以順三光；下法方地，以順四時；中和民意，以安四鄉。此劍一用，如雷霆之震也，四封之內，無不賓服而聽從君命者矣。此諸侯之劍也。」

趙文王聽了，看了看下面的大臣們，接著又問：「那什麼又是庶人之劍呢？」莊子說：「庶人之劍，頭髮蓬亂得像鳥窩，髻毛突出得像勞累的毛驢，帽子低垂讓你看不到它的樣子，帽纓粗實，衣服緊緊裹著身體，瞪大眼睛卻氣喘語塞。庶人之劍經常在人前爭鬥刺殺，上能斬斷脖頸、殺人性命，下能剖裂肝肺、穿人五臟六腑。我一般不喜歡用庶人之劍，感覺用這樣的武器跟鬥雞鬥狗比起來沒有什麼區別，一旦命盡氣絕就被扔掉了，這樣的劍對於國事也沒什麼用處。不過，說到這裡，我發現大王您好像也是在用庶人之劍啊！大王您擁有如此高的地位卻喜好庶人之劍，我很為您感到不值。」

王曰：「庶人之劍何如？」曰：「庶人之劍，蓬頭突鬢垂冠，曼胡之纓，短後之衣，瞋目而語難，相擊於前，上斬頸領，下決肝肺。此庶人之劍，無異於鬭雞，一旦命已絕矣，無所用於國事。今大王有天子之位而好庶人之劍，臣竊爲大王薄之。」

王乃牽而上殿，宰人上食，王三環之。莊子曰：「大王安坐定氣，劍事已畢奏矣！」於是文王不出宮三月，劍士皆服斃其處也。

趙文王能樂意接納莊子的意見嗎？當莊子說「三劍」時，那些劍士們一點反對意見都沒有嗎？爲什麼不加以阻撓呢？

在我看來，趙王是迫於無奈而接受莊子的意見，劍士們也是如此。我把這個結果歸爲一種必然，這種必然正是莊子博弈的大勝。莊子會算計，看似無心，其實有心，他知道趙文王肯定會接受，否則只有比。比劍術無非有兩種結果：一是莊子贏了，一個百姓戰勝了國王，庶人之劍是粗俗低下的，趙王臉面何在？二是莊子輸了，那趙王也勝之不武，天下人難服。爲何？國王的劍士用的依然是庶人之劍，趙王用庶人之劍去對付一個百姓，安能服人？身處如此尷尬的境地，趙文王只有放棄比武。

故事的最後出現了太子悝想要的結果：趙文王三月不出宮門，失業的劍士們在自己的住所自刎而死。

第三十一講 閒事終究管不住

——解讀《莊子・雜篇・漁父》

在《漁父》裡我看到了「好人之死」。

從前有位熱心的「好人」，他正直、善良，總希望爲百姓多做一點事。他走在路上，看到一對男女吵架，便走了過去，說：「身爲男人的應該多包容女人。而做爲女人的也該多想想男人的辛苦……」說了半天，結果發現安靜的空氣裡只有他一個人的聲音，那對男女早就走了。「好人」走著走著，又看到一群孩子在玩捉迷藏。其中一個孩子逃跑時不小心踩到另一位同伴的腳跟，「好人」看到，就把踩人腳的孩子抓過來，當著眾孩子的面說：「這樣是不對的，你應該主動說對不起，承認錯誤，並且向他道歉。」說完，他還抓住了被踩腳的孩子，說：「你這樣也不好，他明明傷害了你，爲什麼你不指正他呢？」孩子們都哭著回家了。「好人」繼續往前走，又看到一對夫妻吵架，他想都不想，上前就把那男人推開，結果他用力太猛，直接把男人推倒了。女人一看丈夫吃虧，立即將矛頭對準「好人」，一場混戰於焉展開。

後來「好人」去世。至於死因，則是社會不需要他的多管閒事。

莊子在《漁父》裡又一次拿孔子尋開心，這次讓孔子下不了台的是一個漁父。孔子帶著一群學生人來到緇帷的樹林遊玩，坐在長有許多杏樹的土壇上休息。弟子們在一旁讀書，孔子則彈琴吟唱。由於弟子們書聲朗朗、孔子的琴聲又過於嘹亮，驚動樹林邊小河裡的魚。魚被嚇走了，漁父便從船上走了下來，指著正自我陶醉的孔子，問他是做什麼的。子路說這位是魯國的君子。漁父又問他姓什麼，子路回答說姓孔。漁父又問孔子精通什麼學問？

子路還未作答，子貢接過話說：「孔子這個人，心性敬奉忠信，親身實踐仁義，修治禮樂規範，排定人倫關係，對上竭盡忠心於國君，對下施行教化於百姓，要用這樣的辦法造福於天下，這就是孔氏鑽研精習的事業。」漁父又問：「孔氏是擁有國土的君主嗎？」子貢說：「不是。」漁父又問：「是王侯的輔臣嗎？」子貢說：「也不是。」漁父於是笑著背轉身去，邊走邊說道：「這個人講起仁來也許可以，但恐怕其自身終究不能免於禍患；勞苦心性身形而危害自然本性，唉，他離大道也實在是太遠太遠了！」

子貢將其與漁父的談話向孔子報告，孔子覺得這名漁父是個大智慧的人，要親自拜見他並請求他教導一二。

於是漁父說了一番話，發人深省：「同類相互匯聚，同聲相互應和，這本是自然的道理。我願意將我所知道的來幫助你所從事的，你所從事的是塵俗事務。天子、諸侯、大夫、百姓，這四種人若能夠各自擺正位置，將是社會治理的美好境界；四者若偏離了位置，社會動亂也就沒有比這更大的。官吏處理妥當自己的職權，百姓安排妥當自己的事情，就不會出現混亂和侵擾。所以，田地荒蕪居室破漏、衣服和食物不充足、賦稅不能按時繳納、妻子侍妾不能和睦相處、老少失去尊卑的序列，這是普通百姓的憂慮。能力不能勝任職守、本職工作辦不好、行爲不清白、屬下玩忽怠惰、欠缺功業和美名，爵位和俸祿亦不能保持，這是士大夫的憂慮。朝廷沒有忠臣、國家混亂、敬獻的貢品不好、朝覲時落在後面而失去倫次、不能順和天子的心意，這是諸侯的憂慮。陰陽不和諧、寒暑變化不合時令以致傷害萬物的生長，諸侯隨意侵擾征戰以致殘害百姓、禮樂不合制度、財物窮盡匱乏、人倫關係未能整頓，這是天子的憂慮。如今你上無君侯主管的地位而下無大臣經辦的官職，卻擅自修治禮樂，排定人倫關係以教化百姓，不是太多事了嗎？」

在漁父的眼中，孔子就是多餘的。在全民各盡其責、各施其力之時，你不但不參與實質性的社會建設，還走來走去，試圖爲大家的工作下定義，實在可恥！孔子在莊子的理想社會中成爲一個滑稽的人物，孔子提倡的仁義在其眼中純屬自娛自樂的伎倆。莊子借漁父之口發表了最有益的警言：「人有八種毛病，事有四種禍患，不可不清醒明察。不是自己職分以內的事也兜著去做叫『攬』，沒人理會也說個沒完叫『佞』，迎合對方順引話意叫『諂』，不辨是非巴結奉承叫『諛』，喜歡背地說人壞話叫『讒』，離間故交挑撥親友叫『害』，稱譽僞詐敗壞他人叫『慝』，不分善惡美醜而臉色隨應相適以暗暗攫取合於己意的東西叫『險』。有這八種毛病的人，外能迷亂他人，內則傷害自身，因而有道德修養的人不和他們交往，聖明的君主不以他們爲臣。而喜歡管理國家大事，隨意變更常規常態，用以釣取功名，稱作「貪得無厭」；自恃聰明專行獨斷，侵害他人剛愎自用，稱作『利欲薰心』；知過不改，聽到勸說卻愈錯愈多，稱作『強頭強腦』；跟自己相同就認可，跟自己不同即使是好的也認爲不好，稱作『自負矜誇』。這就是四種禍患。」

「且人有八疵，事有四患，不可不察也。非其事而事之，謂之摠；莫之顧而進之，謂之佞；希意道言，謂之諂；不擇是非而言，謂之諛；好言人之惡，謂之讒；析交離親，謂之賊；稱譽詐僞以敗惡人，謂之慝；不擇善否，兩容頰適，偷拔其所欲，謂之險。此八疵者，外以亂人，內以傷身，君子不友，明君不臣。所謂四患者：好經大事，變更易常，以挂功名，謂之叨；專知擅事，侵人自用，謂之貪；見過不更，聞諫愈甚，謂之很；人同於己則可，不同於己，雖善不善，謂之矜。此四患也。能去八疵，無行四患，而始可教已。」

簡單地說，就是禍從口出。不要多管別人的事，不要過分巴結獻媚，不要說人長短，不要挑撥離間，不要胡亂給事物下定義，不要貪心，不要欲望無限，不要自作聰明，不要隨意和別人對著幹。爲人處世，不要給自己釀造禍害，要謹慎。但這種謹慎並非傳統學者所理解的無爲、默默無聞卑微地生活，而是建議不要多管別人的事，以免別人過分喜歡你，或過分討厭你。對我們當代人而言，最重要的還是思考，這裡我歸納成八個字：專注、簡單、持久、執著。

專注，是只做一件事的意思，人生苦短，想在每個行業裡都幹出花樣來不可取，不要以有限的人生追求無限，不要做力所未逮的事。

簡單、不引人注目的生命最容易存活於動亂的世間。你有好的思想、好的點子，包括商機、學識和能力，在你沒有足夠強大、不能保護自己時千萬不要表露。必須簡單、不起眼，低調才是王道。先盡快壯大自己，等條件成熟了再謀求把理想實現。

持久指的是目光的持久。眼睛是心靈的窗戶，心有多大、世界便有多大。不要做井底之蛙，要有先進的觀念、長遠發展的目光。對事物的預見性是成功的關鍵。這裡特別指出的是，持久包括創新的持久，只有不斷突破自己，攻克一個個瓶頸才是生存的關鍵。對於瓶頸，我們既要期待它，又要輕視它。遇見它，我們就知道自己有突破的機會了；消滅它，我們才能眞正突破自己。

再就是執著。好事多磨，一步登天的成功不可取、不可靠。幸福來得愈快失去得也愈快。厚重的果實需要頑強熬出來，千錘百煉、持之以恆才有可能收穫。

從文學價値來看，《漁父》中對人物的塑造是成功的，兩個形象的對比很鮮明，暗喻也很妥當，起承轉合非常好：從孔子一開始不去看漁父，到親自上前攀談，到聽漁父教誨，到請求漁父收他為徒，到漁人不願做老師、上船離去，到孔子目送漁父離開、依依不捨，到最後孔子對弟子的總結教育。

在《漁父》裡我們看到的是一個儒道兩家對立的世界。從文字上看起來，儒家是溫文爾雅的，孔子受了很多委屈，脾氣卻依然很好；而道家則尖銳、敏感、鋒芒四射。

第三十二講　人心比山川更險惡

——解讀《莊子・雜篇・列禦寇》

從前，有這麼一個村子，村裡的男女老少相親相愛，以付出、給與爲榮，人人時時刻刻都想著如何幫助別人，從來不求回報，所以村中從未發生過爭執。人們買賣東西從不缺斤少兩，反而還買一送一，買半斤送二兩。從社會價值上分析，因爲個人期望對社會付出的比從社會獲得的要多，所以就出現極有意思的狀況：比如有人共給社會貢獻三份力量，而其他人也給他帶了兩份好處，表面上看起來，二比三少，但因爲很多人給他帶來好處，所以從總數上看，儘管每個人付出的還是那麼多，但整個社會群體回報給他的比他付出的就要多很多了。這就形成了一種特殊的驅動力，每個人付出愈多，相應也就獲得愈多，最終形成一個無比豐足的價值秩序。

在《列禦寇》中就有類似這樣的一個優質社會，姑且叫它快活村。村裡有個寡婦，是個外來戶，她一踏進村莊便感染了村民的風氣，熱心而眞誠——她給過路人納鞋底、給年輕的少女們繡衣裙、幫助出遠門的村民照顧孩子和老人。十月中的一天，她夢見村頭那棵百年沒開過花的棠棣樹突然繁花似錦，白色的花頭一簇簇的，比春天開得都燦爛。第二天，她跑到村頭看樹，棠棣樹沉寂依然，沒有開花，葉子卻已枯黃。就在她黯然神傷即將離開時候突然聽到幾聲嬰兒的啼哭聲，她回頭一看，樹下有片花瓣，白白的，不知從何而來，而棠棣樹沒一點花開的跡象。寡婦輕輕拾起花瓣，放在手心端詳，不知不覺中花瓣變大，最後變成了一個嬰孩。寡婦便帶他回家。嬰孩慢慢長大。寡婦乳房乾癟，沒有奶水，隔壁婦女便無私地來哺育嬰兒。嬰孩再長大點，便可以喝粥，家家戶戶都肯餵養他。吃著百家米，這孩子逐漸長大，成爲一個完美的小夥子，貌美、高大、魁梧、健壯、勇武、果敢，少女們總用無比愛慕的眼神看他，他成了村裡的王子。他繼承了快活村人的品性，與所有人和睦相處。但村裡一些老人看到了天空中的異象，發現星辰排亂了方位，他們預言這個孩子必定多災多難。

少年愛著母親，冬天爲母親暖腳，以蘿蔔葉熬水爲她治凍瘡；春天帶著母親去田野曬太陽，看在溪水裡嬉戲的野鴨，看在草地上放風箏的孩童；夏天給母親搖扇趕蚊子；秋天和母親一起迎來豐收，分享瓜果的芬芳。母子二人安靜平和地過著日子，感受著溫暖的親情。

突然有一天，少年做了個夢，夢到母親掉進了黑海裡，他縱身一躍，潛入海裡去救母親。他使勁拉母親，發現怎麼拉也拉不動，是那些長髮般濃密的海藻纏繞著母親的小腿。他掏出腰間的小刀正要砍下去，發現那些不是草而是一群青蛙的腿；他抓住青蛙腿一拉，又發現那是無數條小蛇。少年從夢裡驚醒過來，聽到母親的咳嗽聲，自那夜起母親得了風寒。

第二夜，少年持續縈繞在夢中：母親依然在泥潭裡掙扎，少年在混沌間看到一雙賊眼如雷電般閃過。他順藤摸瓜，在無數條小蛇的身後發現了一條龍。龍潛深海，少年看到的只是牠的尾巴。

少年一驚，又從夢裡醒來，汗濕了床。他聽到母親痛苦的呻吟。

少年持續做著夢，直到那天他與黑水裡的龍擦肩而過，龍叼走了他的母親。少年追著那忽幽忽明的鱗光，終於看到龍的模樣：牠身體像蛇，長有四肢，有馬的鬣毛、鹿的角、狗的爪、魚的鬚。少年拔刀而起，只見那龍一飛沖天，落入五彩雲邊。少年再次從夢中醒來，看到地面的血跡。此時母親已開始咳血，危在旦夕，從此再沒能站起來。幾個大夫都查過母親的經脈，全都束手無策。一個眉毛鬍子全白了的老頭一言中的：去殺龍，殺掉龍，你母親就能康復。

少年從此踏上屠龍的旅途。村民們不放心，送別時失聲痛哭，少女們更是圍成一團阻擋少年遠行。但少年矢志不渝，還是在村民們的哭聲中出發了，四處打聽屠龍的方法。人們都很奇怪：龍只存在於傳說中，世人並未見過眞龍；沒有龍，如何殺龍？少年路過許多村莊，人們都勸他打消屠龍之念，不如回家好好照看母親，也算是盡了孝道。但想起咳血的母親，少年於心不忍，繼續前行。

終於有一天，少年遇到一個叫支離益的人，支離益自稱會屠龍之術。少年欣喜若狂。支離益笑道：「屠龍沒那麼好學的，就算學會了也不一定能殺到龍。從前我有個徒弟，叫朱漫，他向我學習屠龍的技術，耗盡了千金的家產，三年後學成卻沒有機會可以施展，就因爲他找不到龍。你確定你眞的要學嗎？」少年表示肯定。支離益說：「恐怕你是受了惡龍的傷害吧？」少年承認，於是開始學屠龍的技巧。

第一天，支離益把少年帶到竹林裡。他蒙住少年的眼睛，遞給他一小袋碎石，讓少年聽竹葉的聲音，聽到哪片竹葉在擺動就將石頭扔過去，無論遠近高低。這樣一是練聽覺的敏銳性，二是練力氣。少年練了一個月，終於能百發百中。支離益又把他帶到溪邊，蒙著他的眼睛，給他一把鐵叉去叉水中的魚。魚極其敏感，少年一挪腳，魚便逃之夭夭。少年一動不動站著，像枝枯萎的荷梗，漸漸有魚靠近他的腳趾。他屏息一擊，捕到了魚。如此練習了一個月，直到溪裡的大魚都被捕光了，支離益才讓他離開。之後，支離益又帶他到一片荒野裡，還是蒙著眼睛，告訴他地下有三隻田鼠，讓他以最快的時間捕捉牠們。少年第一次花了半天，第二次花了三個時辰，第三次用了半個時辰，第四次是一刻鐘，最後一次他只需要三十秒——一有風吹草動他便大步流星殺過去，田鼠無處可逃。這時支離益把少年蒙眼的布帶摘下，滿意地說：「你已經過第一關了。雲間、海裡、地下分別是龍的三大藏身之處，你能以耳當目，就能很快發現龍。」接下來是第二關的訓練。

這次，支離益把少年帶到鬧區，什麼也不做，就讓他看著街道上人來人往。少年很奇怪，看了半天，終於有點不耐煩了。支離益說：「你沒聽說過嗎？龍比人還狡猾，人心比山川還險惡，比知天象還要困難。天還有春夏秋冬和晝夜早晚變化的一定週期，可人面容複雜多變、情感深深潛藏。有的人貌似老實卻內心驕溢，有的人貌似長者卻心術不正，有的人外表拘謹卻內心急躁，有的人外表堅韌思想卻懈怠渙散，有的人表面舒緩而內心卻很強悍。你要鬥龍，首先要學會看人。」

支離益又說：「歷史上的皇帝曾被當成龍之子，用他們的方法去看人。君主總是讓人遠離自己任職而觀察他們是否忠誠；讓人就近辦事而觀察他們是否恭敬；讓人處理紛亂事務而觀察他們是否有能力；對人突然提問而觀察他們是否有心智；交給期限緊迫的任務而觀察他們是否守信用；把財物託付給他們觀察他們是否清廉，把危難告訴他們觀察他們是否持守節操；以醉酒的方式觀察他們的儀態；以男女雜處的辦法觀察他們對待女色的態度。如果你還學君主用那麼笨拙的方法檢驗人，那恐怕你一輩子也獵不了龍。」於是少年就用心查看街道上每個人的面容神采和舉止動作，時間久了，他可以一眼看出人群裡誰是小偷誰是大夫、誰是樂觀的誰又是卑鄙無恥的。支離益拍拍少年肩膀說：「好樣的，第二關過了。」

「殺龍要領的最後一關是鬥心。龍出來時你不恐懼嗎？你會驚慌失措，但你不能怕，你一怕牠，牠就更要害你；你不怕牠，牠反而會怕你。最後我要告訴你的是，龍的生存意志很堅定，當你有了力氣和工具，刺殺到的只是龍的身體，牠很容易就能恢復，就算你拔了龍鬚，只要氣還存著，牠依然能復活。所以，殺龍的最高境界就是讓牠心死，當那團氣因爲心燥煩亂不能合一，龍就死了。好了，我的話說完了，能教你的也教了。」支離益送少年一把匕首，現在的他可以找龍報仇去了。

少年又開始浪跡天涯，到處打探龍的消息。一路上總有形形色色的人告訴他在哪兒見過龍，在哪兒又發現龍的氣息。少年每每飛奔前往卻總無所獲，直到他遇到一名說書的老先生。老先生看著他焦急的模樣，說道：「你知道嗎？鄭國有個名叫緩的人在裘地吟詠誦讀經文，只花了三年便成儒生，還像河水滋潤沿岸土地一樣潤澤著廣遠的地方，他的恩惠還遍及三族，使其弟弟也成為墨家學人。當儒家、墨家爭辯互不相讓時，緩的父親站在墨家一邊，也就是和他弟弟站在同一戰線。又過了十年，緩憤而自殺，父親夢見緩對自己說：『讓你的兒子（我的弟弟）成爲墨家還是我的功勞，你怎麼不看看我的墳墓，上面種的柏樹已經結出果實了！』緩的弟弟具備墨家的稟賦而成爲墨家學人，緩卻總認爲這是因爲自己有什麼與眾不同之處，所以才會如此憤憤不平。便與齊人自以爲挖井有功而與飲水的人抓扯扭打一般，那些給你提供龍的線索的人差不多都是像緩這樣貪天之功以爲己有的人。其實，龍的出現又怎麼能被人感知呢？根據牠的天性，牠只出現在牠本應出現的地方。」

少年恍然大悟：「沒錯，是黑海，那裡才是龍現身的地方！」少年於是朝夢裡出現過的方向走去，走著走著，進入一片黑泥沼澤，突然一個大漩渦，沼澤成爲一片汪洋。少年潛入海底一併砍殺，不一會兒便捅死了千萬條小蛇。突然一條大龍出現，少年方知那些小蛇是大龍的部下，少年順手握住大龍的龍鬚，龍鬚牽著龍筋，少年用匕首斬斷龍筋，大龍便死了。少年繼續潛入深淵，發現了一枚價值千金的寶珠。少年把寶珠帶回快活村時，他的母親已經痊癒了，正在庭院裡種花，臉色紅潤、神采奕奕。

少年將寶珠供奉至廟宇，祈求風調雨順、六畜興旺。沒想到廟宇裡的人嚇得雙腿發軟：「萬萬不可！你這顆寶珠必定出自深淵裡那條老黑龍的下巴之下，你能獲得這樣的寶珠一定是趁老黑龍睡覺的時候偷來的吧；倘若黑龍醒來，你還想活著回來嗎？你趕緊把寶珠砸了吧。」

少年聽完將寶珠藏了起來。丟失了寶珠、失去了兒子的老黑龍闖入人間，對著快活村一陣怒吼。幸虧那寶珠的光芒形成一把保護傘讓村民們得以逢凶化吉。再後來老黑龍上天庭告到了玉帝處，少年遭到處分，被打回原形。老黑龍則由於過於哀傷嗚呼而亡。

雷雨過後的第二天，天放晴了，快活村的村民看到村頭的棠棣樹突然開花了，白色的花頭一簇簇開得異常燦爛。

我根據《列禦寇》裡的故事，解構杜撰了上面這個故事，無非想告訴大家《列禦寇》裡說的忘我思想：人生在世不應炫耀於外，不應追求智巧，不應貪功圖報。

《列禦寇》裡還曾提到莊子的死，借莊子對身後事的安排引出公平的定義。莊子對人和事都很苛刻，對自己也一樣，這種苛刻與其說是他想得開，不如說他是用自己的苛刻來獲取一定的心理平衡。

話說莊子快要死了，弟子們計畫許多陪葬品。莊子說：「我以天地為棺槨，以日月為連璧，以星辰為珠璣，萬物都可以成為我的陪葬品，我的陪葬品難道還不夠嗎？哪裡用得著這些東西！」弟子們說：「我們擔憂烏鴉和老鷹會啄食老師的遺體。」莊子說：「棄屍地上將會被烏鴉或老鷹吃掉，深埋地下也將會被螞蟻吃掉，奪過烏鴉、老鷹的吃食再交給螞蟻，怎麼能如此偏心！」

以偏見追求均平，以人為的感應應驗外物，自以為明智的人只會被外物所驅使，只有精神世界完全超脫於物外的人才會自然感應。這就是莊子，有血有肉，活時瀟灑，死也死得瀟灑、痛快。他死的時候還不忘以身作則，盡可能做到與萬物公平、統一。這裡的統一與「齊物」是異曲同工的，是天地萬物的無差異統一。

莊子將死，弟子欲厚葬之。莊子曰：「吾以天地爲棺槨，以日月爲連璧，星辰爲珠璣，萬物爲齎送。吾葬具豈不備邪？何以加此！」

弟子曰：「吾恐烏鳶之食夫子也。」

莊子曰：「在上爲烏鳶食，在下爲螻蟻食，奪彼與此，何其偏也。」

以不平平，其平也不平；以不徵徵，其徵也不徵。明者唯爲之使，神者徵之。夫明之不勝神也久矣，而愚者恃其所見入於人，其功外也，不亦悲乎！

第三十三講　任憑百家爭鳴，看我一枝獨秀

——解讀《莊子・雜篇・天下》

《天下》可以被看作是現存中國古代最早的一篇學術史專論。其對世間各種學派相關看法、意見進行記錄的同時又夾雜了更多有關處世、爲人、治國的觀點。在這些言簡意賅、博大精深、張力十足的文字裡，我們看到了繁多的思想鬥爭，史稱「百家爭鳴」。很多學者認爲《天下》是莊子對當時各種學派的一次歸納，在我看來，這不是歸納，只是記錄。在《天下》中可以看到許許多多的思想先驅。

《天下》中借「道術」的內容將人分爲四個層次，他們各自處於不同的思想領域，沒有貴賤之分。最底層的百姓以務農、從商等爲生存手段，其生活主要是滿足物質交換。以百姓的日常生活爲研究物件，討論他們的社會分配與福利問題，屬於道術研究中的「事」、「養」層次，這方面的研究發展到今天就是經濟學。百姓之上，以法度來決定社會分工，以名分作爲社會身分的標誌，經過比較驗證，以考核來決定，將百姓分爲不同的類別進行管理，並根據他們的次序分別治理、有條不紊，這就是道在「法」、「名」上的層次，相當於今天的政治學和法學。在此之上又有所謂的君子以仁義道德施惠百姓，以禮儀教化百姓的行爲，以音樂和諧百姓的性情，舉止言談溫和而仁慈，

這是道在「仁」、「義」之中的體現，與「禮」、「樂」相互配合，發展爲當今的倫理學。君子之上又有聖人，他們以德爲根本，以道爲門徑，能預見變化的徵兆，這是道在「天」、「道」上的反映，相當於現在的哲學。

在《天下》裡，我們看到了當今不同學科的雛形，更看到了在莊子那個時代不同學科發展的三個過程。

最開始的時候，文化與政治是密切相關的。古之道術多是人對天的理解，又因爲統治集團的利用而被賦予了許多鬼神色彩。春秋之前，學在官府，朝廷有大臣專門負責管理圖書典籍，一般百姓很難獲得知識。這一時期的文化色彩與統治者的風格一致。

第二階段，春秋末年在魯國出現了以孔子爲首的儒家人物。當時已經出現了《詩》、《書》、《禮》、《樂》等規範，寫在《詩》裡的，是抒發自己的思想感情；寫在《書》裡的，用來記述政事；用《禮》上說的步驟作爲行爲規範等等。當時的學者行爲與生活習慣已經接近平民化，社會制度也相對寬鬆，對百姓的思想禁錮也沒那麼深重了。可以說，當時文化發展相對自由和活潑，市井百姓也能夠討論文學藝術。孔子周遊列國，四處演講，表明這一時期的學術思想已經和王者政治分離，取得了相對獨立的地位。

墨家開始是從儒家學說中演變而來的，慢慢地愈來愈強大，成爲第一個可以與儒家分庭抗禮的學術流派，百家爭鳴就從儒、墨之爭開始。再之後，不同的諸子流派誕生了，它們相互影響，相互攻擊，相互彌補。這是第三個階段。

墨翟、禽滑厘所代表的墨家學派的觀點是：教育子孫後代生活不要奢侈，對物質資料的使用盡可能節儉，不要浪費；社會上各種等級差別要慢慢加以消除，每個人應該謹慎生活，規矩約束自己的行爲以適合社會發展的需要。從他們的基本觀點來看，我覺得他們過於激烈了，對人性也過分苛刻。他們要求人們節省物質資料，用他們的話來說：「活著時，不要唱歌，死了之後，隨便一扔就好了，不要埋葬，可節省草席」。這顯然太過。而他們另外的一些主張，例如：博愛、多考慮雙方利益爭取雙贏、消除鬥爭與暴力、博覽群書勤勉好學、不隨便標新立異但卻能做到與前代帝王不同執政思想等等，都是具有積極意義。

反對古代禮樂制度，是墨家學生們未曾停息的戰爭。古時候流傳下來的樂章，黃帝時代有《咸池》，唐堯時代有《大章》，虞舜時代有《大韶》，夏禹時代有《大夏》，商湯時代有《大》，周文王時代有《辟雍》，武王和周公曾合作《武樂》。古時候不同的人死後的喪禮也是不同的，喪禮的規格依據人的貴賤有嚴格規定，從上自下有不同的等級。從死後的棺材來看，天子死了，他的內棺和外槨一共有七層；諸侯死了，他們的棺材是五層；士大夫是三層；士是兩層。而墨家卻主張活著的時候不要唱歌，死後也不要舉辦太隆重的喪禮，就連草席也是少用一張是一張。一般棺材以桐木製作即可，棺身厚度三寸就足夠，沒必要用什麼貴重木材做外棺。他們力圖用這樣的思想教育人、引導人。

在莊子看來，這恐怕不是眞正地愛護人民，墨家以這樣的條款來約束自己，同樣是不愛惜自己。這樣說並不是要故意詆毀墨家，而是人的感情需要表達和釋放，需要唱歌的時候卻不讓人唱歌，不讓人表現出歡樂；難過的時候想哭又不讓人哭，不讓人釋放自己，這樣做跟人的本能相吻合嗎？難道人眞的要像他們所說的，活著的時候做牛做馬、辛勞刻苦，死的時候要淡薄名利，連個棺材都得不到嗎？他們的學說太苛刻啦！莊子連連感嘆：「我憂慮啊、悲憫啊，要做到這些難度很高啊，就連聖人恐怕也做不到。哎，就算墨子他們眞的能將自己的主張宣傳出去，實行了，那又能怎樣呢？違背了百姓的心願，距離王道也就遠了。」

墨子的思想有些過於極端，過於崇拜古代的人，他曾對自己的弟子說：「從前大禹治水，下令堵住了洪道，疏通了長江與黃河，使四夷、九州的河道連通起來。他給三百條大河做了整治，讓三千條河道分了支，所疏導的水渠溪流數也數不清，成就之大難以備數。大禹做事總親力親爲，抬籮筐，揮鐵鏟，工作辛苦，四處奔波，累得腿肚子瘦了，小腿上的毛都被磨掉了；他淋著暴雨，冒著狂風，在雷電交加中爲百姓安頓城邑。大禹這樣一個偉大的聖人還親自爲百姓的事操心，何況是我們呢？所以，歷代墨家弟子只用羊皮粗布做衣服，只穿木鞋和草鞋，日夜操勞不停歇。想想人家大禹、想想你們自己，你們要不斷要求自己勤奮更勤奮。如果你們不這樣做，你依然算不上墨家弟子。」墨家學派的出發點應當說是好的，但其做法卻讓人難以恭維。

在墨子之後，出現了宋、尹文，他們認爲：人生活在世上，不要被流俗的物質崇拜所牽累，不要過分在乎表面上的浮華榮耀。你不能要求別人爲你做什麼，同時你也不要違背大家的意願。最美好的狀態應該是天下太平，人人能吃飽睡好。大家能好好活下來就應該滿意了。這個時候大家要相互誠實，不要有什麼私心。宋、尹文戴著自製的、形狀像華山的帽子，以此推崇上下均平的觀點。他們認爲，人接受外物的時候先不要聽其他人的評價，也不要有什麼成見。要努力探討人的內心，以此分析內心與行爲的關係；用和順柔韌的態度迎合大家的歡心，並以此態度去調和天下。就算受到侮辱，也不要生氣，不要與對方爭鬥。社會整體應該禁止攻伐，停止暴力。他們用此學說周遊天下，向上進諫諸侯，對下教育百姓，就算天下人都不接納，他們還是堅持。雖然很少被人接受認可，但善良的他們還是經常爲別人考慮多一些，爲自己考慮少一些。他們宣稱：「你只要爲我準備五升米的飯食就足夠了！」這個學派裡的師長經常吃不飽，身體瘦弱，這個學派裡的弟子更是跟著忍受饑荒。他們爲了自己的理想無日無夜地奔波，到處宣傳說：「我們大家都應該能生活下去的！」語氣聽起來很偉大，彷彿是救世主。他們還說：「眞正的君子，不斤斤計較，不苛求別人，也不會讓自身爲外物所役使。」他們認爲對大家沒有好處的事情，與其去批評它，還不如什麼也不做，讓它自討沒趣、自我停止。對外，他們在社會上的主要活動就是阻止一切暴力和戰爭，對內，他們提倡禁欲主義。無論對內還是對外，他們的所作所爲也不過如此。

宋、尹文的觀點主要是「禁攻寢兵」、「情欲寡淺」與社會均等和平。他們身上既有墨家的因數，也有道家的苗頭，是墨家與道家的過渡交接點。而在他們之後的彭蒙、田駢、慎到三人則算是踏入了道家之門。

彭蒙、田駢、愼到這三個人認爲：「社會應該有絕對的公平，要平等和平均。人與人之間不要搞小團體。要用道理說服別人，不要有自己的成見。凡事一視同仁，不分你前我後，不靠陰謀詭計。」他們把如何平等地看待外物放在首要地位：「你看天，天能籠罩萬物，卻不能把萬物托起來；你看地，地能托起萬物，卻不能籠罩萬物。天與地的地位是平等的，有所能有所不能。萬物更是平等的，大道能夠包容萬物，卻不能區別萬物。」他們知道萬物都有它們可認可的一面，也有它不可認可的一面，他們說：「只利用對己有用的事物而看不起對己沒有用的事物是幼稚可笑的。有所挑選就必然不會周遍，有所教育就會出現有教育不到的方面，只有一視同仁，劃出統一的尺度，才能沒有遺漏。」

所以，愼到主張放棄分辨事物的技巧，去除自身的成見，順應事物必然，尊重事物發展規律。他說：「明明自己對事物陌生，卻不能順應自然地去面對，不死心而硬要如此，這樣必定會讓自己很痛苦。」

人各有所短，自己懶惰沒有才能卻取笑別人的崇尚賢能，自身縱放不羈沒有德行卻譏笑別人尊重聖哲的行爲。海上行船，無論是擊拍還是削截，人在海上只有跟著海浪前行，船才能不被推翻。要小心，不能胡亂發揮你的小智巧，不能不顧前因與後果而盲目行走。推一推船身加速行進，拽一拽桅杆放慢進度，人在海上像風一樣回還，像飛羽一樣飄忽，像磨石一樣轉圈，這樣才能保全自己不受傷害。動靜合宜，沒有感知的外物與你無怨無仇，就不會加害你。你要變成跟外物一樣沒有感知的東西，這樣你也不會再要什麼小聰明小詭計了。

然而，社會上一些才華出眾的人常常在一起開玩笑說：「愼到的學說，不是活著的人能做得到的，是死人才能做到的，他是個怪人！」

田駢一開始也贊同愼到的觀點，然後他去找彭蒙求學，得到了教導。然而彭蒙的老師說：「古時候得道的人只是到了一個不肯定也不否定的境地，就好像迅急而過的風聲找不到一點蹤跡，道又怎麼能說得出來呢？」

彭蒙、田駢與愼到，他們的想法很先進，有可取之處，但違背了大家的意願，人怎麼能和死人一起活著呢？所以大家也沒太當一回事。他們所說的並不是眞正的道。

同一時代道家的學者還有關尹、老子，他們將根本的道視爲精髓，將有形的物視爲粗雜，覺得人要是有了積蓄就會有貪念，永遠得不到滿足，所以提倡不要積蓄，要心境恬然，在物質資料的占有上寧可少一些。他們的觀點與彭蒙、田駢、愼到相近，也有不同之處。相比之下，他們更注重從自己的角度去分析，樹立起「無所謂有，無所有無」、「沒有固定不變」等理念，以太一學說爲核心，行爲舉止上時刻遵守柔弱謙下的原則，堅守空虛寧寂、不棄萬物的心境。

關尹說：「每個人的內心不應該存在成見，外在的有形之物展現出來的也是自然雕塑。萬物活動像流水，因勢隨順，可靜止下來時又猶如明鏡顯跡，無所斂藏。我們感受事物要像回聲那樣能自然應答。恍惚中彷彿什麼也不存在，沉寂寧靜如同虛空湛清，混跡於萬物也必能諧和順達。這樣，無論馳逐外物還是被萬物馳騁都會心有所得。生活的秩序從不搶在人先，而是常隨人後。」

老子則說：「人能認識事物剛強的一面，而能守持事物柔弱的一面，成爲天地間潺潺的小溪；認識事物顯著明亮的一面，而能守持事物污濁晦暗的一面，成爲容受他物的虛空山谷。」世間人人爭先恐後，唯獨他卻偏偏留在後邊，說是要承受天下的詬辱。世間人人求取實惠，唯獨他卻持守虛空，無心積蓄而處處顯得有餘。立身行事從容而不耗費精神，無所作爲並看不上投機取巧。大家都在追求福祿，唯獨他委曲求全，說是只求避免災禍。以懷藏深邃奧妙的道爲根本，以節約儉省的生活態度爲大要，認爲堅硬的東西容易毀壞而銳利的東西容易折損。他對物的態度時常寬容，對他人無所削奪，這樣的思想境界不可謂不高。

莊子以更爲強悍的想像力吸收了這些論點，說出了他的逍遙觀。莊子的逍遙觀呈現出的是虛空寧寂，沒有人能看到其形跡，變化萬千而沒有人能摸清定規。莊子十分豁達，無所謂死，無所謂生，性命跟天地共存，心智跟神明交往！他恍恍惚惚是到什麼地方去呢，還是惚惚恍恍剛從什麼地方而來？莊子的思想把世間萬物全都囊括了，卻沒有什麼去處可作爲最後的歸宿。

《天下》中對莊子思想的特質進行了一次大總結。

莊子這個人語言虛空而悠遠，他的談論鋒芒而實在，他的言辭沒有邊際。莊子的思想和他的人一樣眞誠、率性。他時時縱任發揮卻不偏執拘滯，從不靠標榜異端來顯示自己的觀點。他說：

「世間人沉湎於物欲不知覺醒，我不能夠跟他們嚴肅地討論問題，因而我只能用隨順無常的言辭不受拘束地鋪陳思想，只能用先輩聖哲的話語論述，好讓他們信以爲眞，而用婉曲寄寓的文辭來拓展自己的胸臆。」

莊子獨自一人跟博大的天地和玄妙的精神來往，卻從不傲視於萬物，從不追問是非曲折。他的著述雖然雄奇偉異，卻婉轉連綴、不失宏旨；他的言辭雖然變化不定，卻妙趣橫生，引人入勝。他內心充實，因而行文不能自已，上遨遊天地，下棄置死生。他與不知終始的得道之人交爲朋友。他對於道的理解宏大通達、深遠縱放；他對於道的探討諧和適宜，已達到最高境界。在順應萬物變化和分解事物原由方面他所闡述的道理是那麼無窮無盡，他所建立的學說本源脈絡清楚、窈冥深邃，但我們還不能完全洞悉其中的奧妙。

《天下》中又借惠施來形容莊子所處那個時代的「名辯」之風。惠施是個有學問的人，是個百事通，學富五車，但他的學說卻乖背雜亂，言談也有很多偏頗不當之處。他觀察分析事物的要理，說：「大到無邊的東西，稱之爲『大一』；小到無核的東西，稱之爲『小一』。沒有厚度的平面體不可能累積，卻可以將這樣的平面無限擴展到很遠很遠。從整個宇宙的角度去看，天與地一樣低，山峰與湖澤看起來也一樣平。太陽剛到正中就開始偏斜，各種物類即生即死。萬物之間有類別和種屬的差異，叫做『小同異』；萬物有相同的共性以及與個別事物完全不同的差異，叫做『大同異』。一直向南看起來是無窮盡的，也可能是有盡頭的；地球是一個迴圈，今天你到越國去，又可以說成是昨天已經到了。連環本不可解，又可說無時無刻不在消解。天下的中心部位可以說是在燕國的北邊，也可說是在越國的南方。要廣泛愛護各種物類，因爲天地間本就是沒有區別的整體。」

惠施認爲這些看法（能提出問題）已經是最厲害的。他周遊天下，到處認識善辯的人，一切喜好爭辯的人都喜歡聽他津津樂道：卵裡面可以說是存在著毛，雞可以數出三隻腳來，郢都包括著天下，狗也可命名爲羊，馬能夠說是卵生的，蝦蟆長有尾巴，火本身並沒有熱感，回音證明大山也長有口，車輪永遠不會著地，眼睛不能看見東西。指認外物永遠達不到事物的實際，即使達到實際也難以無窮無盡，烏龜可能比蛇還長，角尺不能畫出方形，圓規也不能用來畫圓，榫眼與榫頭不會完全地吻合，飛鳥的身影也可說不曾有過移動；飛馳的箭頭有停留也有不曾停歇的時刻，小狗可以不是狗，黃馬和黑牛的稱謂可以數出三個來，白狗也可以叫它黑狗，稱作孤駒的應該說牠不曾有過母親，一尺長的棍棒每天截取一半則一萬年也分截不完。喜好爭辯的人用上述命題跟惠施相互辯論，一輩子辯論不完。

惠施以此爲大，觀於天下而曉辯者，天下之辯者相與樂之。卵有毛，雞三足，郢有天下，犬可以爲羊，馬有卵，丁子有尾，火不熱，山出口，輪不蹍地，目不見，指不至，至不絕，龜長於蛇，矩不方，規不可以爲圓，鑿不圍枘，飛鳥之景未嘗動也，鏃矢之疾而有不行不止之時，狗非犬，黃馬驪牛三，白狗黑，孤駒未嘗有母，「一尺之捶，日取其半，萬世不竭」。辯者以此與惠施相應，終身無窮。

桓團、公孫龍都是這種善辯的人，能蒙蔽人們的思想，改變人們的心意，說起話來別人都抵擋不住，卻不能最終將人說服。這就是辯者的局限。惠施每天費腦筋和人辯論，與天下的辯者一起製造許多莫名其妙的奇談怪論。他的嘴總是不停著，自以爲最有才氣，說什麼「天地眞偉大啊」，其實他是想在精神上征服他人，而內心又不懂得大道。

南方有個怪人叫黃繚，他問惠子：「爲什麼天不墜落而地不會塌陷？風雨雷霆又是怎麼產生的？」惠施想都不想就回答，廣泛闡述事物的規律與原理，滔滔不絕，還認爲說得太少，把許多無關、奇異的東西也添加進去。他處處將違反人之常情的事理作爲實例，一心求取超人的名聲，因此他與眾人總不搭調。惠子的內心修養很薄弱，而其追逐外物的欲念又那麼強烈，他所走的道路彎曲而狹窄。一旦有人用陰陽交媾、化育萬物的道術來考察惠施的能耐，他的言語根本不靠譜，純粹是一隻蚊虻嗡嗡作響。如此看來，惠施的名辯是沒有意義的，只是讓自己增加知名度罷了。

然惠施之口談，自以爲最賢，曰天地其壯乎，施存雄而無術。南方有倚人焉，曰黃繚，問天地所以不墜不陷，風雨雷霆之故。惠施不辭而應，不慮而對，遍爲萬物說，說而不休，多而無已，猶以爲寡，益之以怪，以反人爲實而欲以勝人爲名，是以與眾不適也。弱於德，強於物，其塗隩矣。由天地之道觀惠施之能，其猶一蚊一虻之勞者也。其於物也何庸！夫充一尚可，曰愈貴道，幾矣！惠施不能以此自寧，散於萬物而不厭，卒以善辯爲名。惜乎！惠施之才，駘蕩而不得，逐萬物而不反，是窮響以聲，形與影競走也，悲夫！

在《天下》裡也有作者的擔憂。如此百家爭鳴、百花齊放眞是熱鬧，但這樣的熱鬧到底是好是壞呢？首先應該肯定這是個好事情，至少大家思維開闊了，在文化上開創了個新紀元。然而令人擔憂的是，天下之大之亂，嘴舌之多，看起來很熱鬧，但沒有統一的標準，很多好的想法沒有被及時利用，很多消極的辦法又沒有很好的過濾。

對於在同一社會契約下的公民來說，有才華、有智慧、有個性，必然是好事，但從建造社會時大家所發揮出的效用來看，大家各顧各的，製造出一個紛紛擾擾的辯論場，反而事倍功半，而只有大家齊心協力才可能事半功倍。有個寓言正好能夠說明這個道理，天鵝、青蛙、馬，猴子等四個動物拉車，天鵝要往天上拉，青蛙要往水裡拉，馬要往草地上拉，而猴子要往樹上拉，結果車子一動也不動。惠施的成功在於能辯解，他的失敗在於他只會辯解。耍嘴皮子有什麼用呢？說起來天下無敵，做起來有心無力。

當然，這些思想先驅們都是可愛的，儘管他們有些錯誤，有鑽牛角尖之嫌，但他們仍然值得我們尊敬，他們是一生都在探索眞理的人。

國家圖書館出版品預行編目資料

莊子教我的慢活哲學／吳建雄著.
—— 初版. ——臺中市　：好讀, 2008[民97]
面：　公分，——（經典智慧 ；52）

ISBN 978-986-178-074-0（平裝）

1.莊子 2.注釋 3.老莊哲學

121.331　　96023678

好讀出版

經典智慧 52

莊子教我的慢活哲學

作　　者／吳建雄
總 編 輯／鄧茵茵
文字編輯／林怡君
美術編輯／陳麗蕙
行銷企畫／許碧真
發 行 所／好讀出版有限公司
台中市407西屯區何厝里19鄰大有街13號
TEL:04-23157795　FAX:04-23144188
http://howdo.morningstar.com.tw
（如對本書編輯或內容有意見，請來電或上網告訴我們）
法律顧問／甘龍強律師
承製／知己圖書股份有限公司　TEL:04-23581803

總經銷／知己圖書股份有限公司
http://www.morningstar.com.tw
e-mail:service@morningstar.com.tw
郵政劃撥：15060393 知己圖書股份有限公司
台北公司：台北市106羅斯福路二段95號4樓之3
TEL:02-23672044　FAX:02-23635741
台中公司：台中市407工業區30路1號
TEL:04-23595820　FAX:04-23597123

初版／2008年2月15日
定價：270元
如有破損或裝訂錯誤，請寄回知己圖書更換

Published by How-Do Publishing Co., Ltd.
2008 Printed in Taiwan

ISBN 978-986-178-074-0

讀者回函

只要寄回本回函，就能不定時收到晨星出版集團最新電子報及相關優惠活動訊息，並有機會參加抽獎，獲得贈書。因此有電子信箱的讀者，千萬別吝於寫上你的信箱地址

書名：莊子教我的慢活哲學

姓名：______________ 別：□男□女 生日：____年____月____日

教育程度：__________________________

職業：□學生 □教師 □一般職員 □企業主管

□家庭主婦 □自由業 □醫護 □軍警 □其他______________________

電子郵件信箱（e-mail）：________________________ 電話：________________

聯絡地址：□□□ ____

你怎麼發現這本書的？

□書店 □網路書店（哪一個？）__________________ □朋友推薦 □學校選書

□報章雜誌報導 □其他____

買這本書的原因是：____

□內容題材深得我心 □價格便宜 □面與內頁設計很優 □其他____________

你對這本書還有其他意見嗎？請通通告訴我們：

____

你買過幾本好讀的書？（不包括現在這一本）

□沒買過 □1～5本 □6～10本 □11～20本 □太多了

你希望能如何得到更多好讀的出版訊息？

□常寄電子報 □網站常常更新 □常在報章雜誌上看到好讀新書消息

□我有更棒的想法____

最後請推薦五個閱讀同好的姓名與E-mail，讓他們也能收到好讀的近期書訊：

1. ____

2. ____

3. ____

4. ____

5. ____

我們確實接收到你對好讀的心意了，再次感謝你抽空填寫這份回函

請有空時上網或來信與我們交換意見，好讀出版有限公司編輯部同仁感謝你！

好讀的部落格：http://howdo.morningstar.com.tw/

請填妥後對折黏貼，直接投郵即可，無須貼郵票。

廣告回函
臺灣中區郵政管理局
登記證第3877號
免貼郵票

好讀出版有限公司　編輯部收

407 台中市西屯區何厝里大有街13號
電話：04-23157795-6　傳眞：04-23144188

沿虛線對折